ハイジ、宮沢賢治の童話…

下宮忠雄
SHIMOMIYA Tadao

文芸社

印欧諸語の系統樹説（アウグスト・シュライヒャー）
August Schleichers Stammbaumtheorie（1861）

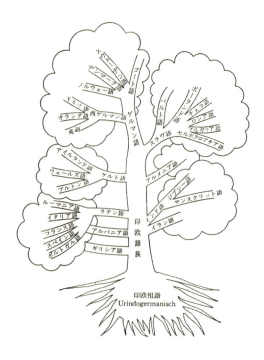

　木の根から木の幹が生じ、幹が枝に分かれ、枝がさらに小さな枝に分かれるように、印欧祖語から数個の語派が分かれ、語派がさらに個別言語に分かれて、今日の印欧諸語（indogermanische Sprachen）ができた。これに対してJohannes Schmidtの**波動説**（Wellentheorie, wave-theory, 1872：本書p.216）がある。

まえがき（preface, Vorwort, avant-propos）

本書『ハイジ、宮沢賢治の童話…』は言語学、言語、文学作品のあれこれを集めたものである。言語学は Prof.Giuliano Bonfante（1904-2005）がアメリカのプリンストン大学（Princeton University, New Jersey）のロマンス語科教授時代の作品で、アメリカの百科事典 Collier's Encyclopedia（New York, 1956, 20 vols.）に言語学の editor として288項目（術語と学者名）を執筆したものの中から取捨選択した。Bonfante は Princeton 大学（1939-1952）、Genova 大学（1952-1959）、Torino 大学教授（1959-）となり、1958年以後 Accademia Nazionale dei Lincei（linceiは優秀人物リンチェイ）のメンバーであった。2005年5月、亡くなる4か月前まで Lincei 学会誌に論文を執筆、最後まで健筆で、雑誌『印欧語研究』第101巻（Berlin, 2001）に「印欧諸語の相互関係」が載った。

筆者の下宮はバスク語学習のために1974-1975冬学期（1974年10月から1975年2月）スペインのサラマンカ大学に留学中、ロマンス語科の図書室で Bonfante 教授の言語学選集2巻（1974）を発見し注文したことから文通が始まった。1982年8月、第13回国際言語学者会議が東京の都市センターで開催されたときに、はじめてお目にかかり、歴史言語学の部門で、一緒に司会をした。

言語も主として Bonfante によるものである。これに文学作品を入れたのは下宮で、夏目漱石（p.177）、ハイジ（p.103）、フランダースの犬（p.63）、グリム童話「兄と妹」（表紙絵、p.43）、ロシア民話「石の花」（p.229）「魔法の手袋」「魔法のひき臼」（p.158）、有島武郎の「一房の葡萄」（p.28）、「山姥ヤマンバ」（p.172）、「猿蟹合戦現代版」（p.214）などである。これらは言語学を学ぶ際の息抜きになった。学生時代、教師時代に読んだアンデルセンやグリムは生きた言語学を教えてくれた。デンマーク語やドイツ語を読みながら人の生き方とかも学んだ。

2023年10月　埼玉県所沢市小手指こてさしのプチ研究室　　　下宮忠雄

凡　例

1．なるべく多くの項目を掲載できるように、Bonfanteの内容を縮小した場合がある。
2．アイヌ語などは、下宮の判断で内容をふやした。
3．Bonfanteにないものを補充した。Bloomfield, Buck, Bühler, Castrén, Caucasian, James Cook, Coseriu, Décsy, Finck, Flateyの書、Gilyak, Gilliéron, Jakobson, Lewy, Milewski, Pedersen, Pottier, Rask, Rohlfs, Sapir, Saussure, Schleicher, Tesnière, Thomsen, Trubetzkoy, Max Vasmer. これらの多くは、下宮『言語学I』(英語学文献解題、第1巻、研究社1998) に収められている。

Radishchevの『ペテルブルクからモスクワへの旅』は、ロシアの奴隷解放以前の、悲惨な農民生活を描いている (本書p.202)。

カラス三態。1. ゴミをひっ散らかすカラス。人間にとって食料にならないばかりか、ゴミを散らかすだけの邪魔なカラス。公園の水道の蛇口をひねって水を飲んだり、人間のマネをして、乗車券販売機をつっついたり、わる知恵ばかり発達した、なんとも、いけすかない奴。ぼくが自転車で通るとき、きゃつにとっては、人間は象のような巨体だから、道をよけたらよさそうなものだが、道路の真ん中に居座っている。だから、こちらが道をよけて、わきを通ると、きゃつ、身体をくるくるまわして、こちらを見ている。そして勝った勝ったといわんばかりの顔だ。2. ぼくが自転車で通りかかると、前を通って行った車に仲間のカラスがひき殺されたらしい。ぼくが犯人でないのに、ぼくに襲いかかった。おれじゃあねえ。ふざけんな。3.「わきまえている」カラスもいる。自転車で通ると、先方からよける、品のよい者もいる。ゴミ捨て場かたづけ人に、その話をすると、カラスにも子育ての時期があるんですよ、とのこと。

目　　次

A（起源と発音）	19
accent（アクセント）	19
adjective（形容詞）	19
adverb（副詞）	19
Ainu（アイヌ語）	20
Albanian（アルバニア語）	22
Alonso, Amado（アロンソ、スペインの言語学者）	22
alphabet（アルファベット）	22
'ame と a'me（雨と飴）	23
ame ga furu（雨が降る）	23
American English（アメリカ英語）	23
Amur（アムール地方の童話）	26
analogy（類推）	26
analysis（分析）	26
Andersen, Hans Christian（アンデルセン「火打箱」）	27
apple（リンゴの唄、並木路子）	28
areal linguistics（地域言語学；印欧語族のような語族でなく）	28
Arisaka Hideyo（有坂秀世、音韻論）	28
Arishima Takeo（有島武郎）	28
Armenian（アルメニア語）	29
article（冠詞）	30
Asada Jiro（浅田次郎「うたかた」bubble）	31
Ascoli, Graziadio Isaia（アスコリ、イタリアの言語学者）	31
B（発音）	31
Balkan linguistic union（バルカン言語連合）	32
Bally, Charles（バイイ、スイスの言語学者）	32
Baltic languages（バルト諸語）	32
Bàrtoli, Matteo（バルトリ、イタリアの言語学者）	33
Basque（バスク語）	33
Baudouin de Courtenay, Jan（ボウドゥアン、ポーランドの言語学者）	35
Bengālī（ベンガル語）	35
Berneker, Erich（ベルネカー、ドイツのスラヴ語学者）	36
Bertoni, Giulio（ベルトーニ、イタリアの言語学者）	36
Bezzenberger, Adalbert（ベッツェンベルガー、ドイツの言語学者）	36
Bloch, Jules（ジュール・ブロック、フランスの言語学者）	37

Bloch, Oscar（オスカル・ブロック、フランスの言語学者）	37
Bloomfield, Leonard（レナード・ブルームフィールド、アメリカの言語学者）	37
Bloomfield, Maurice（モーリス・ブルームフィールド、アメリカの言語学者）	37
Boas, Franz（ボアズ、アメリカの言語学者）	38
Böhtlingk, Otto von（ベョートリンク、インド語学者）	38
boiling earth（灼熱する地球）earth boiling も見よ	39
Bonfante, Giuliano（ボンファンテ、イタリアの言語学者）	39
Bopp, Franz（ボップ、ドイツの言語学者）	39
Borrow, George（ボロー、イギリスのジプシー学者）	40
Brandenstein, Wilhelm（ブランデンシュタイン、オーストリアの言語学者）	42
Braune, Wilhelm（ブラウネ、ドイツのゲルマン語学者）	42
Brøndal, Viggo（ブレンダル、デンマークの言語学者）	42
Brother and Sister（兄と妹；グリム童話）	43
Brugmann, Karl（ブルークマン、ドイツの言語学者）	44
Brunot, Ferdinand（ブリュノー、フランスの言語学者）	44
Buck, Carl Darling（バック、アメリカの言語学者）	44
Būga, Kazimieras（ブーガ、リトアニアの言語学者）	45
Bugge, Sophus（ブッゲ、ノルウェーの言語学者）	45
Bühler, Georg（ビューラー、ドイツのサンスクリット語学者）	45
Bulgarian（ブルガリア語）	45
C（発音）	46
cant（隠語）	46
Carian（カーリア語）	47
Castrén, M.A.（カストレン、フィンランドの言語学者）	47
Caucasian languages（コーカサス諸語）	48
centum languages（ケントゥム諸語）	48
c'est si bon（セ・シ・ボン、埼玉県所沢市喫茶店）	48
Chamberlain, Basil Hall（チェンバレン、英国人、日本語学者）	48
Champollion, Jean-François（シャンポリオン、フランスの文献学者）	49
Chantraine, Pierre（シャントレーヌ、フランスのギリシア語学者）	49
chiisana eki（小さな駅）	49
chrono-expérience（時間体験；B. Pottier）	50
Cimmerian（キンメリ語；南スラヴ）	50
compound（複合語）	50
conjugation（動詞活用）	51
conjunction（接続詞）	51

Conway, Robert Seymour（コンウェイ、イギリスの言語学者）	51
Cook, James（クック、イギリスの探検家）	52
Coseriu, Eugenio（コセリウ、ドイツの言語学者）	54
Croce, Benedetto（クローチェ、イタリアの哲学者）	55
cuneiform（くさび形文字）	55
Curme, George Oliver（カーム、アメリカの文献学者）	55
Curtius, Georg（クルツィウス、ドイツの言語学者）	56
Czech（チェコ語）	56
D（発音）	57
Dalmatian（ダルマチア語）	57
Darmesteter, Arsène（ダルメステテル、フランスの言語学者）	57
Darmesteter's Law（ダルメステテルの法則）	57
Décsy, Gyula（デーチ、アメリカの言語学者）	57
Denmark（デンマーク）	58
Deutsch（ドイツ語・ラテン語・ギリシア語学習辞典）	59
Devoto, Giacomo（デヴォート、イタリアの言語学者）	60
diacritical marks（補助記号）	60
dialect（方言）	61
dicho-tomy（二分法；男と女、天と地、昼と夜）	61
Dictionary of European Languages（ヨーロッパ語小辞典）	62
Diez, Friedrich（ディーツ、ドイツのロマンス語学者）	62
diminutive（指小辞）	62
Dirr, Adolf（ディル、コーカサス語学者）	62
Dog of Flanders, A（フランダースの犬）	63
Don（ドン川の由来）	67
Dottin, Henri Georges（ドッタン、フランスのケルト語学者）	68
Du Cange, Charles du Fresne（デュ・カンジュ、フランスのケルト語学者）	68
E（発音）	68
earth boiling（地球沸騰）	68
East Germanic（東ゲルマン語）	68
Esperanto（エスペラント語）	68
Estonian（エストニア語）	69
Etruscan（エトルリア語）	69
etymology（語源）	70
F（発音）	71
Feist, Sigmund（ファイスト、ゴート語語源辞典）	71

Fick, August（フィック、ドイツの言語学者）	71
Finck, Franz Nikolaus（フィンク、ドイツの言語学者）	72
Finnish（フィンランド語）	73
Flateyjarbók（フラテイの書）	74
Foulet, Lucien（フーレ、フランスの言語学者）	75
four letter phrase（四字熟語）	75
French（フランス語）	75
G（発音）	76
Gabelentz, Hans Conon von der（ガーベレンツ、ドイツの歴史家）	76
Gabelentz, Hans Georg Conon von der（上記の息子、言語学者）	77
Gallic or Gaulish（ガリア語）	77
Gamillscheg, Ernst（ガミルシェーク、ドイツのロマンス語学者）	78
Gauchat, Louis（ゴーシャ、スイスの言語学者）	78
Geiger, Ludwig Wilhelm（ガイガー、ドイツの東洋語学者）	78
Gelb, Ignace Jay（ゲルプ、アメリカのアッシリア学者）	79
Geldner, Karl Friedrich（ゲルトナー、ドイツのインド学者）	79
gender（文法性）	79
Georgian（グルジア語）	80
Gilliéron, Jules（ジリエロン、スイスの言語学者）	80
Gilyak（ギリヤーク語：民話「クマと姉妹」）	80
Goethe（ゲーテ；君知るやレモンの花咲く国を）	81
good-better-best（better, bestの語源）	82
Gothic（ゴート語）	82
gradation（段階；母音交替）	83
grammar（文法）degrammaticalization ; beautiful→beautifuller	85
Grammont, Maurice（グラモン、フランスの言語学者）	85
Grassmann, Hermann Günther（グラースマン、ドイツの言語学者）	86
Greece（近代ギリシアの危機）	86
Greek（GreekとArmenianの共通点：近代ギリシア語）	86
Grierson, Sir George Abraham（グリアソン、英国の言語学者）	88
Grimm, Jacob（ヤーコプ・グリム、ドイツの言語学者）	88
Grimm, Wilhelm（ヴィルヘルム・グリム、ヤーコプの弟）	89
Grimm, Ludwig（ルートヴィッヒ・グリム、ヤーコプの末の弟）	90
Grimm, Hermann（ヘルマン・グリム、ヴィルヘルムの息子）	90
Grimm's Law（グリムの法則）	90
Gröber, Gustav（グレーバー、ドイツのロマンス語学者）	91

Gujarātī（グジャラーティー語）	91
Gypsy（ジプシー語）Romany を見よ	92
H（発音）	92
hai cheese（ハイ、チーズ）	92
Haiku and linguistics（俳句と言語学、J.Bańczerowski）	93
Hana-ōji（花王子と白花姫；中世アイスランド物語）	97
HAND（手）	98
Handa Ichiro（半田一郎）	100
Hänsel und Gretel（ヘンゼルとグレーテル）	101
Hatzidakis, Georgios（ハツィダキス、ギリシアの言語学者）	101
Hayashi Fumiko（林芙美子）	101
Hehn, Victor（ヘーン、ドイツの言語学者、古生物学）	102
Heidi the Alps Girl（アルプスの少女ハイジ；日本のハイジ村）	103
Hermann, Eduard（ヘルマン、ドイツの言語学者）	107
Heusler, Andreas（ホイスラー、スイス、古代アイスランド語学者）	107
Hindi（ヒンディー語）	108
Hindi Eastern（東ヒンディー語）	108
Hindi, Western（西ヒンディー語）	108
Hiroshima Summit Meeting（広島サミット）	108
Hirt, Hermann（ヒルト、ドイツの印欧言語学者）	109
Hittite cuneiform（ヒッタイト語、楔形文字）	109
Hjelmslev, Louis（イェルムスレウ、デンマークの言語学者）	110
Hofmann, Johann Baptist（ホーフマン、ドイツ、ラテン語）	111
Hrozný, Bedřich（フロズニー、チェコ、ヒッタイト語解読）	111
Hübschmann, Heinrich（ヒュプシュマン、アルメニア語学者）	112
Humboldt, Wilhelm von（フンボルト、言語学者、政治家）	112
Hungarian（ハンガリー語）	113
Hyakunin-isshu（百人一首）	114
I（文字）	115
Iberian（イベリア語）	116
Ido（イド）	116
Illyrian（イリュリア語）	116
impersonal verbs（非人称動詞）	117
Indic languages（インド諸語）	117
Indo-European languages（印欧諸語）	117
Indo-Iranian languages（インド・イラン諸語）	118

inflection（文法的語形変化）	118
interjection（間投詞）	118
Iordan, Iorgu（ヨルダン、ルーマニアのロマンス語学者）	118
iotacization（i 音化；ギリシア語、ロシア語）	119
Iranian languages（イラン諸語）	119
Íslenzkar þjóðsögur og ævintýri（妖精の起源）	119
it rains（雨が降る）の表現	120
Italian（イタリア語）	121
Italic languages（イタリック諸語）	121
Iwatani Tokiko（岩谷時子）	121
Izui Hisanosuke（泉井久之助）	121
J（発音）	122
Jaberg, Karl（ヤーベルク、スイスの言語学者）	123
Jackson, Abraham Valentine Williams（ジャクソン、アメリカ）	123
Jacobi, Hermann Georg（ヤコービ、ドイツの東洋学者）	123
Jagić, Vatroslav（ヤギッチ、クロアチアのスラヴ語学者）	123
Jakobson, Román（ヤコブソン選集 8 巻）	124
Japanese Robinson Crusoe, A（小谷部全一郎著）	130
Japhetic languages（ヤフェート諸語）	134
jargon（隠語）	134
Jespersen, Otto（イェスペルセン、デンマークの言語学者）	134
Jones, Daniel（ダニエル・ジョウンズ、イギリスの音声学者）	135
Jones, Sir William（ウィリアム・ジョウンズ、印欧言語学を発見）	135
Jud, Jakob（ユート、スイスの言語学者）	136
Justi, Ferdinand（ユスティ、ドイツの東洋語学者）	136
K（発音）	136
kamikaze pilot（神風特攻隊員）	137
kamishibai（紙芝居 paper theater）	137
Kimigayo（君が代）Chamberlain を見よ	137
Kingsville（英語＋フランス語）	137
Kipling, Radyard（キプリング；'The Jungle Book' 人間が動物と暮らす）	138
Knobloch, Johann（クノーブロッホ、ドイツの言語学者）	138
Kobayashi Hideo（小林英夫）	140
kochōran（胡蝶蘭）	142
Kopitar, Bartholomäus（コピタル、スロベニアの言語学者）	142
Körting, Gustav（ケルティング、ドイツの言語学者）	142

Krahe, Hans（クラーエ、古代ヨーロッパ水名）	142
Krause, Wolfgang（クラウゼ、言語学者、ルーン文字専門家）	143
Kretschmer, Paul（クレッチマー、ドイツのギリシア語学者）	143
Kruševskij, Nikolaj Vjačeslavič（クルシェフスキー、ポーランドの言語学者）	144
Kuhn, Franz Felix Adalbert（クーン、言語学者、神話学者）	144
kumo no ito（蜘蛛の糸）	144
Kurschat, Friedrich（クールシャト、リトアニアの言語学者）	145
Kuryłowicz, Jerzy（クルィローヴィチ、ポーランドの言語学者）	145
L（文字）	145
Lachmann, Karl Konrad Friedrich Wilhelm（ラッハマンの法則）	146
Ladin（ラディン語）	146
ladle of water, a（ひしゃく1杯の水）	146
Lahndā（ラーンダー語）	146
language（言語）	116
languages of the world（世界の言語）	147
Lanman, Charles Rockwell（ランマン、インド語学者）	148
Latin（ラテン語）	148
learned words（or bookwords学術語）	148
Lechic（レヒ語）	149
Leite de Vasconcellos, José（レイテ、ポルトガルの言語学者）	149
Lemnian（レムノス語、ギリシア、前6世紀）	149
Lepontic（レポント語）	149
Lepsius, Karl Richard（レプシウス、ドイツのエジプト学者）	149
Leskien, August（レスキーン、ドイツのスラヴ語学者）	149
Lettish or Latvian（ラトビア語）	150
Leumann, Ernst（エルンスト・ロイマン、スイスの言語学者）	150
Leumann, Manu（マヌ・ロイマン、エルンストの息子）	150
Lévi, Sylvain（シルヴァン・レヴィ、フランスのインド学者）	150
Lévy, Emil（エミール・レヴィ、ドイツの言語学者）	151
Lewy, Ernst（エルンスト・レーヴィ、ドイツの言語学者）	151
lexicography（辞書編集学）	152
Ligurian（リグリア語）	153
Lindsay, Wallace Martin（リンゼイ、英国のラテン語学者）	153
lingua franca（リンガ・フランカ）	153
lingua franca（リングワ・フランカ；sabirとも呼ぶ）	154
linguistic alliance（言語連合；ドイツ語Sprachbund）	154

linguistic evolution（言語の発達）	154
linguistic family（語族）	155
linguistic geography（言語地理学）	155
linguistics（言語学）	156
linguistique, la, n'est pas science de pain（パンは食えぬ）	156
Lithuanian（リトアニア語）	156
Littré, Maximillian Paul Emile（リットレ、フランスの文献学者）	156
Luwian（ルーウィ語）	157
Lycian（リュキア語）	157
Lydian（リューディア語）	157
M（文字）	157
Macedonian（Ancien、古代マケドニア語）	157
Macedonian（Modern、現代マケドニア語）	157
magic glove（魔法の手袋；ロシア民話）	158
magic mill（魔法のひき臼；ロシア民話）	158
Marathi（マラティー語）	159
Marstrander, Carl（マルストランデル、ケルト語学者）	159
Martinet, André（マルティネ、フランスの言語学者）	159
Meillet, Antoine（メイエ、フランスの印欧言語学者）	161
Meinhof, Carl（マインホーフ、ドイツのアフリカ語学者）	163
Mencken, Henry Louis（メンケン、「アメリカ語」の著者）	164
Menéndez Pidal, Ramón（メネンデス・ピダル、スペインの文献学者）	164
Meringer, Rudolf（メーリンガー、Wörter und Sachen創刊）	164
metathesis（音位転換）	165
Meyer, Gustav（グスターフ・マイヤー、アルバニア語の専門家）	165
Meyer, Paul（パウル・マイヤー、フランスの文献学者）	165
Meyer-Lübke, Wilhelm（マイヤー・リュプケ、ロマンス語学者）	165
Migliorini, Bruno（ミリョリーニ、イタリアの言語学者）	166
mikan（蜜柑、芥川龍之介）	166
Miklosich, Franz（ミクロシチ、オーストリアのスラヴ語学者）	166
Milewski, Tadeusz（ミレフスキ、ポーランドの言語学者）	167
Miyazawa Kenji（宮沢賢治；G. J. Ramstedt；童話2編）	168
Monier-Williams, Sir（モニエ・ウィリアムズ、サンスクリット語）	170
months, names of（月名、1月、2月、3月…）	170
mood（法；I come, I may come, I might come）	171
morphologie（形態論、Tesnière）	171

morphology（形態論）	172
Mossé, Fernand（モッセ、フランスのゲルマン語学者）	172
mountain witch（山姥、ヤマンバ）	172
Müller, Max（ミュラー、Oxford大学比較言語学）	173
Murayama Shichiro（村山七郎）	173
mutation（man→men; sing, sang, sung, songはgradation）	175
N（発音）	175
Nakajima Atsushi（中島敦「山月記」）	175
Natsume Sōseki（夏目漱石）	177
neogrammarians（新文法学派）	177
neolinguistics（新言語学、イタリア）	178
Norwegian（ノルウェー語）	178
noun and verb（名詞と動詞）	179
numerals（数詞）	180
O（発音）	180
Okamoto Kanoko（岡本かの子）	181
Old Church Slavic（古代教会スラヴ語）	181
Old English text（古代英語テキスト、厨川文夫）	181
One-Eye, Two-Eyes, Three Eyes（一つ目、二つ目、三つ目）	182
onomatopoeia（擬音語）	183
origin of language（言語の起源）	184
orthography（正字法、正書法）	184
Ossetic（オセート語）	185
Otona-no-me to kodomo-no-me（大人の眼と子供の眼）	185
overtourism（観光客が多すぎても困る）	186
Oxford English Dictionary（オックスフォード英語辞典）	186
Oyabe Jenichiro（小谷部全一郎）→ Japanese Robinson Crusoe	186
P（発音）	186
Paleo-Siberian languages（旧シベリア諸語）	186
Pāṇini（パーニニ、古代インドの文法家）	187
parts of speech（品詞）	187
Passy, Paul（パッシー、音声学者、ヨーロッパ諸語比較音声学）	187
Paul, Hermann（パウル、ドイツの言語学者）	189
Persian（ペルシア語）	189
person（人称）	189
personal and impersonal（人称と非人称）	190

personal names（人名）	190
philology（文献学、言語学）	192
phonetic law or phonetic change（音韻法則、音韻変化）	192
phonetics（音声学）	192
phonology as functional phonetics（機能的音声学としての音韻論）	193
Pictet, Adolphe（ピクテ、スイスの言語学者）	193
Pisani, Vittore（ピサーニ、イタリアの言語学者）	194
Pischel, Richard（ピシェル、ドイツのインド語学者）	194
Place names（地名）	194
Plattlateinisch（A.F.Pottの用語；低ラテン語 = Romanisch）	195
Pokorny, Julius（ポコルニー、チェコの印欧言語学者）	195
Polabian（ポラブ語）	195
Polish（ポーランド語）	195
Polivanov, Evgenij Dmitrijevič（ポリヴァーノフ、言語学者）	196
popular etymology（民衆語源）	196
Portuguese（ポルトガル語）	197
Pott, August Friedrich（ポット、ドイツの言語学者、ジプシー語）	197
Pottier, Bernard（ポティエ、フランスの言語学者）	197
preposition（前置詞）	199
pronoun（代名詞）	200
punctuation（句読点）	200
Puşcariu, Sextil（プシカリウ、ルーマニアの言語学者）	201
Q（文字と発音）	201
quality（質、音質）	201
quantity（量、音量）	201
R（文字と発音）	201
r（発音）	202
Radishchev, Aleksandr Nikolaevich（ラジーシチェフ、ロシアの思想家）	202
Raetic（ラエティア語）	203
Ramstedt, Gustav J.（ラムステット、フィンランドの学者）	203
Rask, Rasmus（ラスク、デンマークの言語学者）	204
Rhaetic（ラエティア語） = Romanche	207
rigyo（鯉魚 carp）	207
Romance languages（ロマンス諸語）	208
Romanche（ロマンシュ語、スイス第4言語）	208
Romanian（ルーマニア語）	209

Romany（ロマニー語、ジプシー語；挿絵）	209
root（語根）	211
Rosetta stone（ロゼッタ石）	211
Russian（ロシア語）	211
Russian Fairy-tales（ロシア童話集）	212
Ryukyunesia（琉球諸島 Ryukyu Islands；半田一郎先生の用語）	212
S（文字と発音）	212
Sakaki Ryozaburo（榊亮三郎、サンスクリット学者）	213
sakura（桜、サクラ）	213
sandhi（サンディー；連声法）	213
Sanskrit（サンスクリット語）	213
Sardinian（サルディニア語）	213
saru-kani-gassen（猿蟹合戦；現代版）	214
satem languages（サテム諸語、インド語、ロシア語など）	214
Saussure, Ferdinand de（ソシュール、スイスの言語学者）	214
Scherer, Wilhelm（シェーラー、ドイツの言語学者）	215
Schleicher, August（シュライヒャー、ドイツの言語学者）	215
Schmidt, Johannes（シュミット、ドイツの言語学者）	216
Schrader, Otto（シュラーダー、ドイツの言語学者）	216
Schrijnen, Jozef（スフレイネン、オランダの言語学者）	216
Schuchardt, Hugo（シュハート、ドイツ出身の言語学者）	216
Scythian（スキュタイ語）	220
Sechehaye, Albert（セシュエ、スイスの言語学者）	220
semantics（意味論）	220
sentennce（文）	221
Serbo-Croatian（セルボ・クロアチア語）	221
Setälä, Emil Nestor（セタラ、フィンランドの言語学者）	221
Shimazaki Toson（島崎藤村）	221
Siberian and other folk-tales（シベリア民話）	223
Sicel（シケル語、シチリア島）	224
Sievers, Eduard（ジーファース、ドイツの言語学者）	224
Sino-Japanese（漢語）	224
Slavic（スラヴ語）	225
Slovak（スロバキア語）	225
Slovenian（スロベニア語）	225
social layers in language（言語における社会層）	225

Sommer, Ferdinand（ゾマー、ドイツの言語学者）	226
Sommerfelt, Alf（ソンメルフェルト、ノルウェーの言語学者）	226
Sorbian（ソルブ語、スラヴ語の一つ）	227
sound symbolism（音象徴）	227
Spanish（スペイン語）	227
Specht, Franz（シュペヒト、ドイツの言語学者）	228
spelling（綴り字）	228
Spitzer, Leo（シュピッツァー、オーストリアの言語学者）	229
Steinthal, Heymann（シュタインタール、ドイツの言語学者）	229
Stenzler, Adolf Friedrich（シュテンツラー、サンスクリット学者）	229
stone flower（石の花；ロシア民話）	229
Streitberg, Wilhelm（シュトライトベルク、ドイツの言語学者）	231
structural linguistics（構造言語学；20世紀の主流）	231
subordination（従属；that he is ill）	232
substratum, superstratum, adstratum（言語の層）	232
syllable（音節）	232
syntax（統辞論）	233
T（文字と発音）	233
t（発音）	233
taboo, linguistic（言語のタブー；遠回しの言い方）	234
tamé と damé（ためになる、だめになる）	234
tense and aspect（時制とアスペクト；完了、不完了）	234
Tesnière, Lucien（テニエール、フランスの言語学者）	234
Theophilus in Icelandic（テオフィロス）	236
Thracian（トラキア語、古代ギリシア地方）	237
Three-Eyes（三つ目、創作）	237
Thumb, Albert（トゥンプ、ドイツの言語学者、ギリシア語）	238
Thurneysen, Rudolf（トゥルンアイゼン、スイスの言語学者）	238
Thurneysen's Law（トゥルンアイゼンの法則）	238
tmesis（語中挿入）	238
tokkyū（特急）	238
Tolstoi, N.S.（トルストイ「空太鼓」）	239
Topelius, Sakari（トペリウス「星のひとみ」）	243
Tottori-no-futon（鳥取の布団）ラフカディオ・ハーン	244
Tovar, Antonio（トバール、スペインの言語学者）	245
Trautmann, Reinhold（トラウトマン、プラハ大学スラヴ研究所長）	246

Trubetzkoy, Nikolaj Sergejevič（トゥルベツコイ、付：島野三郎）	246
Tsukiji（築地、東京都中央区、お魚料理）	250
U（文字と発音）	250
Uhlenbeck, Christianus Cornelis（ユーレンベック、オランダ）	250
Ukrainian（ウクライナ語）	250
undersea tunnel（青函トンネル）	251
V（文字と発音）	252
Van Ginneken, Jac（ファン・ヒネケン、オランダの言語学者）	252
Vasmer, Max（ファスマー、ドイツのスラヴ語学者）	252
Vendryes, Joseph（ヴァンドリエス、フランスの言語学者）	253
Verner, Karl（ヴェルナー、デンマークの言語学者）	253
Verner's Law（ヴェルナーの法則）	253
voice（声、有声）	254
voiceless and voiced（無声と有声）	254
Vossler, Karl（フォスラー、ドイツの文献学者）	255
vowels and consonants（母音と子音）	255
W（文字）	255
Wackernagel, Jacob（ヴァッカーナーゲル、ドイツの印欧語学者）	256
Wackernagels Gesetz（ヴァッカーナーゲルの法則）	256
Wassermann, der（水の精：グリム童話）	257
Wassermann, der, und der Bauer（水の精と農夫：グリム伝説）	257
White Russian（白ロシア語）	258
word（語、単語）	258
words of foreign origin（外国起源の単語、和語と漢語）	258
X（文字と発音）	260
Y（文字と発音）	261
Z（文字と発音）	261

［ことわざは人類の知恵wisdom of mankind］
1. Tempus edax [edac-s], homo edacior.（ローマのことわざ）
時は食いしんぼうだ。人間はもっと食いしんぼうだ。
2. Wer fremde Sprachen nicht kennt, weiss nichts von seiner eigenen. Goethe. 外国語を知らない者は、自国語についても何も（本質を）知らない。ゲーテ。
3. 人生は、何もしないでいるには長すぎるが、何かするには短すぎる。中島敦『狼疾記』1942. Life is too long not to do anything, but too short to do something.（下宮、ことわざ137個）

A（起源と発音）紀元前2000年から1500年ごろに、フェニキア文字alephアレフが最初の文字として用いられ、起源前800年ごろギリシア文字alphaがローマを経て、ヨーロッパの言語に伝わった。ラテン語aqua, manusからフランス語eau, mainとなった。英語father, cat, late, any, sofaのaは、みな、発音が異なっている。ノルド語（北欧語）få「得る」のåは英語fallの母音と同じ音である。fåはドイツ語fangen（とらえる）と同じ語源。第2字bêtaと並べてalphabetという名称ができた。

accent（アクセント）強弱アクセント（stress accent）はアクセントのない音節を消滅する。ギリシア語eleēmosýnē（同情、施物）は6音節だが、ラテン語alimosinaで5音節となり、英語almsで1音節になった。日本語は高低アクセントで、アメ飴（ ̄_）アメ雨（_ ̄）を区別する。三つのオカシ（金田一春彦）お菓子（_ ̄_）、岡氏（ ̄ ̄_）、お貸しgive me!（_ ̄ ̄）。

　高低アクセント（スウェーデン語musikalisk accent）の例‥

　brúnnen（brúnn泉 + en定冠詞）、brùnnen「焼けた」。

adjective（形容詞）ラテン語は名詞も形容詞もnōmenといった。区別する必要があるときはnomen substantivum, nomen adjectivumといった。名詞・形容詞が同じ形はラテン語boni et mali（善人と悪人）、イタリア語i buoni e i cattivi, ギリシア語hoi agathoì kaì hoi kakoí, フランス語les bons et les méchants, ドイツ語die guten und die bösen, 英語the good and the bad（the good ones and the bad ones）、take the good of life and leave the bad（人生を楽しみ、不幸は忘れる）に見られる。

　語尾で男女を区別するもの：ギリシア語はhíppos（馬、牡馬）、híppē（雌馬）、ラテン語lupus（狼、牡狼）、lupa（雌狼）、イタリア語porco（ブタ、オスブタ）、porca（メスブタ）。

adverb（副詞：ad + 動詞）は形容詞、副詞、動詞を修飾する。the above remark, reasonably good, act reasonably, ラテン語はliber自

由な、libenter 自由に、のような副詞語尾をもっていたが、フランス語は libre 自由な、librement（自由な心をもって、自由に）のように副詞語尾 -ment を作った。古代英語 eges-līce（terribly）の -līce（リーチェ）は英語 like と同じ語源で「おそろしい心をもって」が原義である。-līce はドイツ語 gleich（同じ、英語 like）。

Ainu（アイヌ語）北海道、カラフト、千島列島（Kurile Islands）に行われる系統不明の言語。アイヌは「人間」の意味。ネイティブスピーカーの人口は萱野茂（1926-2006；北海道アイヌ博物館長）のほか、ほんの数名の老人であるが、早稲田大学、千葉大学などで開催される講座のためにアイヌ語学習者が増え、ここ20年あまり、潜在的人口は数十名であると思われる（Ethnologue 1996[13] に 15 active speakers とある；Aleksandr Vovin による）。瀕死の状態から復活を試みる運動は英国のマン島語（Manx, Isle of Man）やコーンウォール語にも見られる。アイヌ語はフィンランドの『カレワラ』に匹敵する国民的叙事詩（national epic）をもち、金田一京助（1882-1917）により『アイヌ叙事詩ユーカラ集』金成まつ筆録、金田一京助訳注（金田一京助全集、第5〜12巻, 三省堂, 1933）が出版されている。アイヌ語の特徴は /p t k/ と /b d g/ の音韻的対立がないこと（cf. 高田にタカタとタカダの読み方がある）、形態接辞の多総合性（polysynthesis）である。Ainu は「人、人間」の意味。

　地名にアイヌ語が見られる。ホロベツ（幌別）＜ poro-pet 大きい・川、ノボリベツ（登別）＜ nupur-pet 濃い・川、ワッカナイ（稚内）＜ wakka-nay 水の沢。アイヌ語から入った日本語は rak-ko →ラッコ（猟虎）、shakipe →しゃけんべ、鮭（シャケ）。日本語から入ったアイヌ語は神→ kamui, 牛（ベコ）→ peko. 旧日本領であった樺太のアイヌ語については、村崎恭子『カラフトアイヌ語』（国書刊行会, 東京, 1976；テープ付き）がある。

　文例に知里幸恵編訳『アイヌ神謡集』（岩波文庫1978, 第63刷

2021）から「銀の滴降る降るまわりに」を掲げる。

「銀の滴降る降るまわりに、金の滴降る降るまわりに」という歌を私は歌いながら、流れに沿って下り、人間の村の上を通りながら、下を眺めると、昔の貧乏人がいまお金持ちになっていて、昔のお金持ちがいまの貧乏人になっているようです。"Shirokanipe ranran pishkan, konkanipe ranran pishkan." arian rekpo chiki kane petesoro sapash aine, ainukotan enkashike chikush kor shichorpokun inkarash ko teeta wenkur tane nishpa ne, teeta nishpa tane wrnkur ne kotom shiran.

　上掲のnishpa「主人」、kotan「村」は日本語に入っている。

　編者知里幸恵（1903-1922）は金田一京助によると、北海道の登別に生まれ、函館に出て、英人ネトルシプ師の伝道学校に修学し、日本語や日本文はもちろんのこと、ローマ字や英語の知識も得て、敬虔なクリスチャンだった。わずか19歳で亡くなった彼女のお墓は東京の雑司が谷にある。行年（full living years）19歳、知里幸恵之墓と刻んだ墓石が立っている。

　［参考書］ジョン・バチェラー Dr.John Batchelor著『アイヌ・英・和辞典』（岩波書店、第4版1938, 第2刷1981）序文、アイヌ語文法p.1-105, 物語と伝説p.105-145（14編、The man in the moonなど、アイヌ語・英語対訳）；アイヌ語・英語・日本語辞典p.1-581, 英語・アイヌ語辞典p.1-100；「バチラーの辞典について」田村すゞ子（早稲田大学教授）。John Batchelor（1845-1944）はイギリスの宣教師、アイヌ研究家。英国Sussex州に生まれ、ケンブリッジ大学に学び、1867年来日、北海道の函館、札幌に住み、キリスト教伝道のかたわらアイヌ研究に没頭した。新約聖書のアイヌ語翻訳により神学博士の学位を得た。

　以下、津野熊総一郎氏より（2023.9.10）。2023年は『アイヌ神謡集』刊行100年の記念すべき年。アイヌ語学者中川裕氏の補訂によって、岩波文庫から刊行された。知里幸恵のたぐいまれな才

能によって永遠の命を与えられた。遺骨は東京の雑司ヶ谷霊園に葬られたが、1975年に登別市富浦墓地に改葬され、伯母である金成マツの碑の隣で眠っている。解説、中川裕、当文庫 p.204)

Albanian（アルバニア語）印欧語族の中の一分派。言語人口300万。トスク Tosk 方言（標準語）とゲグ Geg 方言（第二次世界大戦前の標準語）がある。アルバニア共和国、コソボ地方、ギリシア、南イタリアに行われる。mik（friend）、mik-u（the friend）のように定冠詞を後置し、mik（ラテン語 amicus）とその複数 miq（ラテン語 amici）において q：k（palatal k と velar k）の対立が見られる。ラテン語からの借用語が多く、mik においてはラテン語の amicus の語頭の a- が脱落し、mbret「王」（ラテン語 imperator より）のように語形が縮小している。バルカン半島の言語連合（linguistic alliance, Sprachbund）の一員。最古の文献は1555年の聖書の翻訳。Albania の語源はケルト語 alb "hill"、首都 Tirana の語源は Tyrrhenia と同じで turris 'tower' か。Albania の自称は Shqipëria（鷲ワシの国）。ëはəの音。

Alonso, Amado（アロンソ、1896-1952）スペインの言語学者。Menéndez Pidal（1869-1968）の教え子で、イタリアの哲学者 Benedetto Croce（言語は絶え間なき創造である）、Charles Bally の文体論を学び、ソシュールの Cours de linguistique générale（1916）をスペイン語に訳した（1943；日本語、ドイツ語、ロシア語に次いで4番目）。Rubén Darío, Lope de Vega, Pablo Neruda（の研究は近代詩への入門）の著書あり。1946年 Harvard 大学教授となり、Chicago 大学名誉博士。スパニッシュ・アメリカンの研究、スペイン語におけるアラビア語の影響を研究、マサチューセッツの Arlington に葬られる。

alphabet（アルファベット）ギリシア文字の最初の2文字 alpha と bêta からなる。アルファベットの発明はフェニキア人によるとされる。フェニキア文字 A（ʾālef, alpha）は「牡牛」を表し、B（bēt, bêta)は「家」を表す記号だった。最初は音節文字（子音＋母音、子音＋母音＋子音）だった（日本語は音節文字：ア、カ、サ）。ラテン語のアルファベットは26文字（半母音j, v, wを含め）である。ラテン文字はドイツ語の音を表すには不十分で、ä, ö, ü（フランス語はai, œ, y）を用い、č（チュ）の音に英ch, フtch, ドtschを用いる（Nietzscheのように5文字もある）。

オガム文字（Oghamic）はアイルランドのケルト人に用いられる。ルーン文字（runes, 古代ノルド語rún「秘密」より）に由来する。

スラヴ語にはグラゴル文字（Glagolitic；glagolŭ「ことば」）とキリル文字（Cyrillic）があり、今日ロシア語に用いられるのはキリル文字で、伝道師キリルとメトディオス（Cyrillos, Methodios）が聖書の翻訳に用いたもので、40字からなる。August Leskien（1840-1916）のHandbuch der altbulgarischen (altkirchenslavischen) Sprache（Heidelberg, 1871；8版1962, 11版2002）は長い間欧米の大学で教科書として用いられた入門書だが、キリル文字を用いる。グラゴル文字の見本はJohannes IV, 5-42.

ʼame と aʼme（雨と飴）rain and bonbon

日本語は音の高い・低い（tone）で意味を区別する。

代名詞：コ￣レ（koré）；ソ￣レ（soré）；ア￣レ（aré）；ド￣レ（dóre）

カ￣レ he；キ￣レ cut!；キ￣レ cloth；ク￣レ give, 呉（地名）；ケ￣レ kick (the ball)；コ￣レ this, コ￣レ!（＝コ￣ラ kora!）

ame ga furu（雨が降る）

人称構文：日本語（主語：雨、動詞：降る）；ロシア語dozdʼ idët ドーシチ・イジョート（雨が行く, rain goes）[ëはヨと発音する；Gorbachëv ゴルバチョフ]

非人称構文：英語it rains, ド es regnet エス・レーグネット；フ il pleut イル・プルー；ス llueve リュエベ；イ piove ピオーヴェ

American English（アメリカ英語）人口がイギリス本国の4倍ということもあろうが、社会のあらゆる面とともに、アメリカ英語

がイギリス英語に侵食し、後者の存在を危うくしそうだと聞いて驚く。1790年にはアメリカ合衆国の人口が450万だったというから、今日の小国デンマークに毛の生えた程度の大きさだった。その後の破竹の勢いのアメリカ英語に学者の関心が向かないはずはない。アメリカ本国にはジャーナリストであったメンケンによる大著 The American Language (1918) がある。以下はキルヒナー著、前島儀一郎ほか訳『アメリカ語法事典』(大修館書店, 1983, 162 + 1028頁) の紹介である。著者 Gustav Kirchner (1890-1966) は東ドイツ・イェーナ (Jena) 大学の英米語学教授で、原著は Die syntaktischen Eigentümlichkeiten des amerikanischen Englisch. 2巻。Leipzig 1970-1972. 訳者注と4種の索引を加えた本書1200頁は3部に分かれる。第1部「語のシンタクス」は冠詞、名詞、形容詞など品詞別の用法を扱い、第2部「文のシンタクス」は語順、否定、分詞構文などを扱い、第3部は動詞用法辞典となっている。アメリカ英語には古い語法が残っているといわれる。

　文法性 (gender)：Mexican *life* as *she* is lived (メキシコ生活の実態) の無生物名詞 life が女性扱いになっている。なるほど「生活」のラテン語 vita, フランス語 vie は女性名詞だが、アメリカの民衆はそんなことには目をくれず、女性扱いしている。Music. All ready? Then let *her* go! (みな用意はいいか。演奏始めだ!)。「音楽」はラテン語 ars mūsica, ギリシア語 tekhnē mūsikē (ムーサの技) 以後、女性名詞になっている。「天気」(weather, OE weder, ドイツ語 das Wetter) もアメリカでは by God, *she*'s gettin' cold, ain't *she*? (おやおや、天気が寒くなってきたようだね) と女性扱いになっている。コーヒーも女性扱いだ。I smell *her* (コーヒーのにおいがする)。この種の現象は、英語史的にも比較文法 (比較文化) 的にも興味ある事実である。

　アメリカ英語には古い語法が残っているといわれる。主語属格 the *car*'s speed (車の速度)、the *coffee*'s warmth (コーヒーのぬく

もり)、the *restaurant's* window（レストランの窓）など。また、afternoons, evenings, mornings, Sundays, weekdaysにみる属格s「午後にはいつも」は、ドイツ語では、今日ごく普通に用いられる語法で、sonntags geschlossen（日曜日閉店）のように用いられる。What I would *leaves* ain't the point.（ぼくの望むのはその点じゃない）のイタリックの語はドイツ語lieberを引きあてると、なるほどと思われる。

　第3部「動詞用法辞典」は260頁に及ぶアルファベット順の動詞辞典で、用例を読むだけでも面白い。そこにあるのは、おつにすました優等生的な文章ではなく、アメリカの都会や農場や若者のたまり場からの、なまの文である。名詞や形容詞の用法辞典とするより、どれほど生き生きしていることか。ラテン語の動詞verbumは「ことば」が原義だった。in prinpicio erat verbum（はじめにことばがあった）。verbumの語源は*werdhomで、英語wordと同じ語源。オーストリア・グラーツGraz大学のロマンス語学者フーゴー・シュハートHugo Schuchardt（1842-1927）は言う。動詞こそ言語に生命を与える魂である（Das Verb ist die Seele einer jeden Sprache. Wien, 1892, Selbstverlag）。巻末のアメリカ英語の見本（Fitzedward Hall, p.995-996；Fitzはfils）にI am from America, where my home is at the North（＝in the North）…とある。

　本書はアメリカ英語の文法と語法事典（grammatisch-phraseologisches Wörterbuch）と称すべきものだが、アメリカ語法事典たるにとどまらず、アメリカ語法を中心にした英文法総覧（cf. PaulのGrundriss）ともいえよう。おびただしい引用例に日本語訳を添えることは訳者たちにとって容易ならぬ仕事だったと思われる。また、随所に見られる訳者注は巻末にまとめるのではなく、本文中および原注の中にカッコで挿入されているので、読みやすい。
（大修館書店『月刊言語』1987年7月号）

［付記］1983年5月16日（月）午前中，早稲田大学のドイツ語

非常勤の授業2つを済ませて、神田錦町の大修館書店で『月刊言語』の編集長・山本茂男氏から上記の『アメリカ語法事典』の初校ゲラ刷り1000頁を受け取り、午後一番の新幹線で非常勤先の日本大学国際関係学部（三島）での比較言語学と言語学概論の授業へ向かう車中で読んだ。

Amur（アムール地方の民話）アムール川（黒龍江）は満州とロシアの国境を流れる。民話「この世で一番強い者はだれか」。男の子が氷ですべって、足を怪我してしまった。「氷さん、あなたより強い人はいますか」「太陽には負けるよ。氷はとけてしまうからね」「太陽さん、あなたより強い人はいますか」「雲には負けるよ、真っ黒に覆われてしまうからね」「雲さん、あなたより強い人はいますか」「風には負けるよ。吹き飛ばされてしまうからね」「風さん、あなたより強い人はいますか」「山には負けるよ。いくら吹いても、びくともしないからね」「山さん、あなたより強い人はいますか」「松の木には、かなわないよ。いくら吹いても、びくともしないからね」「松の木さん、あなたより強い人はいますか」「人間にはかなわないよ。斧で切り倒されてしまうからね。」出典：アムール地方の民話（ドミトリー・ナギシキン再話、小檜山奮男訳、新読書社、1997）

analogy（類推）「大勢の人たち、不自由な人たち」のように「たち」は人間に用いられるが、飛行場で「たくさんのトランクや荷物たちが機内に運ばれて行った」と言う。英語cowの複数はkine（詩語）だった。kineは古代英語cū（クー）の複数cý（キュー）だが、音法則的な発達形kī（キー）では、短すぎて伝達に不十分なので、さらに-ne（childr-en）が加えられた。英語は-sの複数形が主流になり類推でcowsとなった。古代英語hūs（house）の複数はhūs（同形）だった。フランス語j'aime（I love), nous amons（we love）だったがaim-の語幹が優勢を占め、nous aimonsとなった。

analysis（分析：Bernard Pottier, 1924-）音声分析：žpar-ti-rè（3音

節）；形態素分析：ž-part-ir-è（4形態素）。Présentation de la linguistique, Paris 1967：冊子78頁に言語分析の神髄が詰まる。

Andersen, Hans Christian（1805-1875）童話「火打箱」（1835）は、tinder-box「火をつける箱」の意味です。デンマーク語はfyrtøjetフュルトイエト、英語の直訳はthe fire-toyです。兵隊が、戦争が終わったので家に帰るところです。退職金ももらえません。途中で魔法使いのお婆さんに出会いました。「兵隊さん、手伝ってくれたら、お金をあげるよ」と言うのです。「お手伝いって、何をすればいいんですか」「この木の下の洞穴にある金貨と火打箱を取ってきてほしいんだよ。」兵隊は、言われたとおりに木の下の洞穴に降りて行くと、金貨と火打箱がありましたので、兵隊の背嚢（はいのう：リュックサック）に金貨を一杯につめて、火打箱をもって、地上に登って行きました。「金貨はお前さんにあげるから、火打箱をよこしなさい」と言うので、火打箱をどうするんですか、と尋ねると、「そんなこと、お前の知ったことか」と口論になり、兵隊は魔法使いの首をちょん切ってしまいました。実は、この火打箱はアラジンのランプのような魔法の箱なのです。

　兵隊は町の一番立派な宿屋に入って、ご馳走を注文しました。次の日に立派な服と靴を買って、紳士のようになりました。ところで、火打箱は、何に使うんだろう。擦ってみると、茶碗ぐらいの目玉のイヌが出てきて、「旦那さま、何のご用ですか」と言うではありませんか。そうか、これは魔法の箱なのだ。うわさに聞いていたお姫さまを連れて来ておくれ、と言うと、本物のお姫さまを連れて来たではありませんか。それで、結局、兵隊はお姫さまと結婚することになりました。これは童話第1集（1835）の最初のお話で、アンデルセンが子供のときに聞いたそうです。

　その最初の英語を書きましょう。魔法使いが兵隊に言います。I'll tell you what.「いいことを教えてあげよう」このwhatはsomethingの意味で、ドイツ語のetwas（was=what）にあたります。こ

のwhatはデンマーク語の原文にはありません。I'll tell you whatは「アンデルセン童話」(1947, 能加美出版編集部、東京都中央区、定価30円)にあります。この本のコピーは、平岩阿佐夫さん(1934-2017)から2007年9月26日にいただいたものです。平岩さんは東北大学英文科を卒業、石川島播磨重工に就職し、ロンドン支社長でした。毎日ラテン語、ギリシア語を読んでいました。

apple(リンゴ)「赤いリンゴにくちびる寄せて、だまって見ている青い空」並木路子の「リンゴの唄」(1946)が、住む家もなく食べるものもない腹ぺこの日本人に、どんなに生きる勇気を与えたことか。

areal linguistics(地域言語学)ロマンス諸語はラテン語から出発したのだが、地域により下図のような傾向がみられる。

Iberia	Gallia	Italia	Dacia
comedo	manducare	manducare	manducare
final -s	no -s	no -s	no -s
formosus	bellus	bellus	formosus
magis fortis	plus fortis	plus fortis	magis fortis
tunc	ad illam horam	ad illam horam	tunc

周辺地域のIberia(スペイン語)とDacia(ルーマニア語)に古語が残る。これをMarginal theory(古語周辺保存説)という。

Arisaka Hideyo(有坂秀世、1908-1952)東京大学言語学科卒。主著『音韻論』(三省堂1940, 1947⁴, 1958⁵)はプラーグ学派の音韻論の真髄をいち早くわが国に紹介し、批判的に解説。当時は海外の出版物を入手するのが容易ではなかった。その他の主著は『上代音韻攷』1955三省堂,『国語音韻史の研究』1957三省堂。有坂はTrubetzkoyに肉迫し、ほぼ同時代の小林英夫はSaussureに肉迫し、泉井久之助はHumboldtに肉迫したと言える。

Arishima Takeo(有島武郎、1878-1923)『一房の葡萄』A Bunch of Grapes. 有島武郎が中学時代の思い出を語る(1921)。

ぼくは横浜に住んでいた。ぼくが通っていた中学校は生徒も先生も外人が多かった。ぼくは同級生のジムが持っている絵の具のうちの洋紅（European red）と藍（あい、indigo, deep blue）がほしかった。横浜の海と港にある船を描くには、ぼくの絵の具では足りなかったから。昼休みに、ぼくはジムの絵の具入れから、二つの色を盗んだ。しかし、クラスの数人に見つかってしまった。そして、ぼくの大好きな女の先生の部屋に連れて行かれた。先生は「ほんとうに盗んだの？　もう返したの？」とやさしく聞いた。ぼくは「はい」と言うかわりに、泣き出してしまった。ぼくを連れて来たクラスの生徒たちに、「あなた方は、もうクラスに戻っていいですよ」と言った。みんな、物足りなげに、階段を降りて行った。先生はぼくに「次の時間は授業に出なくてもよいから、この部屋にいなさい」と言って、窓のそとにあるブドウの木から一房を切って、それをくれた。授業が終わったあと、先生は部屋に戻って来て、「明日はかならず学校へいらっしゃいよ」と言った。

　翌日、いやいや、学校に行った。学校の門に来ると、ジムがぼくを待っていた。そして、ぼくを先生の部屋に連れて行った。ジム、あなたは、いい子ね、と先生が言った。先生は、仲直りのしるしに二人で握手をなさい、と言って、一房のブドウを窓のそとから切り取り、銀色のハサミで二つに分けて、ぼくとジムにくれた。

　大人になってから、ブドウの季節になると、大理石のような、あの白い手の先生を思い出すのだが、先生がどこに行ってしまわれたのか、分からない。

Armenian（アルメニア語）印欧語族の中の一分派。アルメニア人は紀元前6世紀以降Ararat山、Van湖周辺に住み、西暦5世紀以後、文献は聖書の翻訳に始まる。アルメニア人の自称はHay（複数Haykh）、アルメニア国をHayastan（Hay人の国）という。言語人口350万。アルメニア語は印欧諸語の特徴である文法性を失ったが、その他の文法特徴は保たれており、ゲルマン語に似た子音

推移が見られる：hayr 父、ラ pater；tasn 10, ラ decem；kin 女、ギ gynē. ełbayr（エグバイル；兄弟）は語形がかわっているが、ギリシア語 phrātēr に対応する。ph と r が音韻転移（metathesis）し、rph となり、r が ł となり、その前に e- が生じた。これらの詳細はフランスの言語学者 Antoine Meillet の Esquisse d'une grammaire comparée de l'arménien classique (seconde édition entièrement remaniée, Vienne 1936, 205pp.) p.163 に描かれている。ここの子音変化は dissimilation consonantique（子音異化）と呼ばれ、Maurice Grammont の博士論文にある（本書 p.85）。

アルメニア語の入門書。Kevork H. Gulian, Elementary Armenian Grammar. New York, Ungar Publishing Co. 1977³. 196pp. アルメニア語から英語への翻訳テキスト、分類単語集、会話、アルメニア語テキスト（英訳なし）、語彙（アルメニア語→英語；英語→アルメニア語）。アメリカにはアルメニア人が多い。

ミコヤン Mikoyan（政治家）、ハチャトゥリアン Khachaturyan（作曲家）、シャウミャン Shaumyan（言語学者）、サロイヤン Saroyan（作家）、の -yan はアルメニア人である。

「アルメニア人は地下に住んでいた」と Xenophon の Anabasis にある（L.A.Wilding, Greek for Beginners, faber and faber, 1982, p.43）hoi de Arménioi ékhousi tās oikíās katà tês gês.

article（冠詞）は比較的のちの発達で、ラテン語、サンスクリット語、ロシア語、フィンランド語には、ない。Life is a dream の life と dream を比較すると、表現の差異が見えてくる。the roof of the house, the wine we drank yesterday のような限定的な場合に用いられる。the は that の弱い形である。限定的でない場合は a roof, a house, a wine のように用いる。定冠詞は指示代名詞（deictic pronoun）から発達した。不定冠詞は、定冠詞よりもあとの発達で、ノルウェー語やアイスランド語のテキストを見ると不定冠詞がない場合が、よくある（英語なら不定冠詞があるはず）。定冠詞は

the bookのように名詞の前に置かれるが、スウェーデン語bok-en（ブーケン 'the book'）のように名詞の後に置く言語もある（デンマーク語、ノルウェー語も同じ）。ブルガリア語も kniga-ta（クニーガタ；kniga 'book', -ta 'the'）のように後置する。ロシア語は定冠詞がないが、語順で示すことができる。u menya kniga（ウ・メニャ・クニーガ）は beside me is a book（私のところに本がある、私は本をもっている）Kniga u menya クニーガ・ウ・メニャは The book is beside me, The book I do have. その本なら私が持っている。定冠詞は固有名詞に密着した形で残る。Le Havre（ル・アーヴル 'the harbor'）、Oporto（オポルト；'the port'）。熟語 take the good of life and leave the bad 人生を楽しみ、不幸は忘れる。

Asada Jiro（浅田次郎、1951-）日本の作家。作品「うたかた」は泡（bubble）の意味。主人公、妻フサ子の回想。四畳半の生活で始まった私たち夫婦は20倍もの競争のあと、抽選で当たった団地に入ることができた。部屋が4つ、オフロもある。息子はニューヨークの支店長となり、パリに留学した娘はフランス人と結婚。私の夫は10年前に亡くなった。娘の夫ピエールはお母さんを呼びなさいよ、と言ってくれた。私は、しあわせだった自分の人生を振り返りながら、東京で静かに暮らそうと思う。

'Ascoli, Graziadio Isaia（アスコリ、1829-1907）。イタリアの言語学者。1861年以後 Milano 大学教授。印欧語、セム語、ドラビダ語、トルコ語、中国語も研究。主著 Sprachwissenschaftliche Briefe (Leipzig, 1887) xvi, 228pp. 手紙の形で音韻法則や言語基層（substratum）を論じた。Hugo Schuchardt と並んで青年文法学派（Junggrammatiker）の音韻法則に例外なしの主張に反対の立場をとった。イタリア言語学紀要（A.G.I.）を創刊。u から i への変化には必ず u＞ü＞i という中間段階が必要と説く。ギリシア語 mūthos ミュートス「神話」＞ míθos ミソス。

B（発音）ヨーロッパの大部分ではラテン語の発音（有声唇閉鎖

音 voiced labial stop）だが、南ドイツ、オーストリア、スイスのドイツ語圏ではbはpに近く発音される。burg（城）はpurkと発音される。スペイン語Cervantesのvは［b］（両唇摩擦音）なので、セルヴァンテスよりもセルバンテスのほうがよい。現代ギリシア語のbは［v］と発音される。外来語bar（バー）はmparと書かれる。barと書くと発音がヴァルとなるから。Ball（舞踏会）はmpal［バル］と書かれる。Bは学校の成績で「優」、Aは「優秀」。

Balkan linguistic union（Balkanischer Sprachbund；バルカン言語連合）ギリシア語、アルバニア語、ブルガリア語、ルーマニア語の総称。後置定冠詞（ギリシア語を除く）、未来時制の形成法（'will' ＋人称形）、不定法の消失。ロシア語と同じように語頭のeを［je］と発音する。este［jeste］'is'. ルーマニア語のom-ul 'the man'（＜homo ille）はウオムルと発音される。

Bally, Charles（シャルル・バイイ、1865-1947）スイスの言語学者。Saussureの学生で、ジュネーヴ大学教授（1913-1939）。ソシュールの理論のうち、文体論（stylistics）を発展させたLinguistique générale et linguistique française（1932, 小林英夫訳『一般言語学とフランス言語学』岩波書店、1970）はフランス語、ラテン語、英語、ドイツ語を比較したもので、微妙な差異、傾向、言語のもつ特質を描き出した。フランス語に精通していたので、Précis de stylistique（1905）, Traité de stylistique française（2巻1909）, Le langage et la vie（1913；小林英夫訳『言語活動と生活』岩波文庫、のち単行本1974）がある。

Baltic languages（バルト諸語）リトアニア語Lithuanian, ラトビア語Lettish, 古代プロシア語Old Prussian（17世紀後半に死滅）。このうち印欧語比較文法に重要なのはリトアニア語と古代プロシア語である。リトアニア語は270万人、ラトビア語は150万人に話される。eleven, twelveの表現でバルト諸語はスラヴ語よりもゲルマン語に近い。（筆者はAlfred Senn；1921-1930リトアニアに滞

在：Pennsylvania大学教授）

Bàrtoli, Matteo（バルトリ、1873-1946）イタリアの言語学者。WienでMeyer-Lübkeに学び、1908年以降Torino大学教授。最初の著作Das Dalmatische, altromanische Sprachreste von Veglia bis Ragusa（1906）は死滅したダルマチア語の基本的な業績になっている。新言語学（neolinguistics）はクローチェ（Croce）の哲学とジリエロン（Gilliéron）の言語地理学（linguistic geography）を融合させ、その後、Giulio Bertoniと共著でBreviario di neolinguistica（1925）を書いた。

Basque（バスク語；バスク語自称euskara, euskera）フランスとスペインの国境地帯、ピレネー山麓の西南部に60万人に話される系統不明の言語。バスク地方（Baskenland, Vasconia）はスペイン側の4州（中心地San Sebastián）に50万強、フランス側の中心地Bayonneに10万人弱。大部分はスペイン語かフランス語の二言語併用（bilingual）である。ビスカヤ、ギプスコア、ラブール、スール（Biscayan, Guipuzcoan, Labourdin, Souletin）の四つの文学的方言があるが、1968年以降、バスク語アカデミー（Academia de la Lengua Vasca, Bilbao）が、ギプスコア方言とラブール方言を中心にした、統一バスク語（unified Basque, vasco unificado, euskara batua）が誕生し、印刷物に広まりつつある。

　最古の文献は1545年ベルナト・デチェパレBernat Detcheparの『バスク初文集Primitiae Linguae Vasconum』（バスク名Olerkiak『詩集』olerki-akは"the works"の意味（-akは複数）。

　20世紀の純文学であるニコラス・オルマエチェアNicolas Ormaecheaの『バスク民族Euskaldunak』は1934年完成、1950年出版（出版までの艱難辛苦が窺われる）。バスク農民の生活と四季を15章、11842行の詩に歌った（フィンランドのカレワラを思い出させる）。

　バスク語の発音は地域により異なり、Mrの意味のjaunはフラ

ンス領ではジャウンと発音され、スペイン内ではハウンとかヤウンと発音される。バスク語にはアクセントがなく、どの音節も均等に発音する。これをisotoneという（コーカサスのグルジア語でも同じでHugo Schuchardtの用語である；Über das Georgische. Selbstverlag, Wien, 1895）。フランス語téléphoneは前から3番目の音節phoneに、スペイン語teléfonoは前から2番目の音節léにある。そこから借用されたバスク語telefono「電話」は四つの音節を同じ強さで発音する。ただしelíza "church", elizá "the church"のような音素的区別が見られる。バスク語は語頭にrが立ちえず、その前にeの母音を置く。errege「王」（ラテン語rege-m）、Erroma (Roma)。スペイン語の語頭のrは複振動でrey「王」、rico「金持ちの」はrrey, rricoのように発音される。語頭にrをきらう傾向はアルタイ系の言語やギリシア語やアルメニア語にも見られる。

　スペイン語、フランス語からの借用語が多い。beribil「自動車」はber自分, ibili行く、の合成語で、「自動車」の意味だが、普通はスペイン語autoを用いる。auto-zは「車で」。-zはバスク語である。文法特徴は能格（ergative）という格で、他動詞の主語は能格を用いる。ni-k etxe ona dut「私はよい家を持っている」のnikはni（私）の能格で、目的語「家をetxe ona」は主格である。etxeエチェは家で、形容詞on「よい」は名詞のあとに置かれる。-aは定冠詞語尾であるが、英語ではa good houseという場合にも定冠詞語尾を用いる。etxeは純粋のバスク語で、Ormaechea（上記『バスク民族』の著者）は「かべ（wall）の家etxe」を持つ人」の意味。

　もう一つの特徴は他動詞の主語動詞の活用形における多人称性（polypersonalism）である。polypersonalismは動詞の変化形の中に主語・目的語・目的語複数の指標が表現される。dut 'I have it'を分析するとd「それを」u「もっている」t「私は」。目的語が複数（books）の場合はd-it-ut 'I have them'となる。

［参考書］下宮『バスク語入門。言語・民族・文化―知られざる

バスクの全貌』Manual de lengua y cultura vascas（パチ・アルトゥナ Patxi Altuna監修）大修館書店1979, 第4版1996. 388頁。第1部：バスクの言語と文化。第2部：実用バスク語篇。第3部：バスク文学と文化のアンソロジー（テキスト、バスク語・日本語対訳、脚注。Tartaloタルタロ（一つ目巨人）、ゲルニカ、ことわざ、などあり。第4部：バスク語文法。語彙（バスク語・日本語 p.314-367は詳細な変化形を見出し語に掲げる）。変化表, 参考書。

Baudouin de Courtenay, Jan（ヤン・ボウドゥアン・ド・クルトゥネ、1845-1929）Janヤンが名、Baudouinが姓、de Courtenayド・クルトゥネは「クルトゥネ家の」。ポーランド、ワルシャワ生まれの, 言語学者、印欧言語学者、音素の概念を導入。プラハ、次いで、ドイツのJenaでA.Schleicher, LeipzigでA.Leskien, K. Brugmannのもとで印欧言語学とスラヴ言語学を研究。1872-1875年 St.Petersburg大学で比較言語学の私講師（Privatdozent）、Kazan大学で印欧比較言語学とサンスクリット語の教授。1868年、W. Schererとは別個にanalogyの重要性を指摘した。音素（phoneme）の発見者でもあった。Saussureと文通あり。主要著作は次の本にまとめられる。Baudouin de Courtenay, Izbrannye trudy po obščemu jazykoznaniju（Selected works in general linguistics), Moscow, 1963, 2 vols. 384pp.391pp.；A Baudouin de Courtenay Anthology, The Beginnings of Structural Linguistics. E.Stankiewicz訳、Indiana大学出版部、8 + 406頁。

Bengālī（ベンガル語）インド・イラン語派の一つ。ガンジス川のデルタ地域に5000万人に話される。11世紀に始まる豊富な文学をもつ。文法性はなくなり、人間の性はmaleとかfemaleをつけて区別される。生物と無生物の区別が生じた。サンスクリット語の格変化がなくなり、後置詞が発達した。動詞は単数と複数の区別がなくなり、人称代名詞の主格はフランス語のc'est moi, 英語のit's meのように斜格（oblique case）で表現される。ベンガル

の詩人ラビンドラナート・タゴールRabindranath Tagore (1861-1941) は1913年詩集『ギタンジャリGītāñjali』(gītā は歌、añjali は合唱の意味)でノーベル文学賞を受賞。家族の愛、祖国への愛が歌われる。

Berneker, Erich(エーリッヒ・ベルネカー、1874-1936)ドイツのスラヴ語学者。Hermann Paul, Rudolf Thurneysen, Ferdinand de Saussure, Karl Brugmann, August Leskienに学び、1902年Praha大学教授、1909年Breslau大学教授、1911年München大学教授。1922-1929年Archiv für slavische Philologie編集。著書はSlavische Chrestomathie mit Glossaren (1902), Die preussische Sprache (1896, with a complete etymological dictionary), Russische Grammatik (1897), Russisches Lesebuch (with a glossary, 1916²), Slavisches etymologisches Wörterbuch (1908-1913, Mで中断)。ロシア語語源辞典はMax Vasmer (1953-1958) を待たねばならなかった。Bernekerは言う。ロシア語 xlebŭ「パン」におけるŭの文字は発音上まったく不要だ。この文字はロシア語の文の16分の1にも達する。これを削除したら年間400万ルーブルもの節約になる。Russische Grammatik. Leipzig, 1902, p.16.

Bertoni, Giulio(ジュリオ・ベルトーニ、1878-1942)イタリアの言語学者。1905-1920スイスのFreiburg大学、1921-1928 Torino大学、1928-1942 Roma大学教授。Matteo Bartoliとともにneolinguisticaの提唱者。Archivum romanicumを創刊。著書はProgramma di filologia romanza come scienza idealistica (1923), Breviario di neolinguistica (with Bartoli, 1925)。

Bezzenberger, Adalbert(ベッツェンベルガー、1851-1922)Göttingen大学教授 (1879-1880)、のちKönigsberg大学教授。印欧言語学の雑誌Beiträge zur Kunde der indogermanischen Sprachen (通常Bezzenbergers Beiträgeと呼ばれる) を創刊 (1877-1907)。筆者の手元にW.Stokes und A.Bezzenberger: Wortschatz der keltischen Spracheinheit (Vandenhoeck & Ruprecht, 4. Aufl. 1894, 5版1979, 337pp.) があ

る。見出し語がサンスクリット語の順なので、利用しづらい。

Bloch, Jules（ジュール・ブロック、1885-1953）フランスの言語学者。Sylvain Lévi と Antoine Meillet の教えに従ってインド言語学とドラビダ語（Dravidian）を研究。1919年、Robert Gauthiot の後を継いでパリの高等学院（École Pratique des Hautes Études）でインド諸語、ヒンドスタン語、タミル語（Tamil）を教えた。主著：La formation de la langue marathe（1920）, L'indo-aryen du Véda aux temps modernes（1934）, La structure grammaticale des langues dravidiennes（1946）

Bloch, Oscar（オスカル・ブロック、1877-1937）Gaston Paris と Jules Gilliéron の教え子で、言語地理学を専攻。主著：Lexique français du patois des Vosges méridionales（1915）, Atlas linguistique des Vosges méridionales（1917）, Dictionnaire étymologique de la langue française（1932）.

Bloomfield, Leonard（レナード・ブルームフィールド、1887-1949）アメリカの言語学者。主著 Language（1933）は言語学概論の古典として、アメリカはもちろん、日本でも広く愛読された。戦後、知識に燃えた若い世代は、こぞって Bloomfield のもとに馳せ参じた。Language は、全28章のうち、前半（5-16章）は構造言語学を解説（その全貌を明らかにした）、後半（18-27章）は伝統的な歴史言語学（文化的借用 cultural borrowing もあり）を紹介した。第10章の Immediate constituents（直接構成素）分析や第12章の内心構造（endocentric construction）、外心構造（exocentric construction）が本書から日本、ヨーロッパに広がった。

Bloomfield, Maurice（モーリス・ブルームフィールド、1855-1928）アメリカの言語学者、サンスクリット語学者。オーストリア Bielitz 生。1867年に渡米、1881年 Johns Hopkins 大学でサンスクリット語と比較言語学教授。ヴェーダ語研究で最高の評判を得た。 主著 The Hymns of the Atharva-Veda は Max Müller の Sacred

Books of the East（1897）に、The Atharva-Veda and the Gopatha Brāhmana は J.G.Bühler の Grundriss der indoarischen Philologie und Altertumskunde（1899）に収められる。A Vedic Concordance（1907）。

Boas, Franz（ボアズ）アメリカの人類学者。Heidelberg, Bonn, Kiel 大学で物理学、数学、地理学を学び、1881年 Kiel 大学で物理学 Ph.D. を得る。地理学への関心から 1883-1884 Hamburg から北極への探検隊に参加、Baffin Land で Eskimo 人を研究。ドイツに帰国後、Berlin の Royal Ethnological Museum の助手となり、Berlin 大学で地理学を教えた。1886年アメリカに来て、人類学を研究、Clark 大学で人類学講師、1896年 Columbia 大学人類学講師、1899年、教授。著書に The Mind of Primitive Man（1911, 1938）, Anthropology and Modern Life（1928）, General Anthropology（1938）, Race, Language and Culture（1940）, 編著に Handbook of American Indian Languages. Bureau of American Ethnology, Smithonian Institution, Washington D.C., Government Printing Office, reprint Oosterhout, The Netherlands, Anthropological Publications, 2 vols. Part 1, 1911, vii, 1069pp. Part 2, 1922, 903 pp. Thoemmes Press 2000. 82,895円。Part 2 のうち pp.1-296 が E.Sapir の The Takelma language of southwestern Oregon, pp.891-903 が F.Boas の Chukchee and Koryak texts. 上記のうち言語学にとって『アメリカン・インディアン語のハンドブック』2巻が最重要。

Böhtlingk, Otto von（ベョートリンク、1815-1904）インド語学者。ペテルブルク生まれだが、家族はドイツの Lübeck 出身で、彼自身はオランダの市民だった。1835年、ベルリンで Franz Bopp のもとで、同年 Bonn で A.W.Schlegel のもとで学ぶ。1842年に St. Petersburg で科学アカデミー名誉会員。Über die Sprache der Jakuten. Grammatik, Text und Wörterbuch（Th.A.Middendorf, Reise in den äussersten Norden und Osten Sibiriens, Bd.III, 1-2）. Sankt-Petersburg. lviii, 581頁 Rpt. of 1851. Hildesheim, Georg Olms, 1988. 本書は

印欧語以外の言語の最良の記述（W.Streitberg）、アルタイ言語学の基礎となる。それ以上に有名なのはPāṇinis Grammatik. Leipzig,1887. Reprint Hildesheim, Georg Olms, 1971, xx, 837頁 Sanskrit-Wörterbuch, St. Petersburg, 1855-1875（東京、名著普及会 1976, 4740頁）

boiling earth（灼熱する地球）温暖化は予想以上に早い。

Bonfante, Giuliano（ジュリアーノ・ボンファンテ、1904-2005）イタリアの言語学者。I dialetti indoeuropei (1931, 1976²) で学界に登場。この本はMeilletのLes dialectes indo-européens (1922²) やWalter PorzigのDie Gliederung des indogermanischen Sprachgebiets (1954) と並んで利用される。印欧言語学が専門だが、ロマンス語、スラヴ語、インド・イラン語、どれも得意だ。印欧祖語の再構（reconstruction）よりも語派（branch of languages）に分化したあとの改新（innovation）に重点を置く。アメリカのプリンストン大学ロマンス語教授（1939-1952）のあとイタリアに帰り、Genova大学（1952-1959）、Torino大学言語学教授（1959-）。1960年ごろ、ロンドンのFaber & Faber社のGreat Languages Seriesの叢書でIndo-European Languagesの著者として予定されていたが、執筆が実現しなかったのは残念だ。

Bopp, Franz（フランツ・ボップ、1791-1867）ドイツの言語学者。1812-1816年パリでサンスクリット語を学ぶ。印欧語比較文法の最初の完成者であった。Über das Conjugationssystem der Sanskritsprache in Vergleichung mit jenem der griechischen, lateinischen, persischen und germanischen Sprache. Frankfurt am Main, 1816, xxxxvi, 312pp. reprint Hildesheim, Olms Verlag, 1975. 1825年Berlin大学教授になってからは印欧語比較文法の建設に取り組み、1833年にVergleichende Grammatik des Sanskrit, Zend, Griechischen, Lateinischen, Litthauischen, Gotischen und Deutschen. Berlin, Abt.1, Vorrede xviii, 288頁, Abt.2, Berlin, 1835, Vorrede viii, p.289-616pp.（こ

の巻から書名にLitthauischenの次にAltslawischenが加わる。Abt.3, Berlin, 1842. Vorrede xv, p.617-1068. Abt.4, Berlin 1849, Vorrede, viii, p.1069-1511. Abt.5, 1849, Abt.6, 1852を完成。改定第2版はアルメニア語を加えて全3巻として1856-1861年に、第3版はBoppの没後1868年に出版された。初版の第1部から第3部まではEdward Backhouse Eastwickに英訳され、Franz Bopp, Comparative Grammar of the Sanskrit, Zend, Greek, Latin, Lithuanian, Gothic, German, and Slavonic Languages. Part I & II. London, 1845, xv, p.1-952; Part III. London, 1850, p.953-1462として出版された（reprint Hildesheim, Georg Olms, 1985）。

次はBoppの語根ad 'essen'の人称変化。

三人称単数	Atti, statt adt	双数	Attaha, statt adtah
二人称	Atsi, adsi		Atthah, statt adthah
一人称	Admi, admi		Advah
三人称複数	Adanti		
二人称	ttha, statt adtha	（語根のDはWohllaut好音法により	
一人称	Admah	tとsの前でtに）[sandhī]	

Borrow, George（1803-1881）英国の作家。主著The Bible in Spain（1843）は、正式な書名はThe Bible in Spain, or the journey, adventures and imprisonment of an Englishman in an attempt to circulate the Scriptures in the Peninsula（London & Glasgow, Collin's Clear-Type Press）, 540pp. となっている。序文（preface）が7頁もある。ロンドンの聖書協会の派遣員として年俸200ポンドで1835-1840の5年間、聖書を販売した体験を57章に分けて語ったものである。スペインへの派遣員は2人いたが、1人は都市部で販売し、Borrowは山間部で、読書には無知な人々の間で販売した。販売部数は新約聖書5000部、聖書（旧約・新約）500部、ルカ伝のバスク語訳とジプシー語訳数百部（Jenkins, p.327）であった。バスク地方では、バスク語訳を現地の有識者との協力で作った。The Bible in Spainはアメリカで30000部も売れた（1843.5.27）が、印税は一銭も入らなかった。彼が受けた名誉はbiographical dictionariesとencyclopediasに名前を記入されただけだった。Borrowは16歳でウェールズ語の学習を始めた。Wild Wales（1861；自然の豊かなウェールズ）にウェールズ語を駆使しながら旅した成果を語っている。Wild Wales, its people, language and scenery.（Collins, London and Glasgow, 1928, 544pp.）参考書：Herbert Jenkins, The Life of George Borrow. London, John Murry, 1924. 496pp. 下宮「英国作家G. ボロウとウェールズ語」p.33-101（『アンデルセン童話三題ほか20編』近代文藝社2011）

　Borrowは1833年Bible Societyから新約聖書の満州語翻訳を依頼され、M.AmyotのDictionnaire tartare-mantchou-français（2 vols. Paris 1789）を貸すので6か月後に出頭せよ、と言われた。1833年7月28日Travemündeから汽船でSt.Petersburgに向かった。ペテルブルクをNeva河畔の女王、都市の女王と呼んでいる。Borrowは旅の出来事をこまかくロンドン本部に報告している。まるで日記帳のようだ、と評された。どこに住みたいか、と問われたら、ペテルブルクと答える、と言っている（Wild Wales, p.665, Herbert JenkinsのThe Life of George Borrow, 1924, p.109）。

　学習院大学文学部英文科図書室にThe Works of George Borrow in 16 vols. ed. by Clement Shorter（London, Constable & Co. 1923）があり、その第7巻、8巻、9巻の内容を記す。vol.VII. I. The Songs of Scandinavia. I. Holger the Dane, Queen Dagmar, Marsk Stig etc. vol.VIII. 同上II. Tegner, Fritjofs saga, Baggesen, Heiberg, Oehlenschlaeger, from the Faroese, Old Norse（Voluspo）, Beowulf's fight with Grendel, from the Welsh（Dafydd ab Gwilym, Goronwy Owen）, Manx, Cornish, Irish, Gaelic. vol. IX. 　同　上III. From the German, Dutch, Basque, France, Spain, Portugal, Dante, Greece and Rome, Sienkiewicz, Pushkin, Hungary, Modern Greece, Gypsy Songs, Hebrew, Arabic,

Turkish, Persian.（Borrowの諸言語の博識はすごい）［ウェールズ語法の例：estalom, estalwm ＜ er ys talm 'long ago' このようなウェールズ語を、ごく普通に、英語の中に書き込んでいる］

Brandenstein, Wilhelm（ヴィルヘルム・ブランデンシュタイン、1898-1967）オーストリア、Grazグラーツ大学比較言語学教授。Griechische Sprachwissenschaft, Bd.1（Sammlung Göschen, Berlin 1954）は従来の類書に比べて、画期的である。Trubetzkoyの音韻論を用いているからだ。Einführung in die Phonetik und Phonologie（Wien, 1950）は音声学と音韻論の相違を平易に叙述し、Trubetzkoyの音韻論をよく咀嚼し、紹介している。

Braune, Wilhelm（ヴィルヘルム・ブラウネ、1850-1926）ドイツの言語学者。1877-1880 Leipzigで、1880-1888 Giessenで、1888-1919 Heidelbergで教える。青年文法学派（Junggrammatiker）の一人としてゴート語、古代高地ドイツ語を専攻。Gotische Grammatik mit Lesestücken und Wörterverzeichnis（Max Niemeyer, 1880, xii, 198pp.；20版、新版2003, 300pp.）は100年も続いている教科書。同じくAlthochdeutsches Lesebuch（Max Niemeyer, 1875, 14版1962, viii, 257pp.）も100年以上教科書として用いられる。Althochdeutsche Grammatik（1886, 11版1963, xii, 349pp.）も教科書として100年以上用いられた。

Brøndal, Viggo（ヴィッゴ・ブレンダル、1887-1942）デンマークの言語学者。Saussureとプラーグ学派に学んだ。ロマンス語とゲルマン語における基層（substratum）と借用を扱ったSubstrater og Laan i romansk og germansk（1917, 215pp.）は博士論文である。Essais de linguistique générale（Copenhagen, 1943, 172pp.）, Les parties du discours（1948, 173pp.）, Théorie des prépositions. Introduction à une sémantique rationnelle（xxii, 145pp.）。Louis Hjelmslevのglossematicsを追求したのではないが、コペンハーゲン学派の代表だった。名前Brøndalは泉（brøn）谷（dal）の意味。小林英夫先

生はブレナルと表記しているが、ブレンダルと読むのが正しい。

Brother and Sister（兄と妹）Grimm童話（KHM 11；Brüderchen und Schwesterchen）お母さんが亡くなってからは、楽しいことはなにもないよ、と兄は妹に言いました。まま母は毎日ぼくたちをぶつし、食事は食べ残りのパンくずだ。テーブルの下にいるイヌのほうが、よっぽどいいものを食べている。一緒にこの家を出ようよ。［まま母がいるということは、父が再婚したはずだし、父がいるはずなのに、なぜか登場しません。］

　夕方、二人は森の奥まで歩き、空洞のある木の中で眠りました。翌朝、また歩いていると、兄が言いました。「のどがかわいた。泉の水を飲むよ。」しかし、まま母は魔女で、兄と妹が通る森に魔法をかけて、水が飲めないようにしたのです。妹が言いました。飲んじゃだめよ。聞こえるでしょ。この水を飲むとトラになる、って。兄はがまんしましたが、次の泉に来たとき、「この水を飲むとシカ（Reh; deer）になる」という声が聞こえました。しかし兄は、がまんができず、飲んでしまいました。そして、シカになってしまいました。妹もシカも泣きました。妹とシカは、どんどん森の奥深くに入って行きました。しばらく行くと、小さな小屋があって、だれもいませんでしたので、妹とシカは、そこに住むことにしました。妹はイチゴやナッツを食べ、シカは草を食べました。

　ある日、王さまが、家来を連れて、狩りに来ました。そして妹とシカを発見しました。王さまは、こんな山の中に美しい少女がいるのに驚いて、わけを尋ねました。妹はシカになってしまった兄とのわけを話しました。王さまは妹に言いました。結婚してくださいませんか。はい、シカも一緒でよろしければ、と承諾しました。お城に帰って、王さまは妹と結婚しました。シカはお城の小屋の中で暮らしました。その後、まま母が神に罰せられて死んだとき、シカは、もとの人間に戻ることができました。

Brugmann, Karl(カール・ブルークマン、1849-1919)ドイツの言語学者。印欧語比較文法を完成。青年文法学派(Junggrammatiker)の旗手だった。1882年から没するまでLeipzig大学印欧言語学教授。主著Grundriss der vergleichenden Grammatik der indogermanischen Sprachen(1886-1900;xlvii, 1098, 2737, 795, 560, 608pp. 5巻のうち3,4,5はBerthold DelbrückのIndogermanische Syntax)。F.Bopp, A.Schleicherに続く第3代の印欧語比較文法。Joseph Wrightほかによる英訳がある。Elements of the Comparative Grammar of Indo-Germanic Languages(5 vols. New York, 1888-1895, 2140pp. index, 1895, 258pp.(東海大学図書館)。Griechische Grammatik(1885)は言語学者の聖書だった。

Brunot, Ferdinand(フェルディナン・ブリュノー、1860-1938)フランスの言語学者。1900年以後Sorbonneでフランス語の歴史を教えた。主著Histoire de la langue française des origines à 1900は第1巻1905年、第10巻1943年。La pensée et la langue(1922)。

Buck, Carl Darling(カール・ダーリング・バック、1866-1955)アメリカの言語学者。主著A Dictionary of Selected Synonyms in the Principal Indo-European Languages(University of Chicago Press, 1949, xix, 1515pp.)1428個の概念が22の章(世界、大地、太陽、山、川、人類、男女、父、母、動物、飲食、衣服、住居、農業、時など)がギリシア語、ラテン語、ロマンス諸語、ゲルマン諸語、スラヴ諸語、など31言語で記されている。「世界」worldのギリシア語はkósmos, ラテン語はmundus. ロシア語mirは「平和」の意味もある。mir miru(世界に平和を)。breakfastはギリシア語akrātisma, ラテン語ientāculum, フランス語petit déjeuner, スペイン語desayuno, 英語breakfast, 古代ノルド語dagverðr(一日の食事), ロシア語zavtrak(cf.zavtra「明日」)。「結婚する」英語marryは男女とも同じ、スペイン語casarseは「家をもつ」の意味。ロシア語は男性ženit'sja(妻を得る)、女性はvýiti zámuž(夫のもとに出

て行く)。

Būga, Kazimieras(カジミエラス・ブーガ、1879-1924) リトアニア人。St.Petersburgで言語学を学び、1916年に私講師(Privatdozent)となり、1920年、祖国が独立を獲得すると、1922年Kaunas大学のLithuanian philologyの教授になったが、わずか2年ののちに没した。Vocabulary of the Lithuanian Languageに20年を費やしたが、生前2分冊しか出版されず、ぼう大な資料は第二次世界大戦で消失したらしい。

Bugge, Sophus(ソーフス・ブッゲ、1833-1907) ノルウェーの言語学者、文献学者。Christiania大学(のちOslo大学と改名)で1866年から没するまで言語学と古代ノルド語を教えた。主著はエッダ研究Norrøn Fornkvæði, 1867だが、印欧語関係のAltitalische Studien (1878), Lykische Studien (1897-1901), Das Verhältnis der Etrusker zu den Indogermanen und der vorgriechischen Bevölkerung Kleinasiens und Griechenlands (1909) もある。

Bühler, Georg(ゲーオルク・ビューラー、1837-1898) 1881年Wien大学教授。Grundriss der indo-arischen Philologie und Altertumskundeの創始者。Bootunglück auf dem Bodensee(スイスの国境ボーデン湖でボートが転覆して亡くなった)。Leitfaden für den Elementarkursus des Sanskrit. Wien 1883, 19272, 再版 Wissenschaftliche Buchgesellschaft, 3. unveränderte Aufl. 1968. 135pp. 練習問題用の語彙 Sanskrit-Deutsch pp.136-155. Deutsch-Sanskrit (1500語 pp.156-171)。サンスクリット語では受動文が好まれる。janair nagaram gamyate 'by people to town is gone' =people go to town. 自動詞gam 'to go' も受動形gamyateがある (p.20)。「雨が降る」はvarṣanti devāḥ「神々が雨降らす」。

Bulgarian(ブルガリア語) スラヴ語の一つで、650万人に話される。バルカン半島の周囲の言語の影響(Balkan linguistic alliance, balkanischer Sprachbund)で、スラヴ語から最も逸脱した言語、西欧

化した言語（most westernized language of the Slavic languages）になった。その特徴は、1. 後置定冠詞kniga-ta 'the book'（これはノルド諸語と同じ：bok-en 'the book'）。2. declensionの消失（英語と同じように前置詞を用いる）。3. 不定詞（infinitive）の消失（I want to goをI want that I goという）。4. hypotaxisの代わりにparataxisを用いる。5. 慣用句、ことわざ、など。ブルガリア語はanalytic languageになってしまった。これらの改新（innovations）の多くは中世ギリシア語から現代ギリシア語にかけての影響である。ブルガリア語は、本来は、スラヴ語ではなく、アルタイ語を話す民族の言語で、BulgariaはVolga民族の意味だった。

C（発音）ラテン語はCiceroをキケローと発音した。ギリシア語のkの文字をもたなかったからである。ラテン語から発達したイタリア語もkの文字はなく、centumケントゥム（100）は、kが口蓋化してcentoチェントとなった。スペイン語はcientoのciが［θ］となり、シエントと発音される。ポルトガル語はcento［sentu］、フランス語はcent［sã］である。ラテン語Caesarはドイツ語Kaiser（カイザー）として借用され、「将軍」の意味となる。英語はecho, chaos, architectなどギリシア語からの借用語は［k］と発音。

cant（隠語）特殊な社会の人々の間に用いられることばで、スラング（slang俗語）やジャーゴン（jargon専門語）と異なる。ヨーロッパのcantは共通の特徴をもっており、地中海のcantは「パン」をarto（cf. ギリシア語artos）といい、「水」をlenzaという。bisto「牧師」はpriestからきている。イタリア語presto（急いで、早く）を逆にしてstopreと言ったりする。類音（assonance）や韻（rhyme）が好まれる。twist and twirlはgirlの意味に、storm and strifeはwifeの意味に、lump o'leadはheadの意味に用いられる。イタリア語の隠語でmandare in Piccardiaはfare impiccare（絞首刑にする）の意味である。フランス語の隠語aller à Rouen（ルーアンに行く）はse ruiner（破滅する）の意味である。イタリア語の

cantで「私」のことをmanelloとかmammaという。「きみ」はtua madre（きみの母）という。詩的な表現もある。「ダイヤモンド」をiceとかsparklerという。「回転式ピストル」をrodという。「罪人」を「シマウマzebra」という。

アメリカのcantの例：「麻薬」はice-tong,「麻薬提供者」はice-tong doctor. 牢獄仲間はbreadをpunk, sugarをsandという。「判決」はbitという。prison（牢獄）はbig house, reformatory（矯正施設）はcollegeという。

Carian（カーリア語）小アジアの言語で、ホメロス、ほかギリシアの作家が言及している。76のカーリア碑文が残っていて、西ギリシアのアルファベットで書かれ、音節文字（syllabary）で書かれたものもある。碑文は、読むことはでき、印欧語でないことは確かだが、まだ解読されていない。大部分はエジプトで発見され、プサンメティコス王1世（663-609 B.C.）か2世（593-588 B.C.）に仕えていた傭兵（mercenaries）が書いた。Cariaは小アジアの国で、エーゲ海に、北はIonia, Lydiaに、東はLycia, Phrygiaに隣接。

Castrén, Matthias Alexander（マティアス・アレクサンデル・カストレン、アクセントはcá；1813-1852）フィンランドの言語学者、民族学者。1838-1843年、スカンジナビア、ロシア、シベリアに住むフィン・ウゴル、チュルク、モンゴル諸民族をフィールドワークし、その成果はElementa grammaticae SyrianaeとElementa grammaticae Tcheremissiaeにまとめられた。1845年、Irtysh, Yenisei, 1847年、モンゴル近辺のバイカル湖を訪れ、タタール語、ツングース語、ブリヤート語、瀕死のカマス語を研究、その成果はVersuch einer ostjakischen Sprachlehre；De affixis personalibus linguarum Altaicarumとしてまとめられた。1852-1858にスウェーデン語で5巻に出版され、ドイツ語訳がAnton Schiefner（1817-1879）により出版された。Schiefnerはフィンランド民族叙事詩

「カレワラ」のドイツ語訳者（1852）。

Caucasian languages（コーカサス諸語）コーカサス山岳地帯は言語の山（Berg der Sprachen）と呼ばれ、40言語が500万人に話される（ロシア語やチュルク系の言語を除いて）。その40言語は南コーカサス、西コーカサス、東コーカサスの三つの言語群に分けられるが、それらが互いに親族関係にあるか否かは、まだ確立されていない。コーカサス諸語は他のいかなる語族とも親族関係がなく、孤立した言語群である。このうち最も重要なのは言語人口350万のグルジア語（Georgian, gruzinskij）である。コーカサス諸語の特徴は、1. 三系列の閉鎖音（ṗ ṭ ḳ などの上下の黒点は声門閉鎖 glottoclusivae を伴うことを示す）；2. 母音の貧弱と子音の豊富；3. 能格 ergative（グルジア語の例）「猟師は鹿を殺した」monadire-m「猟師は；m は能格語尾」irem-i「鹿を；-i は主格語尾」mo-ḳla「殺した」（A.Dirr, Einführung in das Studium der kaukasischen Sprachen. Leipzig, 1928, p.64）。Adolf Dirr は Tbilisi で教師をしながらグルジア語とアルメニア語を学んだ。

centum languages（ケントゥム諸語）ラテン語 centum（100）のように、印欧語族の中で、k 音が残っている言語（ゲルマン語は k が h になった）。ラテン語からきたイタリア語、スペイン語、フランス語は、cento, ciento, cent［チェント, シエント, サン］となった。centum 諸語は西ヨーロッパ、これに対する satem（サテム）諸語は東ヨーロッパの言語（ロシア語 sto「100」ストー）である。

c'est si bon（セ・シ・ボン）1990年代、埼玉県所沢市に「雪詩慕雲」と書いた喫茶店が二、三あった。ユーゴスラビアからの避難民が作ったものだった。フランス語 c'est si bon「なんてすてきな」。ユーゴスラビア Yugoslavia は「南 yugo」スラヴの意味。

Chamberlain, Basil Hall（バジル・ホール・チェンバレン、1850-1935）イギリス人で、東京帝国大学で博言学（言語学）と日本語

学を上田万年などに教えた（1886-1890）。古事記の英訳（Records of Ancient Matters）、『日本事物誌Things Japanese』1905がある。これは外国人のための日本小百科事典。君が代の下記英訳もある。

君が代は	A thousand years of happy life be thine！
千代に八千代に	Live on, Our Lord, till what are pebbles now,
さざれ石の巌となりて	By ages united, to great rocks shall grow,
苔のむすまで	Whose venerable sides the moss doth line.

脚韻abca, 1,2,4行は弱強5歩格（iambic pentameter）。

3行目unitedを'nitedとできれば弱強5歩格となる。

Champollion, Jean-François（ジャン・フランソワ・シャンポリオン、1790-1832）フランスの文献学者でロゼッタ・ストーンの解読者。1799年のナポレオン遠征中、Nile河口Rosettaで発見された石碑が象形文字（hieroglyphic）、民衆文字（demotic, ギリシア語の）で書かれ、Ptolemaios, Berenike, Aleksandosのような有名な名が記されていたことが解読を助けた。エジプトの象形文字はHolger Pedersenの『19世紀言語学』（1924年版p.158）に載っている。1831年、パリのコレージュ・ド・フランスに彼のためにEgyptologyの講座が設けられた。エジプト語の文法と辞書を書いた。

Chantraine, Pierre（ピエール・シャントレーヌ、1899-1974）フランスのギリシア語学者。ホメロスの言語とコイネー（BC5世紀〜3世紀）を研究。L'histoire de parfait grec (1927), La formation des noms en grec ancien (1933), La grammaire homérique (1942).

chiisana eki（小さな駅）a little station

　小さな駅にも大きなドラマがある。名もない市井（しせい）の人（a man in the street）にも語り尽くせぬ人生がある。1999年春NHK朝のドラマ「すずらん」（lily of the valley, ド Maiglöckchen, フ le lys dans la vallée）の著者・清水有生Shimizu Yuuki（1954-）

のことば。「すずらん」の舞台は北海道・留萌（るもい）線の恵比島（えびしま）駅、ドラマでは明日萌（あしもい）駅。明日萌駅には春になるとスズランが咲く。1949年、戦地から帰国した兵隊が大勢いて、恵比島駅はとても繁盛し、すずらん弁当が飛ぶように売れた（sold like hot cakes）。主演：橋爪功、遠野凪子（なぎこ）、倍賞千恵子。だが、2011年、無人駅（non-attended station）になっていた。

chrono-expérience（時間体験）B.Pottier（1967）の用語。
昨日、私は東京にいた。Yesterday I was in Tokyo.
今日、私はパリにいる。Today I am in Paris.
明日、私はベルリンに出発する。Tomorrow I'll leave for Berlin.
時間体験なし（普遍的、汎時的 panchronic）Time is money.

Cimmerian（キンメリ語）紀元前7世紀まで南ロシアに住んでいたCimmeri人（ギリシア語Kimméroi, アッシリア語Gimiri）の言語。スキュタイ人（Scythians）により追放された。アッシリア語Šandakšatru（キンメリ王の名）はアヴェスタ語čandra-χšaθra 'possessing splendid dominion'の意味。Dugdammē（ギリシア語Lúgdamis）はdugda-maēši 'possessing milking ewes'の意味。Teušpaは古代ペルシア語Čaišpiš, ギリシア語Teíspēsと比較しうる。ギリシア語はč音を持たないので、tが用いられる。

compound（複合語）post cardと書けばnoun phraseだがpostcardと書けばcompoundとなる。dry goods はkarma-dhāraya（サンスクリット語文法の用語；形容詞＋名詞 mahārāja 'great king'）だが、dry goods storeのdry goodsは「…をもっている」の意味なのでbahuvrīhi 'viel Reis habend'の表現である。

　名詞＋名詞：gaslight
　形容詞＋名詞：blackbird
　代名詞＋名詞：she-goat
　動詞＋名詞：cutthroat 人殺し, drawbridge 跳ね橋, breakfast

前置詞＋名詞：overcoat

名詞＋形容詞：snow-white, seasick

形容詞＋形容詞：blue-green, clean-cut

前置詞＋動詞：offset, overcome

形容詞（or 名詞）＋動詞：safe-guard, typewrite, whitewash

人名で：Shakespeare（spear-shaker 槍を振る人、軍人）、Doolittle（怠け者）；Drinkwater（水を飲む人）；フランス語Boileau（bois l'eau）水を飲め；イタリア語Bevilacqua（水を飲め）；Thank-you-ma'am（いつもありがとうを言うマダム）

conjugation（活用）動詞の語形変化で、人称、数、時制、法、態を示す。ラテン語の例で示す。amō（愛する）の人称変化amō, amās, amat,（複数）amāmus, amātis, amant；時制amāvī（I loved）、amābam（I was loving, I used to love）、amāveram（I had loved）；法amem（I might love）；態amor（I am loved）、amātur（he is loved）。英語は助動詞で表現される。

conjunction（接続詞）語と語、文と文を結ぶ。Peter and Paul, I came, I saw and I conquered（ラテン語veni, vidi, vici）. 接続詞が前置詞で表現される場合がある。I knew it before he arrived. は接続詞だが、I knew it before his arrival. とすれば前置詞。従属接続詞は、並置接続詞よりも発達が遅かった。従属文（independent sentence）は、のちに発達した。notwithstanding（…とはいえ）、inasmuch as（…であるかぎりは）、in view of the fact that（…を考慮して）のような仰々しい（exaggerated）表現もある。

Conway, Robert Seymour（ロバート・セイマー・コンウェイ、1864-1933）英国の言語学者、文献学者。1903年、マンチェスター大学のラテン語教授。印欧比較言語学を研究したのちラテン語の研究に専念した。Italic Dialects（1897）, The Making of Latin（1923）, The Restored Pronunciation of Greek and Latin（1926, with A.E.Vernon）, Ancient Italy and Modern Religion（1933）, The

Prae-Italic Dialects of Italy の第1巻（1933, with J.Whatmough）.［1995年R.S.Conway印の雑誌『印欧語研究 Indogermanische Forschungen』がBayreuth 大学図書館にあった］

Cook, James（クック、1728-1779）英国の海軍士官、探検家。1755年海軍に入隊し、1759-1767年 St.Lawrence River と Labrador, Newfoundland の海岸を調査。1768-1779年、Endeavour, Resolution, Adventurer 号の船長としてオーストラリア、ニュージーランド、南海諸島など、数々の発見をした。医者、天文学者、植物学者、画家を同伴し、島の様子を記述させた。1776-1779年、北太平洋からアメリカ大陸を横断して大西洋にいたる通路を発見すべく、北米の北西海岸をくまなく探検し、アラスカからハワイ諸島（サンドイッチ諸島）に達し、そこから英国への帰途、ハワイの土人に殺された。奪われたボートを取り戻すためだった。享年51歳だった。

長い航海においては、野菜不足のため壊血病（scurvy）にかかることが多いが、クックは船上で野菜を栽培し、また麦芽汁を作って船員を病気から救った。彼は島に上陸する前に、安全か、危険か、島のにおいを嗅ぐことができた（he could smell land）。『キャプテン・クックの太平洋航海記』（荒正人訳、筑摩書房、1961）や『クック太平洋探検』（増田義郎訳、岩波文庫、全6冊）がある。タヒチ島は現地人にはオタヘイテ（Otaheite）と呼ばれ、Otaheite apple, Otaheite gooseberry の名に残る。右の図はタヒチ島（1769）で、An Arcadia of which we are going to be Kings（われわれは王さまになったようなアルカディア）は歓迎の様子を示している。Arcadia はギリシアの理想郷で、ジョセフ・バンクス（1743-1820）は同行の植物学者である。

出典は The Explorations of Captain Cook in the Pacific 1768-1779. Ed. A.Grenfell Price. The Heritage Press, New York.

この島の主食はパンの実、ココナツ、魚、ブタ、イヌ、ニワトリだが、イヌの肉は英国のヒツジの肉のように、やわらかく、お

TAHITI, 1769

"An Arcadia of which we are going to be Kings."
JOSEPH BANKS

COOK HOISTED HIS PENNANT AND TOOK CHARGE OF THE *Endeavour* in the Thames on 27th May 1768. He sailed from Plymouth on Friday, 26th August, and in September took in at Madeira stores, including fresh onions,

いしい。ここのイヌは草が主食だからである。このあたりの様子はクックが友人にあてた手紙（London, 1771）に書かれている。

　Nature hath not only provided them with necessarys but many kinds of the luxuries …Loaves of bread grow here upon trees. A South Sea Dog eat as well as English Lamb…. (Captain James Cook's Voyage of the Endeavour 1768-1771 in 4 volumes. Ed. by J.C. Beaglehole. Cambridge 1968. Vol.1, p.506. 東海大学)

　われわれの先祖は、さまざまな呪いを受けたが、この住民は例外らしい。汝の額に汗してパンを食べよ、という聖書の言葉は彼らには当てはまらないように思われる。恵み深い自然が、必需品だけでなく、ぜいたく品も彼らに提供しているのだ。パンの実や、ほかの果実は自然に木に生える。南海のイヌは英国のヒツジの肉のように、おいしく食べられる。草を食べているからだ。彼らは、われわれが以前に訪れた南海諸島の住民と同じ言語を話す。［A South Sea Dog eat as well as English Lamb. ここのeatは接続法；ここではThe book sells well. 本はよく売れる、のように受動態的］

タヒチ語（Tahitian；言語人口5万）は、ハワイ語（Hawaiian, 言語人口1.5万）と同じく、ポリネシア語派（Polynesian）に属し、さらに大きくはオーストロネシア諸語（マライ・ポリネシア諸語）に属す。tattoo（入れ墨）はタヒチ語から英語に入った。

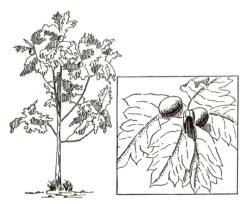

パンの木とパンの実（breadfruit, artocarpus）

Coseriu, Eugenio（エウジェニオ・コセリウ、1921-2002）ルーマニア生まれ。モンテビデオ大学教授を経て、1966年以後、ドイツ・チュービンゲン大学のロマンス語学および一般言語学教授。主著 Sincronía, diacronía e historia（Montevideo 1958, 1973²）田中克彦訳『言語という問題』岩波文庫, 2014；Lezioni di linguistica generale（Torino 1973）下宮訳『一般言語学入門』、東京、三修社 1979, 310pp. 第2版2003.『コセリウ言語学選集』全4巻、江沢健之助ほか訳。三修社1981-1983.

　スペイン語の音韻体系においては音素/e/が存在し、それが規範（norma）において［é］および［è］として、具体的な言（parlare concreto）においては［e₁］［e₂］［e₃］…として実現される。

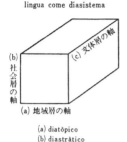

(図1) 通体系としての言語
lingua come diasistema

(a) diatòpico
(b) diastràtico
(c) diafàsico

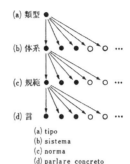

(図2) 言語の機能的四段階

(a) 類型
(b) 体系
(c) 規範
(d) 言

(a) tipo
(b) sistema
(c) norma
(d) parlare concreto

　英語topとstopにおいて [th]:[t] の区別は体系（sistema）にはないが、規範（norma）においては維持されている。（上の図2）

Croce, Benedetto（ベネデット・クローチェ、1866-1952）イタリアの哲学者。言語は表現の手段である。言語は絶えざる創造である。Il linguaggio è una perpetua creazione. 言語は日々創造される。小林英夫「言語美論」（岩波講座、世界文学、1934）；小林英夫『言語研究、態度篇』「問題篇」1937で見た。

cuneiform（くさび形文字）[ラ cuneus くさび]

　古代ペルシア、バビロニア、アッシリア、カルデアの文字。絵文字（pictographs）から始まったらしい。

Curme, George Oliver（ジョージ・オリバー・カーム、1860-1948）アメリカの文献学者。1882-1884年、ドイツ語とフランス語を教えた。1896-1933年、Northwestern大学Germanic Philology教授。Grammar of the German Language（1905, revised ed. 1922）によりHeidelberg大学からPh.D.を贈られた。Grammar of the English Language3巻のSyntax（1931), Parts of Speech and Accidence（1935),

戦前の生徒は、みなSyntax（1931）を暗記するほど読んだものよ、と前島儀一郎先生（1904-1985）の奥様、前島清子さん（津田塾大学英文科卒、成城短期大学教授）が語った。

Curtius, Georg（ゲーオルク・クルツィウス、1820-1885）ドイツの言語学者。歴史家Ernst Curtius（1814-1896）の弟。BonnとBerlinに学び、Berlin, Praha, Kiel, Leipzigで教えた。Franz Boppのもとで学び、Indo-Europeanistだったが、ギリシア語研究に専念し、Griechische Schulgrammatik（1852）は50年間に23版も出た成功作であった。青年文法学派（ブルークマン）に反対し、Zur Kritik der neuesten Sprachforschung（1885）で報いた。Die Sprachvergleichung in ihrem Verhältnis zur classischen Philologie（1845）, Die Bildung der Tempora und Modi im Griechischen und Lateinischen sprachvergleichend dargestellt（1846）, Grundzüge der griechischen Etymologie（1858-1862）．没後Kleine SchriftenをErnst Windischが出版（1886）。

Czech（チェコ語）ボヘミア、モラビア、チェコで1000万人に話される。チェコ語は西スラヴ語に属し、その特徴は（1）tort, toltがtrat, tlatとなる。*gordŭ＞hrad「城」; *golva＞hlava「頭」;（2）g＞h（例は上記2語）;（3）ĭ, ŭ＞e：dĭnĭ＞den「日day」, sŭnŭ＞sen「夢」（ロシア語son）;（4）řの存在（ržに近い）Dvořákドヴォルザーク、ドヴォジャーク；（5）語のアクセントが語頭にくる。これはドイツ語の影響と考えられる。そして、それ以上である。Československo（チェコスロバキア）が **dó** Československa（チェコスロバキアへ）となり、Praha（プラハ）が **dó** Prahy（to Praha）となる。2003年7月、国際言語学者会議（第17回）に参加のため、通りを歩いていると、Pokornýという名の不動産屋が目にとまった。Julius Pokorny（1887-1970）はチェコ生まれ、ベルリン大学ケルト語教授だったが、ナチスのために大学を追われ、スイスに渡り、『印欧語語源辞典』Indogermanisches etymologisches Wörterbuch (Bern-München, 1959-1969) を完成した。チェコ語人名の語尾-ýはčeský (チェコの) のように形容詞男性語尾だが、Dobrovský, Neustupný, Novotnýなど、人名に多い。pokornýは「謙遜な」"demütig"の意味である。

D（発音）ギリシア文字Dはdelta（Δ）の形をしている（小文字はδ）。ドイツ語の語末のdは［t］となる。Tod［to:t］"death". ロシア語は語末でdは［t］となる。god［ゴト］「年」。無声子音の前でもvodka［ヴォトカ］ヴォトカ（＜vodáヴァダー「水」）。

Dalmatian（ダルマチア語）ユーゴスラビアのDalmatia地方の言語。ロマンス語の一つで、死滅してしまったが、イタリアのRagusa (Dubrovnik) からの1397年の文書があり、Fiume近くの島Vegliaで最後のspeakerが1898年に亡くなった。kenur (cēnāre食事する) のようにeの前のkが保たれる。pt (siapte ＜ septem), mn (damno ＜ damnum) が保たれる。未来完了cantā-verōが残る (kantu-ora)。他のロマンス語には残らなかったalbus, densus, udus（湿った）が残っている。ダルマチア語の単語が多数ユーゴスラビアの言語に入っている。Dalmatiaの語源はdhal 'young animal'（山の牧場で飼われていた）。

Darmesteter, Arsène（アルセーヌ・ダルメステテル、1846-1888）ロマンス語学者。ソルボンヌ大学教授 (1883-1888)。La vie des mots (1887) は意味論入門書で、金沢庄三郎訳が『ことばのいのち』として冨山房から1897年に出版。Dictionnaire général de la langue française (1895-1900, 2巻) とCours de grammaire historique de la langue française (1891-1895)。

Darmesteter's Law（ダルメステテルの法則）ラテン語がフランス語に発達する過程で、ラテン語manducare, acceptareの第2音節と第4音節が消失し、第1音節と第3音節の母音が残り、フランス語manger, acheterとなった。

Décsy, Gyula（ジュラ・デーチ、1925-2008）インディアナ大学教

授Gyula（=Julius）Décsyの名は1967年4月、東京教育大学大学院で德永康元先生（1912-2003）の「フィン・ウゴル言語学」の授業で知った。DécsyはEinführung in die finnisch-ugrische Sprachwissenschaft（Wiesbaden, 1965）のあと、Die linguistische Struktur Europas（Wiesbaden, 1973）の著書がある。著者について詳しく知りたいと思っていたところ、1974-1975年の冬学期バスク語研究のためにスペインのサラマンカ大学に学んでいたとき、大学のロマンス語科でベルギーの雑誌Orbisの中に経歴を発見した。それによると、1925年Negyed（ネジェド、当時チェコスロバキア）に生まれ、1943-1947年ブダペストとブラチスラバで文献学研究、1955年9月言語学研究候補（Ph.D.に相当）、1956年12月西ドイツに移住。1957-1959, Göttingen大学ハンガリー語講師、1959年2月Hamburg大学でフィン・ウゴル言語学教授資格（Habilitation）取得、1959-1965年Hamburg大学Privatdozent（私講師）、1963-1964 Indiana大学ウラル・アルタイ研究のVisiting Professor, 1965年5月Hamburg大学の員外教授、1967年1月『ウラル・アルタイ年報』編集長。著者から贈られた『著作目録1947-1975』（Wiesbaden, 37頁）、『言語普遍性のカタログ選』（Eurolingua, Bloomington, 1988）。デーチから学んだことは、ボンファンテ（Giuliano Bonfante, Princeton大学）からと同様、あまりにも多い。Die linguistische Struktur Europas（ヨーロッパの言語的構造, Wiesbaden, 1973）は近代言語学（1816-1995）に解説あり。下宮『言語学I』（英語学文献解題第1巻、研究社, 1998）。

Denmark（デンマーク：人口580万；首都Copenhagen）は「デーン人の国」の意味で、markは地名Telemark, Finmark, Steiermarkに見えます。デンマークは10世紀にキリスト教の国になりました。神さまは精神的にも豊かな国にしてあげよう、と考えて、アンデルセン（Hans Christian Andersen, 1805-1875）を与えました。アンデルセンはグリム兄弟と並んで童話の神さまです。アンデルセン

童話は156編、グリム童話は200編から成ります。

Deutsch-Lateinisch-Griechisches Schulwörterbuch『ドイツ語・ラテン語・ギリシア語学習辞典』von Dr. Wilhelm Freund, Berlin, Verlag von Georg Reimer,1855, 845pp. 240ユーロ、36,000円。リプリント 2020. とても面白い。二、三、例をあげる。gehen（行く）を見ると（i）人間・動物はeo [īvi, itum], baínein, (2) 物はmoveor「動かされる」、phéresthai「運ばれる」となっている。ラテン語は一人称単数、ギリシア語は不定詞（infinitive）をあげている。gegangen kommen（やって来る）はvenio pedibus（足で来る）、pezeúein [ped-, pod- 足]。「行き来する」venio et redeo, hēkein kaì apeltheîn.「デザート」はNachtischでなく、Nachschmausが見出しになっている。ラテン語 repotia, ギリシア語 trôgália（fruits eaten at dessert, figs, almonds, sweetmeats）.「駅」Bahnhofは見出しになくて、その代わりStation（Standort）があり、ラ statio, ギ hê stásis となっている。英語は「生きる」も「住む」もliveだが、ラテン語「住む」はhabito, ギリシア語はoikeîn（cf.oikía 家）；oikonomía家政はeconomyの語源で、家を統治すること。「生きる」はラvivo, ギzên（cf.zoo）.

「現在」のドイツ語Gegenwart「目の前にあること」は、ずいぶんむずかしい単語だ。ラテン語はpraesens「目の前にあること」、ギリシア語はto nûnト・ニューン "the now" で、一番簡単、単純だ。これを優等生と呼んであげたい。nachsterben（あとを追うように死ぬ）というドイツ語は、いまは、ない（辞書に出ていない）が、ラテン語では「ある人のあとに自分もまもなく死ぬ haud multo post mortem cjs et ipse e vita discêdo」とあり、ギリシア語では「一緒に死ぬ syn-apothnêskein」とある。

「西洋Abendland」のラテン語はoccidens（太陽が沈む）、「東洋Morgenländer（複数）」はラテン語Asiaticus, ギリシア語 ho eks anatolôn（アナトリアからの人）とある。Anatoliaは中世までギリ

シア領だったが、1453年トルコ人が攻め入り、eis tên pólin (is tān pólin) 'into the city' が Is-tan-bul となった。

固有名詞も出ていて、Bonn (Stadt am Rhein) Bonna, Castra Bonnensia；Frankfurt (am Rhein, an der Oder) Francofurtum (ad Moenam, ad Viadrum od. ad Oderam), adj. Franco-furtânus とある。なぜか Köln がない。Colonia Agrippinensis のはずである。Koblenz コーブレンツもない。Confluentes (合流点；ライン川 der Rhein とマイン川 der Main の) のはずである。Mosel モーゼル川 (ライン川の支流) は Mosella, 形容詞 Mosel-lânus ［Mosel は Mosa の指小形だが、意味は不明。フランス語は La Meuse；A.Cherpillod アンドレ・シェルピヨ, Adrian Room］寝転んで読むと、いろいろ発見がある。

Devoto, Giacomo（ジャコモ・デヴォート、1897-1974）イタリアの言語学者。Berlin の Wilhelm Schulze, Basel の Jacob Wackernagel, Paris の Antoine Meillet のもとに学び、Càgliari, Padova, Firenze で教授。主著は4つの分野に分かれる。1. 一般言語学（Adattamento e distinzione nella fonetica latina, 1923）；2. 古代イタリアにおける言語と文化（Gli antichi Italici, 1931）, Storia della lingua di Roma（1939）；3. テキスト解釈 Tabulae Iguvinae, 1937；4. 近代文の語彙と文体論（Dizionari di ieri e di domani, 1946）。最後に大著 Gli origini indoeuropei（521pp.1962）。早稲田大学イタリア語教授・菅田茂昭氏（1932-）は Devoto のもとで学んだ。

diacritical marks（補助記号；ギリシア語 diakrínein 区別する）ラテン文字は近代語の音を表すのに不十分なので、他の手段が考案された。英語 janitor（守衛）の j はサンスクリット語 Jātaka（ジャータカ；インド説話集）ではよいが、ドイツ語 Japan（ヤーパン；日本）では異なる。サンスクリット語の j はアヴェスタ語では ǰ と書かれ、ロマンス語では（i, e の前で）g と書かれ（イタリア語 giorno「日」）、別の書物では dž と書かれる。古代高地ドイツ語

ではë (gëhan 'gehen') は open e を表した。古い表記 ae, oe, ue は現代ドイツ語で表記が変わり、ä, ö, ü になった。a, o, u の上の¨を「変音記号」ウムラウトという。umlaut = mutation.

フランス語 tête, fenêtre, sûr, mûr, remercîment は古くは teste, seur, meur のように書かれていたが、16世紀のフランスのギリシア語学者が ê, û, î の文字（記号）を考案した。エスペラント語の ĉ は child のチ、ĝ は Japan のジを表す：ĉapo チャポ「帽子」；ĝardeno ジャルデーノ「庭園」。

フランス語 ça et là（サエラ、あちらこちらに）の ça の ç を導入したのは、1562年、フランス人 Geoffroy Tory で、この記号を cédille（セディーユ）というが、語源はスペイン語 cedilla（小さな ceta；ギリシア語 dzêta ヅェータより）である。フランス語からの借用語、英語 Provençal や façade に見える。hyphen (-) は princeling, in-come のように、意味的・語源的な切れ目を表す。アステリスク (asterisk) * は推定形をあらわす。ギリシア語 *woinos ＞ oinos ＞ ラテン語 vīnum ＞ 英語 wine；*bet-st ＞ best

dialect（方言）語源は diá-lektos「その地方で話される」である。アメリカ英語（American English）はイギリス英語（British English）の方言なのか定義がむずかしい。ギリシア語は都市になったアテネ方言が標準語になった。日本には京都方言と東京方言があるが、ラジオ放送が全国に及んで、東京方言が共通語になった。京都方言は「おはようございます」の最後を -masu（マスウ）と -u をはっきり言うが、東京では -mas（マス）で、最後の -u が脱落する。

dicho-tomy（二分法；ド zwei-schnitt）右へ行くほど大きくなる。

<u>village</u> → <u>town</u> → <u>city</u> → <u>country</u> → <u>land</u>
town → city → country → land → sea

村から町へ発達し、町は市に発達し、市は国に発達する。
市が国になる例：バチカン市国（papal state）人口825人。語源

はラテン語 mons vaticinius(予言の丘)。

Dictionary of European Languages(ヨーロッパ語小辞典)石垣幸雄著、1976. 福音館小辞典文庫、314頁。著者は東京外国語大学教授(1931-1983;脳出血のため逝去)。見出し560語収録。ページを4つのグループに分け、例を flower にとると、第1段イギリス flower, オランダ bloem ブルーム、ドイツ Blume ブルーメ、スウェーデン blomma ブルンマ、デンマーク blomst ブロムスト、ノルウェー blomst ブルムスト、アイスランド blóm ブロウム;第2段フランス fleur フルール、スペイン flor フロール、ポルトガル flor フロール、イタリア fiore フィオーレ、ルーマニア floare フロワーレ;第3段ロシア cvetok ツヴェトーク、ポーランド kwiat クフィアト、チェコ květina クヴィエティナ、ユーゴ cvet ツヴェト、ブルガリア cvete ツヴェーテ;第4段ギリシア louloudi ルルジ(アルバニア語 lule より;古典ギリシア語 ánthos 花、は英語 anthology に残る)、アルバニア lule ルーレ(ラテン語 lilium より)、ハンガリー virág ヴィラーグ、フィンランド kukka クッカ。

Diez, Friedrich(フリードリッヒ・ディーツ、1794-1876)ドイツの言語学者、ロマンス言語学の創始者。Bonn 大学教授。「ロマンス諸語文法」3巻、1836-1843;「ロマンス諸語語源辞典」1854. 1961年4月、東京教育大学大学院で筆者が古代フランス語の授業を受けたとき、先生がコピーを見ながら「この語について神(Diez)は…と言っている」と説明したので、Diez ディーツはドイツのロマンス語学者です、と発言した。

diminutive(指小辞)book → booklet, kitchen → kitchenette.
    morphological:フ maison → maisonnette
    syntactic:フ petite maison

Dirr, Adolf(アドルフ・ディル、1867-1930)グルジアの Tbilisi で教師をしながらグルジア語とアルメニア語を学び、『グルジア語教本』1904,『東アルメニア語教本』『安南語』(ともに Wien-

Leipzigの博言学叢書）を書いた。この叢書は193言語あり。Dirrは口語アラビア語と安南語も書いている。雑誌Caucasica（1924-1934）発行。主著Einführung in das Studium der kaukasischen Sprachen（Leipzig 1928, 391 pp.）。

Dog of Flanders, A（フランダースの犬）イギリスの作家ウィーダ著の少年少女物語（1872）。

　主人公のネッロNelloはニコラスNicholasの愛称である。ネッロはおじいさんと一緒にベルギーのアントワープAntwerp（フランス名Anversアンヴェール）から南へ5キロのホボケンHobokenという村に住んでいた。イェハン・ダースJehan Daasは若いとき、イタリアに出征し、傷を負って、祖国に帰って来た。80歳になったとき娘がフランス・アルデンヌArdennes地方のスタブロStavelot村で亡くなったので、娘の2歳の息子ネッロを引き取った。一人の生活でさえ容易でないのに、おじいさんは孫のネッロを大事に育てた。ネッロは、年老いたおじいさんの大きな慰めとなった。

　おじいさんの仕事は、近所の住人がしぼる牛乳をアントワープまで運ぶことだった。ネッロが5歳になったとき、おじいさんを手伝って、一緒に牛乳を町まで運んだ。ある日の午後、村に帰るとき、川（スヘルデ川Schelde；1988年、スヒルデと聞こえた；川はコンクリート色に濁っていた）のふもとで、死にかけていたイヌを見つけた。このイヌはパトラッシェPatrascheという名で、飼い主の金物屋は、毎日、ナベや釜を山のように載せたリヤカーを町まで運ばせていた。飲み物も食事も与えず、朝から晩まで働かせていた。ついにある日、アントワープに荷物を運ぶ途中で、パトラッシェは空腹と疲労のため、倒れてしまった。主人は、この役立たず奴（め）と川端に蹴とばして、立ち去った。そこに、おじいさんとネッロが通りかかり、まだ息をしているパトラッシェを小屋まで運んだ。草の上に寝かせて、水をやり、介抱した。

いままでは、殴られるばかりだったのに、聞こえるのは老人と子供の、やさしい声だけだった。1か月後、イヌのパトラッシェは、瀕死の状態から回復して、ワンと吠えた。こうして、パトラッシェは新しい主人のおじいさんと少年に出会ったのである。おじいさんは、イヌを労働のために使うことはキリストの精神に反していると考えたが、パトラッシェが牛乳運びを手伝うと申し出たとき、リヤカーを運びやすいように改造した。こうして三人の新しい生活が始まった。午後3時には仕事が終わり、パトラッシェの仕事はずっと楽になった。

　ネッロにはアロアという友だちがいた。アロアは村で一番の金持ちのコゼツの一人娘だった。コゼツの綴りはCogezで、これをなぜコゼツと読むのか分からない。ドイツ語ならコゲツ、フランス語ならコジェ、オランダ語ならコヘスとなるはずである。語源はラテン語cogitius（考える人、cogito ergo sumわれ思うゆえにわれあり）であると思われる。-ezはAlbarezアルバレス, Ibáñezイバニェス, Rodríguezロドリゲス, Verásquezベラスケスなど、スペイン人に多い。コゼツは娘のアロアが貧乏人のネッロと遊ぶのを好まなかった。ネッロは18歳の美しい少年だ。アロアは15歳。このままにしたら、とんでもないことになる。ネッロと付き合うな、と父親は、アロアの誕生日にネッロを呼ぶことを禁じた。あいつは貧乏人で乞食も同然じゃないか。おまけに絵を描くなど、ばかげたことばかりしている。アロアの母エレーヌ Hélèneは、二人が結婚することになっても、いいではありませんか。幸せが一番なのですから、と言った。エレーヌは温和で、母の鏡のような人だった。ネッロのおじいさんは「貧乏人は選べないのだよ」とネッロを慰めた。

　冬のある日、コゼツは銀行から借りた2000フラン（2000万円）を馬に括りつけてアントワープから村に帰る途中で、紛失してしまった。コゼツは真っ青になって家に帰って来た。午後6時。

エレーヌ、金をなくしてしまった。あの金がなければ、わが家は全滅だ、と言って、ふたたび探しに出かけた。

　ネッロはアントワープの絵のコンクールに「木こりのミシェル」を提出した。もし1等に入選できれば、毎年200フランの賞金がもらえることになっている。だが、ネッロの作品は入賞できなかった。その発表会から帰る途中、雪の下にパトラッシェは2000フランの入った皮袋を見つけた。ネッロが見ると、Cogezと書いてある。ネッロは急いでコゼツ家に行き、アロアの母エレーヌに2000フランを発見した次第を話した。ネッロはコゼツに嫌われていることを知っていたので、お金を渡すと、パトラッシェと一緒に、その場を立ち去った。コゼツが悄然として家に帰って来たとき、娘のアロアが言った。このお金を見つけてくれたのは、パパの嫌いなネッロなのよ。さすがのコゼツも感動して、いままでの無礼を謝ろうと、アロアと一緒にネッロの小屋に急いだが、ネッロもパトラッシェも、いなかった。家賃の今月分を払えなかったネッロは、貧しい小屋を出たあとだった。深夜、ネッロとパトラッシェはアントワープの教会堂にたどり着いた。ネッロは、ルーベンスの名画「十字架を建てる」Kruisverheffingと「十字架から降ろす」Kruisafnemingを仰ぎ見ながら、神さま、ありがとうございます、ぼくはこれで十分です、と言いながら18歳の命を終えた。（助けるには）もうおそすぎるtoo late（オランダ語 te laatテ・ラート）と二人は叫んでいた。パトラッシェも18歳（人間年齢80歳）で、寒さと空腹のために死んだ。翌朝、コゼツもアロアも、町の人々も、二人が抱き合って死んでいるのを発見した。二人は、一つのお墓に埋葬された。

　コンクールに出品したネッロのエンピツ画「木こりのミシェル」を見て、品評会で審査員の一人が言った「ネッロは前途有望の少年だった。彼を引き取って、絵の才能を伸ばしてやりたかったのに」。

フランダースの犬が日本で有名だったのに、現地ではほとんど知られていなかった。1985年3月、朝日新聞の記者が現地を探索し、その結果を新聞に発表したので、私は、その年の8月13日（火）にアントワープ郊外のホボケンHoboken町を訪れることができた。村が町になっていた（下宮『ドイツ語とその周辺』近代文藝社2003, p.149-152）。日本の評判がフランダース（ベルギー）に伝わり、この物語のオランダ語訳Ouida, Een hond van Vlaanderen（Antwerpen, 1985, 68pp.）が出版された。訳者はIlse Van Nerumおよび Jos Liefrinkとある。内容は分かっているので、オランダ語読本として、楽しく読める。Vlaanderenは「平地」の意味である（英語flat）。挿絵は日本の絵に比べると、かわいくない。

　1985年8月13日（火）にアントワープ郊外のホボケンHoboken町を訪れたとき、通りで遊んでいる子供たちに「この風車学校を知らないか」と尋ねたが、だれも知らなかった。ふと、近くを見るとフォルクホイスVolkhuis（民衆の家）という酒場がある。入ると中は満員だ。その群衆に向かって「どなたかこの風車学校Molenschoolモーレンスホールを知りませんか」と叫ぶと、それなら、おれが知っている。その前に、何か飲んだらどうか、と言うので、ビールを1杯ごちそうになった。電気ガス会社に勤務するファン・ベークVan Beeck（小川の意味）という40代の人で、ネッロの銅像のあるところまで車で連れて行ってくれた。町の予算で、実物よりは、ちいさいぞ。それから、風車の立っている風車学校Molenschoolモーレンスホールにも連れて行ってくれた。学校の周囲の壁にはネッロ、パトラッシェ、アロアの絵が描かれていたが、日本のテレビで見る三人のかわいらしい姿（ズイヨー制作）に比べて、許しがたいほど、かわいくない、お粗末な絵だった。

　この物語の作者ウィーダ（1839-1908）はマリー・ルイーズ・

ド・ラ・ラメー Marie Louise de la Raméeといい、イギリスのベリ・セント・エドマンズという町に生まれた。母はイギリス人、父はフランス人だった。晩年はイタリアに住み、イギリスの年金で暮らしていた。1908年にヴィアレッジョ Viareggioという町で亡くなった。亡くなったとき、イヌとネコがたくさん同居していた。

矢崎源九郎訳『フランダースの犬』角川文庫, 1951, 14版1975がある。ウィーダには「ニュルンベルクのストーブ」という作品もあり、村岡花子訳『フランダースの犬』(新潮文庫、1986, 44刷) に収められている。「ニュルンベルクのストーブ」は、主人公の少年アウグストが好きな絵の才能を伸ばして成功するという話である。

Don（ドン川の由来）ロシアの大地を流れる1970キロの川で、ドナウ、ダニューブと同じく「川」の意味である（ラインは「流れ」の意味）。この川の由来について、次の伝説がある（Boyer-Speranski, Russian Reader, The University of Chicago Press, 4版 1918, p.85-87）。イワン老人に息子が二人いた。シャト・イワーヌィチ Shat Iványčとドン・イワーヌィチ Don Iványčという名前だった。シャト・イワーヌィチは兄で、強く、大きかった。ドン・イワーヌィチは弟で、小さく、弱かった。父は二人に進むべき道を示して、父の言うことに耳を傾けるように命じた。シャト・イワーヌィチは父の言葉を聞かず、指示された道を歩まず、道に迷い、行方不明になった。しかし弟のドン・イワーヌィチは父の言うことを聞き、父が指示した道を進んだ。ドンはまっすぐに進み、遠くに行けば行くほど、川幅が広くなった。ドンはロシア全土を貫流し、アゾフ海にそそぐ。ドン川は魚が豊富で、小船や汽船が通る。母なるヴォルガ Volga、父なるドン Donと呼ばれる。ロシア語で-aは女性名詞、子音で終わる語は男性名詞である。

Dottin, Henri Georges(アンリ・ジョルジュ・ドッタン、1863-1928)フランスのケルト語学者。Henri d'Arbois de Jubainvilleの教え子。Manuel d'irlandais moyen, grammaire, textes et glossaire(1913), La langue gauloise(1920；文法、テキスト、語彙).

Du Cange, Charles du Fresne(シャルル・デュ・フレーヌ・デュ・カンジュ、1610-1688)フランスの古典学者。Historia byzantina duplici commentario illustrata(1680), ラテン語のGlossarium(1678), ギリシア語のGlossarium(1688).

E(発音)ここにはBonfanteの記述ではなく、Eugenio Coseriu(1979)を採る。スペイン語の音韻体系に音素/e/が存在する。これが規範(norma)において[é]と[è]として現れ、具体的な言(parlare concreto)において$[e_1][e_2][e_3]$…として実現される。

earth boiling(地球沸騰)温暖化は予想以上に早い。

East Germanic(東ゲルマン語)ゴート語、ブルグンド語、ヴァンダル語であるが、主要な文献はWulfilaが西暦4世紀にゴート語に訳した新約聖書(約4分の3)、旧約聖書ネヘミアの断片、Skeireins(スキーリーンス；ヨハネ伝の断片の解説skeireinsは「解説」の意味)である。ゴート語はゲルマン諸語のうち、他には見られない古形を保存しており、ゲルマン語比較文法に貴重な資料を提供する。dags「日」の単数主格語尾-sはギリシア語híppos の-os, ラテン語equ-usの-usにあたる。古代ノルド語ルーン文字stainaRには-arが見られる(Rはpalatal r；硬口蓋のr)。複数対格dag-ansの語尾-ansはギリシア語クレタ方言のlyk-ons(オオカミたちを)の-onsにあたる。

Esperanto(エスペラント語)1887年、ポーランドのユダヤ系眼科医Lazarus Ludwig Zamenhof(1859-1917)が考案した人口語。世界の人が、同じ言語で話せば、戦争はなくなるだろう、と考えた。「希望する者」の意味。esperarに-antoがついたもの。エスペ

ラント人口は30万〜100万人といわれる（Lingua Posnaniensis 45, 2003）。別の統計では100か国に100万人。文法は簡潔明瞭で、16か条からなる。ロシアの作家トルストイは2時間で学習できると言っている。フランスの科学アカデミーはエスペラント語を理論と簡潔の傑作と呼んだ。名詞はすべてoにおわる（amo愛；floro花）。形容詞はa（bela美しい）、副詞は-e（bele美しく）、動詞不定詞は-iに終わり、時制は-as, -is, -osなどの語尾で区別される。不規則動詞はない。ami愛する（不定法）、amas愛する（現在）、amis（過去）愛した、amos（未来）愛するだろう。語彙の75％はラテン系（上記amo, floro, ami, bela）、20％はゲルマン系（tago日、monato月、jaro年）。川崎直一（1902-1991）が大阪外国語大学で1949-1979年の30年間、エスペラント講座を担当。『基礎エスペラント』大学書林、第19版, 1996. Johann Schröder, Lehrbuch des Esperanto（Wien-Leipzig, 178頁, ca.1906）. 著者は1869-1928.

Estonian（エストニア語）エストニア共和国（首都タリンTallinn）に140万人に用いられる。エストニアは原語で「水辺の住民」、Tallinnは「デンマークの城」＜tan-linn. tan-「danskデンマークの」linnはフィンランド語linna「城」。クロイツワルトF.R.Kreutzwaldの著したエストニア民族叙事詩『カレヴィポエグKalevipoeg』1857-1861は20章、19078行の英雄詩で、フィンランドの『カレワラ』に匹敵する。Finnische und estnische Märchen von August von Löwis of Menar（Die Märchen der Weltliteratur；Düsseldorf, 1962）p. 282-298に要約がある。KalevipoegはKalevの息子の意味で、KalevはKalevalaの前半と同じ、poegはフィンランド語poika「少年」にあたる。

Etruscan（エトルリア語）古代イタリアのエトルリア地方に紀元前1000〜300年ごろの言語。未解読のため印欧語族に属するか否か不明である。ブルガリアの言語学者Vladimir Georgíevゲオルギーエフ（1908-1986）は後期ヒッタイト語と考える。ラテン語

の個人名・氏族名・あだ名（praenomen, nomen, cognomen）の3項命名（Gaius Julius Caesar）はエトルリアの習慣に由来するとされる（W.Schulze）。下の図「エトルリアの鏡」はGiuliano and Larissa Bonfante, The Etruscan Language. Manchester University Press (1983) で、Bonfante先生から1983年に贈られた本より。Larissa (1931-2019) は先生の娘でNew York City大学ラテン語教授。

Etruriaの鏡（ヴォルテラVolterra出土）にeca：sren：tva：ichnac：hercle：unial：clan：thra：sceと刻んである。この絵はユーノーの息子ヘラクレスが乳を吸っている様子を示す。

etymology（語源）etymo-のyから察せられるように、ギリシア語発で、etymosは「真の, true」、単語の真の意味である。ギリシアの言語研究は語源と文法だった。etymologyもgrammarもギリシ

ア語で、2500年もの間、ヨーロッパの学問の基礎をなしてきた。ラテン語dominus（主人）は家（domus）の主人で、dominant, domineerのもとだし、A.D.（Anno Domini, in the year of Our Lord）となって、今後、何千年も残るだろう。domus（家）は語根 *dem-（建てる）からきていて、ロシア語domは「家」である。domaは「家の」だが、on dóma「彼は家にいる, he is at home」のように、副詞的にも用いられる。1947年、ソ連に抑留された日本兵はダモイ（domój祖国へ！）と叫んだものだ。ラテン語dominusはポーランドの作家シェンキェーヴィチのQuo vadis Domine?（主よ、あなたはどこへ行くのですか；1890）に残っている。

「家」は和語だが、「家族」は漢語である。houseはゲルマン語共通で、ドイツ語Haus, オランダ語huis（発音はハイスとホイスの中間）はHuis ten Bos（ハウス・テン・ボス＝house to the forest 森への家）となって長崎の観光地になっている。

F（発音）ラテン語のf, ギリシア語のφ（ph）は印欧語のbhからきたもので、ラテン語ferō（運ぶ）, ギリシア語phérō（運ぶ）, ゴート語bera "I carry"など現代に無事につながっている（語根 *bher-「運ぶ」）。英語five, ドイツ語fünfなどのfはギリシア語pénte（cf. Pentagon）にあたる。ラテン語のfはスペイン語でhになり、filius, filiaはhijoイホ「息子」、hijaイハ「娘」となった。

Feist, Sigmund（ジクムント・ファイスト、1865-1943）ユダヤ系のゲルマン語学者。最重要はVergleichendes Wörterbuch der gotischen Sprache（1909, 1939³）で、ゲルマン語、印欧語研究にどれほど役立ったか、はかり知れない。1939年デンマークに移住。ユダヤ人のため大学教授職を得られなかったらしい。Ruth Römer（Bonn；1965年、筆者はゴート語を習った）にSigmund Feist-Deutscher, Germanist, Jude（in Muttersprache, 1981）がある。

Fick, August（アウグスト・フィック、1833-1916）ドイツの言語学者。GöttingenのTheodor Benfeyのもとで学び、1858-1876年、

そこのGymnasiumで、1776-1888年、大学で教えた。1888年、Breslau大学教授。1891年、病気のため引退。1868年、最初の印欧語辞典を出版したが、この分野では、のち、Walde-Pokornyが用いられるようになった。

Fickは印欧語の人名・地名の研究にも専念し、Die griechischen Personennamen nach ihrer Bildung erklärt… (1874) 個人名は複合語で、この習慣はケルト人、ゲルマン人、バルト人、スラヴ人、ギリシア人、インド・イラン人にも受け継がれている。地名研究はAltgriechische Ortsnamen (Bezzenbergers Beiträge,1896-1899), Vorgriechische Ortsnamen als Quelle für die Vorgeschichte Griechenlands (1905), Hattiden und Danubier in Griechenland (1909) があり、今日でも不可欠のものになっている。Fickのもう一つの業績はホメロスとヘシオドスの詩の研究で、ホメロスの作品は最初アイオリス方言 (Aeolic) で書かれたが、イオニア方言 (Ionic) も混同しており、Fickは、その部分をアイオリス方言にretranslateして、全体を統一した。Fickの説はDie homerische Odyssee in der ursprünglichen Sprachform wiederhergestellt (1883) に示されている。

Finck, Franz Nikolaus（フランツ・ニコラウス・フィンク、1867-1910）。ドイツの言語学者。1896年Marburg大学で印欧言語学の講師、1908年Berlin大学一般言語学員外 (extraordinary) 教授。Oceanic languagesも教えた。主著：Über das Verhältnis des baltisch-slavischen Nominalakcents zum Urindogermanischen (1895), 以下書名は日本語で『グリーンランド語の主語の基本的な意味』1905,『アルメニア文学の歴史』1907,『アルメニアのジプシーの言語』1907,『サモア語の人称代名詞・所有代名詞』1907,『バントゥー諸語の親族関係』1908,『言語学の課題と分類』1905,『サモア語の人称・所有代名詞』1907,『他動詞のいわゆる受動態的な性格』1907,『言語構造の主要な型』1910. 筆者の手元にF.N.Finck『現代東アルメニア語文語教本』Marburg 1902. 141頁。1980年、Otto

Harrasowitz, Wiebadenで購入した（DM 28）。テキスト・語彙つき。よくできているが、テキストはAdolf Dirrの『東アルメニア語入門』Wien-Leipzig1910のほうがずっとよい。

Finnish（フィンランド語）北欧フィンランドの言語。475万人に話される。フィンランド共和国の第1言語として、ロシアのカレリア自治共和国（首都ペトロザヴォーツクPetrozavodsk）でロシア語に次いで第2公用語として用いられる。文法特徴は

1. 子音交替（consonant gradation, Stufenwechsel）
   Helsinkiヘルシンキ→Helsinginヘルシンキの
2. 格が15もある。主格、属格、与格…、内格（inessive, Helsingissä 'in Helsinki', Tokiossa 'in Tokyo'）、分格（partitive）が広く用いられる。kolme lastaコルメ・ラスタ 3人の子供（lastaはlapsiの単数分格）。1966.4.19.（水）朝7時ヘルシンキからレニングラード行きの車中、朝、お茶を運んでくれたカレリアKarelia（Kalevala採取地方）出身の男性が私は3人子供がいると言った。
3. 否定動詞。I am, you are, he isはolen, olet, onだが、I am not, you are not, he is notはen ole, et ole, ei oleと否定辞が人称変化し、動詞は語幹を用いる。

　フィンランド民族叙事詩カレワラ（Kalevala）がある。エリアス・レンロートElias Lönnrot（1802-1884）が医者をしながら、カレリア地方から採取し、最初1835年に、のち増補版50章を1849年に出版した。カレワラはフィンランド建国からキリスト教の伝来までの歴史を語る。カレワラはアイヌのユーカラ、北欧のエッダ、ギリシアのホメロスと並んで、世界の5大叙事詩（epic）と呼ばれる。日本語訳に森本覚丹訳、岩波文庫3巻、1939, 講談社学術文庫2巻、1992, 小泉保訳, 岩波文庫2巻, 1976がある。

　カレワラ第4章「アイノの死」を紹介する。フィンランドの建国の英雄ワイナモイネン（Väinämöinen）は生まれながらに白髪の老人だった。母は海の中を漂いながら、おなかに子供を800年

も宿らせていたからである。ワイナモイネンはカンテレ（ハープ）の名手だった。彼の奏でるハープの音に、森の木々も、湖の魚も涙を流した。その涙が湖の底に落ちると、真珠になった。ワイナモイネンは美しい乙女アイノ Aino に求婚した。アイノの母は娘が国で一番の英雄の花嫁になることを喜んだが、アイノは年寄りに連れ添って、その玩具になるよりは、海底に沈んで魚の仲間になったほうがよい、と言って、身を投げて死んでしまった。母は娘の死を知ると、嘆いて言った。「世の母よ、いやだという結婚を娘に強いるな」。彼女はいつまでも泣き続け、その涙は川となり、湖となった。（カレワラ、第4章）フィンランドは1000の湖の国と呼ばれ、風光明媚の国として知られる。フィンランドは森林が豊富で、プータロ puutalo「木の家」（puu 木、talo 家）が日本でも流行した。

Flateyjarbók（フラテイの書）アイスランド初期の写本で、225枚のフォリオ版からなる。写本保存地 Flatey（平らな島の意味）は北アイスランド Víðidalstunga（広い谷の岬）の近くというが、The Times Atlas of the World を見ると、Breiða-fjörður の Flatey から 105 km も離れている。この書に収められているのは13写本で、「エリクのサガ」「フェロー諸島住民のサガ」「グリーンランド人のサガ」「ハルフレッドのサガ」「ハーコンの息子ハーコンのサガ」「ヨムスヴィーキングのサガ」「マグヌス王とハーコンの息子ハーコンのサガ」「聖オラフのサガ」「トリュグヴィの息子オラフのサガ」「オークニー諸島の住民のサガ」などである。フラテイの書は1387年から1390年の間に、Jón Hákonarson のために裕福な農夫によって作成された。Leifr のアメリカ発見のサガも含まれる。早稲田大学教授・森田貞雄先生（1928-2011）がこの写本の刊本を1000米ドルでコペンハーゲンから購入して自宅の耐火金庫に入れた。没後、早稲田大学図書館に収蔵された。森田先生は『デンマーク語文法入門』1959と『アイスランド語文法』

1981の著者（ともに大学書林刊）。1953-1954年、デンマーク政府の留学生としてコペンハーゲン言語学科に学び、講師 Dr. Bjarni Einarssonから1対1で現代アイスランド語を学んだ。アイスランド語は、ヨーロッパの文物が伝来するのがおそく、古代ゲルマン語の古形を保っている。

Foulet, Lucien（リュシアン・フーレ、1873-1958）フランスの言語学者。ParisのÉcole Normaleで学んだあと、1909年から1912年までCaliforniaのBerkeley校で教えた。1912年パリに帰り、Petite syntaxe de l'ancien français（1919）を書く。これは成功となった。

four letter phrase（四字熟語）先生：弱肉強食。生徒：焼肉定食。生徒：雨否晴諾 rain no, fine yes（一音四語）雨なら行かない、晴なら行く。

French（フランス語）フランス全土で8000万、ベルギーのフランス語域で230万人、スイスのフランス語域で80万人に話される。Corsica, Bretagne, Roussillon, Alsace, Flandresではフランス語は理解される。南フランスではプロヴァンス語（Provençal）が1000万人に話される。海外では、カナダのQuebec州とOntario州で300万人に話される。Haitiの300万人、フランスの植民地に8000万人、総計、1億人に話され、あるいは理解される。

　フランス語はロマンス諸語（Romance languages）の一つであるが、その名の示すとおり、ドイツ語の影響を受けている。Frenchはfrankisk, 語源的には、フランク族の言語である。

　フランス語の特徴：（1）ラテン語のcaがchとなる。ラテン語caballus（馬）がcheval［シュヴァル］。イタリア語はcavalloカヴァッロ、スペイン語はcaballoカバーリョ。（2）ラテン語のūが［y］となる。ラテン語mūrus「壁」がmur［ミュール］。（3）ラテン語の語末の-aが-eとなって、発音から消える。lūna「月」がlune［リュヌ］。（4）ラテン語festa（祭り）のような場合、-s-が消える。fête（イタリア語festa, スペイン語fiestaでは残っている）。

(5) ラテン語 cantat（彼は歌う）のような -n- は鼻母音になる。chante [ãシャント]。cantatio（歌）が chanson となる。

　ドイツ語の影響。honte, haïr, choisir, laid, hâte, garder, saisir, gage, canife, bois, fauteuil, bleu, joli. 1066年の Norman Conquest 以後、フランス語から大量の単語が英語に流入した。Chaucer の作品（14世紀）にはフランス語が多い。point, saint, chamber, quit は発音も英語流になった。

G（発音）ラテン語の g は有声閉鎖音（voiced stop）で、英語の get や give と同じだった。イタリアでは西暦2世紀から3世紀にかけて前母音 i や e の前で口蓋化（palatalize）し始め gelato（ジェラート、アイスクリーム）のようになった。get の g [g] のようにゲルマン系の単語では、もとのままだが、フランス語からきた gentle や general では [dž] になった。スペイン語では dž が [x] となり、Georges ジョルジュが Jorge [ホルヘ] となった。gh は rough, tough では [f] だが、night, right, sight, taught ではサイレントになった（中世英語は night [niçtニヒト]）。ロシア語には h の音がないので、Heine は Geine, Hamilton は Gamilton と表記する。

Gabelentz, Hans Conon von der（ハンス・コノン・フォン・デア・ガーベレンツ、1807-1874）ドイツの歴史家、言語学者。Leipzig と Göttingen で法律を学ぶ。Altenburg 公国で国会の議長であった。政治活動のかたわらモンゴル語、マライ・ポリネシア語、ムンダー語を研究。マライ・ポリネシア比較言語学の基礎を築く。主著：Éléments de la grammaire mandschoue (1832), Grammatik der Dajaksprache（マライ・ポリネシア語；1832), Grundzüge der syrijänischen Grammatik（ウラル語, 1841), Grammatik der Dakota-sprache (American Indian, 1852), 満州語動詞活用 (ZDMG), Die melanesischen Sprachen (1860-1873), Grammatik und Wörterbuch der Kassiasprache（アメリカ・インディアン語,1858), Über die Sprache der Suaheli (ZDMG), Über die samojedischen Sprachen (ZDMG);

モンゴル諸語の辞典；Wulfilaの聖書（J.Loebeと共著, 1836-1843）；ゴート語文法（1846）, ゴート語辞書（1843）, 受動態（1861）.

Gabelentz, Hans Georg Conon von der（ハンス・ゲーオルク・コノン・フォン・デア・ガーベレンツ、1840-1893）ドイツの言語学者、前記Gabelentzの息子。父親と同じくLeipzigで法律を学んだが言語学に転向し、16歳のとき、父親のもとで中国語を学びシナ学で第一人者になった。Chinesische Grammatik（1881）. Die Sprachwissenschaft, ihre Aufgaben, Methoden und bisherigen Ergebnisse. Leipzig, 1891, 第2版1902（34頁にわたる詳しい索引を入れて520頁）。川島淳夫訳『言語学』同学社。2009, xxii, 502頁, 7000円）。本書は4書よりなり、Erstes Buch総論；Zweites Buch個別言語の研究（個別言語の記述＝文法、辞書、古語と方言、言語と文字）；Drittes Buch一般言語学、文の種類、形態法、形態論的分類、孤立語、語順、アクセント。膠着（Agglutination）の下位分類（prä-, sub-, infixe）、孤立語（純粋に孤立語といわれる中国語のほかにシャム語、安南語も、すでに、その中にHülfswörterを含む。

Gallic or **Gaulish**（ガリア語）古代ガリアの言語。Caesarによると GalliはCeltaeを指す。Gaulish（フランス語Gaulois, イタリア語Gallico）は大陸ケルト語を指す。Breton語は入らない。ブルトン人がイングランドから追われてブルターニュ（フランス北部）に定住し始めたのは6世紀だった。小アジアのGalatiaもガリア語地域で、5世紀A.D.までガリア語が話されていた。ラテン語の-ctのcが消えて-itになる（noctem「夜」がフランス語でnuit）のはガリア語のsubstratum（基層）による。スペイン語ではctはchとなり（noctem＞nocheノチェ「夜」）、イタリア語ではttとなる（noctem＞notte「夜」）。Ver-cingeto-rix ウェルキンゲトリクス（ガリア軍の主将で、カエサルに捕らえられ処刑された）'king of the great warriors' < ver 'great', cingeto 'warrior', rix 'king'；地名 Verdun < Viro-dū-num 'fortress of the heroes'。このdūnumは英語townである。戦車に関する単語がケルト語からラテン語に入った。この分野ではガリア人の技術が優れていたからである：carrus「車」、carpentum「二輪馬車」、rēda (cf.ride, reiten)「四輪馬車」、essedum「戦車、旅行用馬車」、petorritum, petōritum「無蓋の四輪馬車」。

Gamillscheg, Ernst（エルンスト・ガミルシェーク、1887-1971）ドイツの言語学者。WienのMeyer-Lübkeのもとに学び、Innsbruck（1920-1926）, Berlin（1926-1945）, Tübingen（1947-）でロマンス言語学を教えた。主著Etymologisches Wörterbuch der französischen Sprache（1928）. ロマンス言語学のすべての分野に及び、Studien zur Vorgeschichte einer romanischen Tempuslehre（1913）, 地名Die Bezeichnungen der Klette im Galloromanischen（1915, with L.Spitzer）, 方言Oltenische Mundarten（1919）, 言語地理学Die Sprachgeographie und ihre Ergebnisse für die allgemeine Sprachwissenschaft（1928）, 言語地図Randbemerkungen zum rumänischen Sprachatlas（1941）, ロマンス語におけるゲルマン語要素Romania germanica（3 vols.1934-1937；Sprachkontakt）, Germanische Siedlung in Belgien und Nordfrankreich（1937）.

Gauchat, Louis（ルイ・ゴーシャ、1866-1942）スイスの言語学者。G.I.Ascoliが始めたFranco-Provençal方言の研究を続けた。Glossaire des patois de la Suisse romande（1924開始）. 1942年Festschrift Louis Gauchatが贈られた。

Geiger, Ludwig Wilhelm（ルートヴィヒ・ヴィルヘルム・ガイガー、1856-1943）ドイツの東洋語学者。Friedrich Schlegelのもとに学び、サンスクリット語とイラン語を専攻した。Erlangen大学で印欧言語学を教えた。E.Kuhn, K.F.Geldner, BartholomaeとともにGrundriss der iranischen Philologie（1896-1904）を編集。1920-1924ミュンヘン大学インド語、イラン語教授。Elementarbuch der Sanskritsprache（1888）, Etymologie und Lautlehre des Afghanischen（1894）, Literatur und Sprache der Singhalesen（1900）, Die archaeologischen und literarischen Funde im chinesischen Turkestan（1912）, Pali, Literatur und Sprache（1916）, Ceylon旅行記（1897）.

Gelb, Ignace Jay（イグナス・ジェイ・ゲルプ、1907-1985）ポーランド生まれ、アメリカのアッシリア学者、ヒッタイト学者。Firenze, Romaの大学でProf. Giorgio della Vidaのもとで研究。1947年Chicago大学アッシリア学教授。最大の業績は象形文字ヒッタイト語（hieroglyphic Hittite）の解読で、音節文字で開音節（a,e,u,i,pa,pe,pu,pi）と考え、Ku-r（a）-ku-maをGurgumと解読した。こうしてアナトリアの王子名Warpalawas, Muwatelis, Halparuntas, 神の名Kupapas, Hcpat, Balatを解読した。主要著作はInscriptions from Alishar and Vicinity（1935）, Hurrians and Subarians（1944）, Nuzi Personal Names（1943）.

Geldner, Karl Friedrich（カール・フリードリッヒ・ゲルトナー、1852-1929）ドイツのインド学者、イラン学者。最初Berlin大学のちにMarburg大学でインド学を教えた。Siebenzig Lieder des Rigveda翻訳（with Adolf Kaegi, mit Beiträgen von R.Roth）, Vedische Studien（1889-, with Pischel）, Der Rigveda in Auswahl（1907-1909）, Die indische Balladendichtung（FS Marburg 1913）, Der Rigveda, übersetzt und erläutert（1923）, Vedismus und Brahmanismus（in Bertholet, 宗教史読本1928）. アヴェスタ語関係のDie zoroastrische Religion（1926）.

gender（文法性）印欧語、セム語は文法性があるが、ウラル語、アルタイ語はない。太陽のラテン語solは男性、ギリシア語hēlios男性、フランス語soleil男性、ドイツ語Sonne女性、ロシア語solnce（ソンツェ）は中性（-ceは指小辞、愛称辞）。古代英語sunne女性。「月」はラテン語lūna女性、ギリシア語selēnē女性、ドイツ語Mond男性、フランス語lune女性、古代英語mōna男性。白

然性と文法性が異なる場合がある。ドイツ語Mädchen（少女）は中性、Weib（女）も中性。現代ギリシア語は指小辞が多く、paidí子供、korítsa, koritsáki少女、は、中性名詞である。

Georgian（グルジア語；ロシア語gruzinskij jazyk）グルジア共和国（首都Tbilisi）の言語。南コーカサス諸語の主要言語。言語人口350万。特徴はp̣ ṭ ḳの音（glottoclusivae声門閉鎖音）と能格（ergative）である。能格は他動詞の主語に用いられ、他動詞の目的語は主格に置かれる。sṭudenṭma daćera ćerili ストゥデントマ・ダツェラ・ツェリリ　学生は手紙を書いた。sṭudenṭ-maが能格、主格はsṭudenṭi。[手紙をćeriliは主格]。西暦5世紀にキリスト教化され、同時に聖書の翻訳が始まり、以後、1500年、文学活動が続く。コーカサス地方の中では、文明が特出している。グルジアの歴史の黄金時代と呼ばれるタマラ女王（Tamara）の時代（1200年ごろ）にショタ・ルスタベリ（Shota Rustaveli）の国民的叙事詩『豹皮の騎士』Vepxis tqaosani がある。袋一平訳1972, 大谷深訳1990。グルジアはワインの産地。グルジア紹介書：加固寛子著、監修児島康宏『知られざる魅惑の国グルジア』クリエイティブ21（新宿）2021年、80頁。著者は1929年生、京都大学文学部卒。グルジア語入門書：児島康弘『ニューエクスプレス・グルジア語入門』白水社2019；下宮 Zur Typologie des Georgischen（学習院大学1978）

Gilliéron, Jules（ジュール・ジリエロン、1854-1926）スイスの言語学者。BaselとParisで研究。G.I.Ascoliから刺激を受けてAtlas linguistique de la France（1902-1909）を完成。イタリアの新言語学（neolinguistica）はジリエロンの言語地図に負うている。他の国もジリエロンの地図を模範して、それぞれの地図を作った。

Gilyak（ギリヤーク語）カラフト（サハリン）島の北部とアムール川の下流の地域に住むギリヤーク人の言語。その人口3700人の76.3%がギリヤーク語を話すという。ギリヤークの自称は、大

陸ではニヴフnivx, カラフトではニクブンnikbyŋだが、ともに「人間」の意味である。ロシアの資料では話者4600人、うち2000人がサハリンに、2400人がAmur河畔に住む。

ギリヤーク民話「クマと姉妹」。むかし、一軒の家に姉と妹の二人が仲よく暮らしていました。二人は魚やあざらしをとって食べていました。ある日、二人は冬の食べ物にコケモモ（cowberries）を採りに出かけました。家に帰ると、ガサガサ音が聞こえます。家に入ると、お膳の上に、おいしそうな料理が、二皿、載っています。姉は、おいしそう、と言いながら食べてしまいました。妹は、気味がわるいので、食べませんでした。次の朝、妹が目をさますと、おや、姉はいません。妹は姉を探して、川に来ると、舟がありましたので、それに乗って、対岸に来ると、クマの足跡と姉の足跡が雪の上に残っています。坂道を上ると、小屋が建っています。小屋の中に急いで入ってみると、クマの姿は見えず、姉の頭があります。姉さん、どうしたの、と尋ねると「心配かけて、ごめんなさいね。手足と胴体が食べられちゃったの」と涙をポロポロ流しながら答えるではありませんか。そのときクマが現れて、妹に襲いかかりましたが、妹は姉の頭を抱えながら必死に逃げました。そして自分の小屋に帰ることができました。
（世界民話全集8, 1954、河出書房、北方アジア編、徳永康元、服部健ほか訳。チュクチ、ギリヤークは服部健訳）

Goethe, Johann Wolfgang von（ゲーテ、1749-1832）ドイツの詩人。

　君知るや、レモンの花咲く国を
　暗い葉陰に黄金のオレンジが燃え、
　清き空よりそよ風わたり、
　長春樹（ミルテ）は静かに、月桂樹は高く聳（そび）ゆ、
　君知るや、かの国を。かの国へ、かの国へ。
　ともに往かん、いとしき君と。
　　（ヴィルヘルム・マイスターの修業(しゅぎょう)時代、1785年）

Kennst du das Land, wo die Zitronen blühn,
Im dunklen Laub die Goldorangen glühn,
Ein sanfter Wind vom blauen Himmel weht,
Die Myrte still und hoch der Lorbeer steht,
Kennst du es wohl?
Dahin! Dahin!
Möcht' ich mit dir,
　o mein Geliebter, ziehn!（Goethe, Mignon, 1785）

　ミニョン（Mignon）はイタリアの貴族の娘であるが、運命のいたずらから旅芸人となり、それとは知らずに、自分の兄と恋に落ちる。あなたと一緒に生まれ故郷のイタリアに帰りたい、とミニョンは歌う。ミニョンはフランス語で「かわいい子」の意味。

good-better-best（比較級・最上級の語源）古代インド語 *bhadrás "tüchtig, gut"（Jan de Vries, Altnordisches etymologisches Wörterbuch, 1962, p.34）good は教会スラヴ語 godŭ 'passende zeit', ロシア語 gódnyj 'tauglich'（Jan de Vries）。

Gothic（ゴート語）ゴート人（Goths）の言語。ゴート語は西暦4世紀の言語で、ゲルマン語の中では最も古い。ウルフィラ（Wulfila, Ulfilas, 311-382）僧正がギリシア語からゴート語に訳した新約聖書が貴重な資料である。Die gotische Bibel. ed.W.Streitberg, Heidelberg 1965, 第5版, と辞書 Gotisch-griechisch-deutsches Wörterbuch. これはゲルマン諸語のうち最も古い語形を伝えており、印欧語比較文法においてはゲルマン語の代表として利用される。dag-s（'day' 単数主格）、dag-ans（複数対格）の語尾は印欧祖語 *-os, *-ons に当たる。この -ons が貴重である。ギリシア語クレタ方言 nóm-ons（法、複数対格）がゴート語 dag-ans の -ans に対応するからである。ほかにスキーリーンス（Skeireins「解釈」）と呼ばれる聖書の注釈がある。この語源はゴート語 skeirs「明らかな」

でドイツ語scheinenと同じ語源である。ウルフィラは西ゴート人（アリアン派の人でダキアの僧正；ダキアDaciaはDanube下流地域）だったので、聖書は西ゴート語だったが、保存されている写本の多くはイタリアで作られたので、東ゴート語的である。

　ゴート人は東ゲルマン人だが、スウェーデンの南の島ゴットランド（Gotland）が示すように、この付近が発祥地だった。ゴート人は南へ下り、ポーランドのウィスツラ川（Visła ヴィスワ）を渡って、214年、ドニエストル（Dnjestr）川の両岸に大帝国を築いた。その後、東ゴート人（Austro-Goti）と西ゴート人（Visi-Goti）に分かれた。ゴート王国の繁栄は375年のフン族の来襲（Hunnensturm）のために破壊され、西ゴート人はAlarich（アラリク；'king of all'）のもとにイタリアから南フランスに渡り、415年にトロサ王国（Tolosa, Toulouse）を築いた。466年にスペインの大部分を占めたが、507年ヴイエの戦い（Schlacht bei Vouillé）でフランク人（ゲルマン人）に敗れ、711年にはアラビア人のために消滅した。東ゴート人はTheodorich（デートリッヒ；民族の王の意味）のもとにイタリアのパンノニア領土（pannonische Sitze）を獲得したが、555年、東ローマの軍隊に滅ぼされ、ゴート人は消滅した。ゴート人の一部はバルカン地域にとどまり、ドブルジャ（Dobrudscha）の教区Tomiでは9世紀にゴート語で布教が行われた。この項、筆者が若いときからお世話になったゴート語の入門書Heinrich Hempel, Gotisches Elementarbuchによる（Sammlung Göschen, Berlin, 1966⁴, p.10）。著者Hempel（1885-1973）はケルン大学教授。このゴート語入門書は弘前大学でも学習院大学でも、教科書として使った。

gradation（段階）George runs fast, runs faster, fastestは比較の三つの段階を示す。ラテン語fortis 'strong', fortior, fortissimusが、俗ラテン語ではmagis fortis, plus fortisのように分析的になり、イタリア語più forte、スペイン語más fuerteのようになった。英語やドイ

ツ語では語尾で示され、stronger, strongest, stärker, stärkstとなる。ラテン語fortis-simusは、のちに、very strongの意味になった。

比較は名詞にも起こる。サンスクリット語（ヴェーダ語）bráhmīyas 'better Brahman', bráhmiṣṭas 'the best Brahman'のように。イタリア語generalissimo（最高指揮官）は第一次世界大戦に作られた単語である。比較級語尾と最上級語尾に二つあり、*-yos -と*-tero-だが、*-tero-は質の比較を表すのではなく、2個の対立を意味した。その名残はother, neither, whether、ラテン語alter, uter, dexter, sinister、ギリシア語deksiterós 'right'（右手）、aristerós 'bad'（左手）。*-yosはすべての印欧語に見られるが、*-tero-はギリシア語、インド語、イラン語に限られる。

母音交替（vowel gradation, Ablaut, apophony）は英語sing, sang, sung, song（名詞）のように母音を変えて文法変化を行うことを指す。サンスクリット語の場合を掲げる。

基本音（Grundvokal）　　語根nī-導く　　　kṛ-作る
重音（Guṇa, 原義：糸）　 netar-案内者　　 kara作者
複重音（Vṛddhi, 成長）　 nay-ati彼は導く　 kārya行わるべき

ドイツ語の例：Ge-burt 誕生（サbhṛ-ti）、gebären（生む、サbhar-aṇa 妊娠）、Bahre担架（サbhāra-重荷）。

同様に語根vid（知る）からveda（知識）、vaidya（ヴェーダの）を得る。この語根vidは英語wit, wot, wiseと同根でShakespeareのI wot well where he is. 乳母が言う。私はロミオがどこにいるか、よく知っている。

この語根はveda 'I know', vidma 'we know'

上記のサンスクリット語根vidの印欧語根は*weid-（紀元前4千年紀）で、ここからOld Englishのwitan 'to know'、英語wise, wisdom, wit機知, to witすなわち、ラvideo、エview、ギhístōr 'wise, learned man'（historyの語源）＜*widtor-。エdruidケルトの予言者 ＜*dru-wid 'knower of trees'（C.Watkins, Indo-European Roots,

Boston, 1985）

　emi 'I go', imaḥ 'we go' の語根はi- でラテン語eō 'I go', ギリシア語eîmi 'I go', ロシア語id-ti 'to go', idú 'I go'

　英語better, bestは印欧祖語*bhadrós 'tüchtig, gut'（Jan de Vries, Altnordisches etymologisches Wörterbuch, p.34）

grammar（文法）はギリシア語gramma＜graph-ma（書き方、正しい書き方）からきている。ギリシアの言語研究は語源（etymology）と文法だった。だから、その用語もギリシア語である。Ciceroはこれをラテン語veri-loquium（正しく言うこと）と訳したが、これは定着しなかった。**grammaticalisation** en roman et en germanique（ロマンス語はラテン語になかった文法habeo＋過去分詞j'ai écritを作り、ゲルマン諸語はフランス語をまねて、ゴート語にないI have writtenの形式を作った（adstratum, 本書p.232）。英語doの過去didはdo＋edからきている。ゴート語nasida（救った）はnasjan（救う）＋daから、work-edはwork＋didから。現代ギリシア語のthaはthélo na 'I wish that I do' からきている。he'll come, I'm comingは未来がenclitiqueに表現される。ロマンス語は動詞に後置（il viend-ra）するが、現代ギリシア語は、上の例に見るようにthaを前置してtha érthei 'he will come'.

　degrammaticalizationはbeautifuller, beautifullest（early Middle English, 1892, H.Sweet, A Short Historical English Grammar, 1892, p.91）とか、the person I met yesterday's fatherのような場合をいう。

　日本語の品詞は体言body-speech（名詞、代名詞、数詞）と用言use-speech（動詞、形容詞、形容動詞）に分ける。形容動詞adjective-verbは「静かだ」「静かだった」のように活用する。

Grammont, Maurice（モーリス・グラモン、1866-1946）フランスの言語学者。Collège de Franceで印欧言語学を学び、École des Hautes Étudesで Michel Bréal, Gaston Paris, Saussureのもとで学んだ。博士論文 Dissimilation consonantique dans les langues indo-européennes et les langues romanes (1895) は Saussure と Prague School の音韻論 (phonologie, のち音素論 phonemics) にいたる構想を発表し、のちに Traité de phonétique (1933) に発展した。ほかに Vers français (1904), Traité pratique de prononciation française と Petit traité de versification française があり、雑誌 Revue des langues romanes を長い間編集した。

Grassmann, Hermann Günther（ヘルマン・ギュンター・グラースマン、1809-1877）ドイツの数学者、サンスクリット学者。1827-1830年 Berlin で Rudolph Roth のもとでインド語、特に Rig-Veda を研究。Rigveda übersetzt und mit kritischen und erläuternden Anmerkungen versehen (1876, 1878) および Wörterbuch zum Rigveda (1873). グラースマンの法則 (Grassmann's law)：thríks (hair) の属格は trikhós となり最初の気音 (aspirate) が無気音化 (de-aspirate) する。2個の帯気音の最初の帯気音が無気になる。ギリシア語 pêkhus 'elbow', pentherós 'father-in-law' とサンスクリット語 bāhús 'elbow', bándhus 'relative' の b を比較すると、最初の気音が dissimilation により気音 (aspiration) を失っていることが分かる。大学教授ではなく、故郷の Stettin の gymnasium 教授だった。

Greece（近代ギリシアの危機）2004年のオリンピック開催のためにギリシアは金利の安いユーロから莫大な借金をした。それを、なんとか返済できるとタカをくくってきた。だが、そうはいかなかった。ギリシアは公務員が多すぎる。しかも、その給料は、一般社会人の2倍だ。これは不平等の最もよい例だ。民主主義なんて言えるか。ギリシアは過去の栄光に甘えていただけだ。ドイツ人は第二次世界大戦後、莫大な借金を背負ったが、勤勉で返済した。

Greek（ギリシア語）ラテン語と並んで、ヨーロッパ文明を築いた言語。紀元前1000年以前からギリシア半島、地中海地域に話されている。マケドニア、トラーキア、ヨーロッパ領トルコ、エ

ジプトにギリシア語の植民地がある。イタリアのCalabriaとSalentoに36000人にギリシア語が話される。1940年、ギリシア人口748万人の90%はギリシア語を話す。近代ギリシア語は民衆語と純正語の二種があり、これはあとで述べる。

古代ギリシア語はヨーロッパ地域の印欧語であるが、民族以前（pre-ethnic）の改新（innovation）を示している。ギリシア語はignis, rex, flamenの語、三人称複数facereをもたない。一方、象形文字ヒッタイト語、ルーウィ語、リュディア語、リュキア語、ゲルマン語、バルト語、スラヴ語と同様に多くの改新（innovations）をもっている。アルメニア語と近い関係にあり、ギリシア語とアルメニア語は、共通に、次の6つの特徴を示している。

GreekとArmenianの共通点：

1. r-, l-, m-, n-の前に母音がくる（vocalic prosthesis）のに対して、ラテン語や英語にはない。ギennéa, ア inn（ラ novem, エ nine）。ギ érebos 'darkness', ア erek（ゴ riqis）。
2. 母音間のsがhになり消失。ギ nuós 'daughter-in-law', ア nu, nuoy（ラ nurus, ヴェーダ語 snuṣā, ド Schnur）
3. 母音間のyが消える。ギ treîs, ア erekh（ヴェーダ語 tráyas）
4. 母音 ḷ, ṛ, ṃ, ṇ が al, ar, am, anに。ギ árktos, ア arj（ラ ursus, ヴェーダ語 rkṣas）
5. srがstrongly rolled rに。ギ rhutós 'dragged along', ア a-ṙu（古代アイルランド語 sruth, ヴェーダ語 srutís, ロシア語 ó-strov 島）
6. *ly, *ry, *my, *nyが*yl, *yr, *ym, *ynに。ギ baínō, ア ayn（ヴェーダ語 anyás）
7. 語末のdとtが消える。

形態論と統辞論：属格*-osyo（ホメロス -oio, ア -oy）；augment（ギ éphere, ア eber）。否定語（ギ mē, ア mi）

ギリシア語 -ssos, -nthosは前ギリシア語（pre-Greek）である。kypárissos, nárkissos, asáminthos, hyákinthos. その他 sûkon, oînos, rhódon.

　近代ギリシア語（Modern Greek）は言語人口1100万。民衆語（ディモティキ dimotiki）と純正語（カサレヴサ katharevusa）の二形態があり、後者は行政機関と教会に用いられる。近代ギリシア語の最大の文献は新約聖書であり、ビザンチン文学を代表する国民的叙事詩『ディゲーニス・アクリータス』（Digenis Akritas, 10世紀の成立とされる）がある。関本至『現代ギリシアの言語と文学』渓水社1987.「お名前は?」と尋ねる場合、名前は ónoma だが、to ónoma mou eínai Giorgos（私の名はヨルゴスです）のように、姓でなく、名を指す。mou［発音mu］（私の）は後置され、eínai 発音［イネ］は I am, you are, he is, to be の意味。

Grierson, Sir George Abraham（サー・ジョージ・エイブラハム・グリアソン、1851-1941）アイルランド系イギリスの言語学者。1873年、インド文部教官となり、1898-1902年 Linguistic Survey of India を行った。18巻からなる巨大な出版物で、インドのすべての言語の文法、テキスト見本、その翻訳、統計、広範囲な一般的情報を載せ、現代インド語の知識を網羅している。Grierson は近代インドのフォークロアと文学も研究。The Modern Vernacular Literature of Hindustan（1889）, The Languages of India（1903）, A Dictionary of the Kāshīmīrī Language（1932）, The Linguistic Survey of India and the Census of 1911（1911）を書いた。Halle（1894）, Dublin（1902）, Cambridge（1920）, Oxford（1929）の諸大学から名誉博士号（Doctor honoris causa）を授与された。

Grimm, Jacob（ヤーコプ・グリム、1785-1863）ベルリン大学教授。弟のヴィルヘルム（Grimm, Wilhelm）とともにゲルマン文献学の創始者（Begründer der germanischen Philologie）と称される。兄弟の主要著作は『子供と家庭のための童話』（Kinder- und Hausmärchen, 1812-1815, 最終版1857は200話）、『ドイツ伝説』（Deutsche Sagen, 1816-1818, 2巻、585話）、『ドイツ語辞典』

(Deutsches Wörterbuch、生前の執筆は最初の3巻1854-1862でForscheの項まで、Wilhelmの執筆はDのみ)。ヤーコプの単著は『ドイツ語文法』Deutsche Grammatik（初版1819は1巻のみ；第2版は1822-1837, 4巻）；『ドイツ法律古事誌』Deutsche Rechtsalterthümer（1828, 2巻）；『ドイツ神話学』Deutsche Mythologie（1835, 2巻、のち補完を入れて3巻）；『ドイツ語の歴史』Geschichte der deutschen Sprache（1848, 2巻）；『小論集』Kleinere Schriften（1864-1890, 8巻）。19世紀まではJakobでなくJacobと綴った。同様にJacob Grimmはcasus, accusativ, rectionと書いている。ヤーコプとヴィルヘルムの兄弟愛は死ぬまで変わらず、兄ヤーコプは弟ヴィルヘルムに「このドイツ語文法」はお前のために書いたようなものが、と言っている。ヤーコプは名詞を小文字で書き、文頭も小文字で書き（ラテン語やギリシア語と同じ）、パラグラフだけ大文字で書き始める。当時の綴り字法でthier（Tier）, thür（Tür）, gieng（ging）, giebt（gibt）, herschen（herrschen）, muste（musste）, hofte（hoffte）, funfzehn（ウムラウトなし；今はfünfzehn）と書いた。1863年、ドイツ語辞典のfruchtの項をほぼ完成したとき、Jacob Grimmのほとばしる創造力、あふれる精力もついに尽きた。78歳、生涯、独身であった。

Grimm, Wilhelm（ヴィルヘルム・グリム、1786-1859）ヤーコプ・グリムの弟。ベルリン大学教授。兄のヤーコプと一緒に童話とドイツ伝説を編集して刊行した。ヴィルヘルムは「やわらかいペンの持ち主」(weichere Feder) と呼ばれ、グリム童話に美しい文体的統一を与えた。兄弟の収集した童話が広く読み物として普及したのは、ヴィルヘルムに負うところが多い。ほかに『古代デンマークの英雄詩、バラッド、童話』(Altdänische Heldenlieder, Balladen und Mährchen, 翻訳, 1811)、『現代における古代ノルド文学』(Die altnordische Litteratur in der gegenwärtigen Periode, 1820)、『ドイツのルーン文字について』(Über deutsche Runen, 1821)

『ドイツの英雄詩』(Die deutsche Heldensage, 1829)、『小論集』Kleinere Schriften（1881-1887、4巻）がある。

Grimm, Ludwig（ルートヴィッヒ・グリム、1790-1863）グリム兄弟姉妹6人の末の弟で、グリム童話の挿絵を描いた。童話の普及は、この挿絵に負うところが大きい。グリム兄弟の肖像も描いている。カッセル（Kassel）のアカデミー教授。1837年、ヤーコプとヴィルヘルムがゲッティンゲン大学教授を罷免されたとき、援助の手をさしのべた。

Grimm, Hermann（ヘルマン・グリム、1828-1901）ヴィルヘルム・グリムの息子。ベルリン大学美術史教授（1873-）。『ミケランジェロの生涯』（Leben Michelangelos, 2巻, 1860-1863）、『ゲーテ』（2巻、1877）の著書あり。

Grimm's Law（グリムの法則）Jacob Grimm（1785-1863）

ドイツではグリムの法則ではなく、Lautverschiebung（音韻推移）という。マックス・ミュラー Max Müller（オックスフォード大学比較言語学教授）がこう呼んだので、英米、フランス、スペイン、イタリア、日本でもこの名が用いられる。英語圏では、子音の推移が主なので、consonant shift（子音推移）という。

1. 第一次音韻推移はゲルマン語すべてに起こる。

    dh＞d（印欧語 * dhur-）＞英 door

    d＞t：ラ decem＞英 ten

    t＞th：ラ trēs＞英 three

    bh＞b：サ bhrātar-＞英 brother

    b＞p：ギ kánnabis＞英 hemp

    p＞f：ラ ped-（主格 pēs）＞英 foot

    gh＞g：（印欧語 *ghostis 未知の人）ラ hostis 敵＞英 guest

    g＞k：ラ genū＞英 knee

    k＞h：ラ centum＞英 hund（red は数の意味；ラ ratio）

    gw＞qw：*gwemjō, ラ veniō＞ゴート語 qiman, 英 come

2. この項目（第二次音韻推移）はJacob Grimmの発見である。英語dayがドイツ語Tagになったのだが、dayがTagに対応する（correspond, entsprechen）ので＝を用いる。

    d = t：英 drink = ド trinken

    t = s, ss, tz：英 eat, it, sit = ド essen, es, sitzen

    th = d：英 three, the = ド drei, der, die, das

    v = b：英 even, over = ド eben, über

    p = f, ff, pf：英 help, ship, apple = helfen, Schiff, Apfel

    k = ch：英 book, make = ド Buch, machen

第二次音韻推移 Second Consonant Shiftは高地ドイツ語High Germanにのみ生じた。

Gröber, Gustav（グスターフ・グレーバー、1844-1911）ドイツの言語学者で、ロマンス言語学を築いた一人。LeipzigとZürichで学んだあと1874-1880年Breslauで、1880年以後Strassburgでロマンス言語学を教えた。中世フランス語とプロヴァンス語のテキストを出版、1877以後Zeitschrift für romanische Philologieを編集。すべてのロマンス語と方言に通じ、俗ラテン語と古典ラテン語の相違を探究した。Vulgärlateinische Substrate romanischer Wörter（Archiv für lateinische Lexikographie und Grammatik, vol.1-7, 1884-1892）。ロマンス諸語の間の相違を植民の時期で説明した。Sardiniaは238BC, Spainは200BCごろ、北ガリアは50BCごろ、ラエティアRhaetia（スイス）は10BC, Daciaは108ADとした。これによると、サルディニア語はスペイン語よりも古く、スペイン語はフランス語よりも古い。これはGröber's theoryと呼ばれる。叢書Bibliotheca Romanicaを創刊。Grundriss der romanischen Philologieを出版（1886：1985年BerlinのWalter de Gruyterからreprint）、これはロマンス語研究者にとって必須の書物となった。

Gujarātī（グジャラーティー語）インドの言語で、ラジャスタン語（Rājasthānī）に近く、近代インド・アーリア諸語の西方群に

属する。高層階級と下層階級で発音が異なる。後者ではīがēと発音され、kがčと発音され、sがhと発音される。āがå（英all）と発音される（古代ノルド語HákonがHåkonとなったことと比較せよ）。格は主格と斜格（oblique）のみとなり、他の格は後置詞で表される。現在完了などは近代ヨーロッパ語と同様 'I am' (chū) +過去分詞で表現される。グジャラーティー地域は15世紀以後、文学が豊富に見られる。

Gypsy（ジプシー語）Romanyを見よ。

H（発音）hはラテン語やギリシア語の韻律法では子音と考えず、無視される。軟口蓋摩擦音（χとg）に近く、ドイツ語habenやlachenの音である。間投詞ha! やho! に用いられる。ヨーロッパ諸語におけるhの歴史はfの歴史に似ている。印欧祖語はhを持っていなかったらしい。このことはバルト語や（一部の）スラヴ語に見られる。紀元前600年ごろ、ゲルマン語の子音推移が始まる前は、hはギリシア語にのみあった。しかしhは中世ギリシア語の時代に失われ、ロマンス語においても、フランス語hiver, horloge, Horaceのhは発音されない。スペイン語Horacioのhも無音である。ゲルマン語から入ったhache, harnais, haut, hêtreはle hacheと書く。このhはh aspiréと呼ばれ、ロマンス語起源でないことを示している。ベルギーのフランス語ではhが発音される。フランス語起源だが、英語human, habit, hospitalのhは発音され、フランス語起源のheir, honest, hourでは発音されない。hをもたないロシア語はHamburgをGamburgと書く。

　子音の前のhは不安定で、英語loud、ドイツ語lautは古くはhloud, hlautと書かれたが、hを失ってしまった。ラテン語のfはスペイン語でhになり、filius息子、filia娘がhijo イホ、hija イハとなり、無音になった。ch, sh, thは英語ではchurch, ship, threeなど、新しい音を表記するために用いられる。

hai cheese（ハイ、チーズ）写真をとるときに、こう言うと、顔

がほほえむからだそうだ。

Haiku and linguistics（俳句と言語学）ソウルで開催された国際言語学者会議（18th International Congress of Linguists, 2008, July 21-26, Abstracts, Vol.I, p.194-195）での発表要旨。

［Abstract］Haiku is a Japanese poem of three lines in five-seven-five syllables. This paper gives eleven haiku illustrating the Seoul and the past International Congresses of Linguists.

　このCongressには日本、韓国、欧米諸国からの900名が参加した。俳句は日本、ヨーロッパ、アメリカの知識層（literati）に広く普及し、その作者は400万人を数えるといわれる。1992-1999年のボスニア・コソボ紛争に苦しむ民衆は俳句を作ることに慰めを見出したという。次の（1）（2）はポーランドの言語学者J. Bańczerowskiバインチェロフスキ氏の言語に関する俳句で、2000年8月Poznańポズナインで開催のヨーロッパ言語学会で同氏から贈られたInvestigationes Linguisticae VI（1999）に掲載されたものである。

（1）　A dying language,　　　　　瀕死の言語
　　　 How much all of us will lose,　いかに多くを失うか
　　　 Few though are aware.　　　 あまり気づかない。
（2）　Where language is　　　　　言語があるところ
　　　 There is misunderstanding,　 誤解があるものだ
　　　 And also a way.　　　　　　が、解決の道もある。

　典型的な俳句は季語（season-word）を含む。次の松尾芭蕉（1644-1694）の俳句は春の風物詩になっている。

（3）　古池や　　　　　　　　　Into an old pond（以下5-5-5）
　　　 蛙（かわず）飛び込む　　one hears a frog jump
　　　 水の音。　　　　　　　　and splash of water.

　言語は季節に関係なく活動しているので、言語学の世界では季語は考えないことにする。

(4)-(14)は1928-2008年の国際言語学者会議（International Congress of Linguists）に関するものである。

(4)(5)はソウルへの賛歌（odes）である。

(4) Seoul was freed from yoke,　　ソウルは解放された。
　　Tokyo revived from ashes.　　　東京は灰から甦った。
　　Both host world linguists.　　　ともに国際会議を主催。

第二次世界大戦の日本敗北（1945）により朝鮮は日本のくびきから解放された。東京は1945年の廃墟から甦った。東京は第13回（1982）、ソウルは第18回（2008）のInternational Congress of Linguistsを主催した。音素の頻度は母音30%, 子音70%なので、Bloomfield, Language（1933）のデータ38%母音、62%子音に比べると差がある。

(5) Seoul, an old city,　　　　　　古都ソウル
　　is the second in Asia　　　　　国際会議を主催した
　　as site of linguists.　　　　　アジアで二番目の都市。
(6) Bruxelles had to stop　　　　　ブリュッセルは中止した
　　the world congress of linguists　国際言語学者会議を
　　because of the war.　　　　　　戦争のために。

上記は母音頻度40%、子音頻度60%なので、Bloomfieldに近い。ブリュッセルは1939年8月28日－9月2日、第5回の開催地としてR.FohalleとG. van Langenhoveにより準備されたが、第二次世界大戦の状況悪化のため中止のやむなきに至った。しかし、予稿（preprint）としてPremière publication, Réponses au questionnaire (sur le problème de la racine, innere Sprachform, les caractères généraux d'une langue commune, substrato, superstrato, adstrato etc.) Bruges, 1939, 104pp. が出版された。これにはH.Arntz, M.Bàrtoli, W.Betz, W.Brandenstein, C.Brockelmann, P.Chantraine, M.Cohen, Bj.Collinder, G.Deeters, F.Dornseiff, J.Friedrich, E.Gamillscheg, J.van Ginneken, J.Kuryłowicz, C.Mohrmann, V.Pisani, A.Sauvageot, B.Terracini, C.

C.Uhlenbeck, M.Valkhoff, W.von Wartburg, L.Weisgerber, J.Whatmough, N.van Wijkなどからの（課題に対する）解答（réponses）が掲載されていて、比較言語学隆盛時代の一幕を見る思いがする。la langue poétiqueの項にRoman Jakobsonがないのは、戦争の犠牲であろう。

(7) ［1928］ The Hague is the town 　　第1回の
which hosted the first meeting 　　会議開催は
of the world's limguists. 　　ハーグだった。

(8) ［1936］ Denmark has produced 　　デンマークは
a number of great linguists 　　多数の言語学者を世に送った。
after Rasmus Rask. 　　ラスムス・ラスク以後。

(9) ［1936］ N.S.Trubetzkoy 　　トゥルベツコイは
has thanked the organizers 　　学会の主催者に
ending the congress. 　　謝辞を述べた。

(10) Copenhagen is 　　デンマークは
the Mecca of linguistics, 　　言語学のメッカだ
said Antoine Meillet. 　　とメイエは言った。

(11) ［1948］ Paris, with Vendryes, 　　パリのヴァンドリエスは
still in the postwar hard days, 　　戦後まもない困難の中で
hosted the congress. 　　会議を主催した。

(12) ［1962］ First, outside Europe, 　　ヨーロッパ以外では
Cambridge in Massachusetts 　　初めてアメリカで
hosted the congress. 　　会議が開催された。

(13) ［1977］ Roman Jakobson, 　　ヤコブソンは
tired and ill, could not attend 　　ウィーン会議を欠席
the Vienna Congress. 　　疲労と病気のために。

［please read Vienna in two syllables 'vjena］

(14) ［1987］ East Berlin assembled 　　東ベルリンに
a large number of scholars 　　東欧諸国から大勢の

from socialist lands.　　　　　　学者が集まった。

［注］1987年の第14回会議はベルリンの壁崩壊の2年前で、ソ連はじめ社会主義諸国から大勢の学者が参加し、1800名という学会始まって以来の盛会であった。

References：Bańczerowski, Jerzy（1999）. Unconventional linguistics（quo vaditis artes linguisticae and haiku）. Investigationes Linguisticae, VI, 133-137. Poznań.

Blyth, R.H.（1981-1982）. Haiku. 4 vols. Tokyo, Hokuseido. ［注］Reginald Horace Blyth（1898-1964）は1949年から1964年まで学習院大学英文科教授。2008年1月28日・29日、ラジオ深夜便（荒井良雄氏）によると、ブライスさんは第一次世界大戦時、徴兵を拒否したためにロンドンで4年間投獄された。1927年、京城（ソウル）に英語教師として英国の妻とともに赴任したが、二人には子供がなかったので、ソウルの優秀な子供を養子として迎えた。外国の生活に慣れることができなかった妻は離婚して息子を連れて祖国に帰った。息子は成長して英国陸軍に入り、1950-1953年の朝鮮戦争に出兵して戦死した。Blythさんは京城で安倍能成を知り、鈴木大拙の禅や俳句を知り、さらに漢詩を知った。1940年、金沢高校へ英語の教師として来日、京城で知り合った第二の妻（日本人）との間に娘が生まれた。第二次世界大戦が激しくなり、神戸で4年間拘留された。戦後、1949年、学習院大学創立とともに英文学教授として迎えられ、東大など10の大学に出講、皇太子殿下（今日の上皇）の英語教師として皇居に自転車で出講した（Mrs.Viningの後任）。Blythの俳句作品は3000句、英訳は4000句に達する。彼の最初の俳句は日本語と英語で書かれた。

葉の裏に　　　　　A snail dreams
青い夢見る　　　　a blue dream
カタツムリ。　　　on the back of a leaf.
俳句2023（下宮）

鬼は外、やらなくなって、30年（5-7-5）

Devils out, Gods in. I haven't done it/ for 30 years.（5-4-4）

Hana-ōji to Shirohanahime（花王子と白花姫；中世アイスランド物語）Flóres saga ok Blankiflúr. フローリスはラテン語で「花」、ブランキフルール（ブランチフルール、ブランシュフルール）はフランス語で「白い花」の意味である。

　フローリスはイスラム教のスペインの王子、ブランキフルールはキリスト教のフランス貴族の娘である。二人は、同じ日に生まれ、花の季節だったので、花王子、白花姫と名づけられた。二人は同じスペイン王宮で、白花姫の母親に育てられるが、やがて二人の間に恋が生まれる。しかし、二人は身分も宗教も異なる上に、白花姫の母親は、娘とともに捕らわれの身分であり、結婚には大きな障害が待ち構えていた。イスラムの王は、息子に、身分にふさわしい王女を結婚相手に考えていたので、二人の間に恋愛感情が生まれることを恐れていたが、それが実現してしまった。二人は、当時の教養としてラテン語を学び、OvidiusのArs amatoria（愛の技）などが読めるようになった。王は王妃に向かって白花姫を殺すように助言した。王妃は、王に、それよりは二人を引き離して、息子を王妃の妹のところで学ばせたほうがよいと提案し、そのようになった。だが、白花姫に会えなくなった花王子は勉強も手につかず、恋しさのあまり、死ぬほどの状態だった。その報告を受けた王は、白花姫を、ふたたび亡き者にしようとするが、王妃は、それよりは彼女をバビロンから来ている商人に売り渡したら、と提案し、王もそれに従った。だが、やがて、王妃が王に言った。私たちには子供が12人いましたが、みな亡くなって、残っているのは花王子だけです。二人の仲を許してあげましょう、と。

　真相を知った花王子は両親を説得して、白花姫を探しにバビロン（旧カイロ、現在のカイロの1マイル南方）に出発する。奴隷女の中で、ひときわ美しかった彼女はバビロンの王に高価に売ら

れ、もう少しで、妻にされるところだった（バビロンの王は、毎年、妻を替えていた）。艱難辛苦の末、花王子は白花姫を無事に救い出すことができ、二人は祖国スペインに帰るが、両親はすでに亡くなっていた。花王子は父のあとを継いで、スペインの王となり、二人は、めでたく結婚することができた。白花姫は3人の息子を産んだ。彼女の希望で、祖国フランスの親族を夫と一緒に訪ねた。

花王子の両親が亡くなったとき、白花姫が夫に言った。5年以内にあなたがキリスト教に改宗してくださらねば、私はあなたとお別れして、修道院に入ります、と。夫はキリスト教に改宗する、と答えた。彼はそれを実行し、国の全員がそれに従った。二人が70歳になったとき、国を息子たちに分け与え、余生を敬虔な仕事のために捧げた。金子健二訳『英吉利中世紀物語詩集』（健文社、1930, pp.1-115）はMiddle Englishと日本語の対訳になっている。

この宮廷散文詩（höfische Prosadichtung）は14世紀にアイスランドで娯楽読み物として好評を博した。ノルド語（古代アイスランド語）訳は1319年以前のもので、Jón Halldórsson ヨウン・ハルドゥルスソンによるとされる。彼は1322-1339の間、Skálholt（スカウルホルト；当時、学問の殿堂）のbishopであった。ノルウェーに生まれ、パリおよびボローニャに神学を学び、留学時代に知ったこの物語をアイスランドに持ち帰った（E.Kölbingによる）。

この恋愛物語は十字軍時代の産物で、13世紀のフランス語から英語、ドイツ語、スペイン語、イタリア語、ギリシア語、ノルド語（古代北欧語）などに訳され、広く読まれた。市河三喜『古代中世英語初歩』（研究社, 1935）に解説・テキスト抜粋・発音記号・現代英語訳があり（pp.97-104）、筆者の『エッダとサガの言語への案内』近代文藝社（2017, p.92-96）に原文と日本語訳の抜粋がある。

HAND（手）言語学と関係ないが、Collier's EncyclopediaのHの

頃に紙片がはさまれていたので。

Tales from the book "The Hand"（2014）

　Victor Scolesは25歳の誕生日を迎えたあと、「手」を初めて見た。目の前の2フィートのところに、空中に浮いていた。最初、目の錯覚だと思っていた。目をこすった。痛くなるほど、こすった。だが、消えなかった。近づくと、相手も、同じ距離を保ちながら、前進して行った。

　日が経つにつれて、「手」はますますはっきり見えてきた。朝から晩まで、外出して、通りのかどで待っていた。ある日、夜中に、ライフル銃を手にとり、発砲したが、相手は死ななかった。警察に捕らえられて、精神病院に運ばれた。その結果、頭の中に大きな腫瘍（tumor）が発見された。その腫瘍はふしぎな、「手」の形をしていた。

Handa Ichiro（半田一郎、1924-2010）東京外国語大学教授、琉球大学教授（1987-1990）。授業では和歌の英訳などもやっていた。西欧諸語に通じ、Otto Jespersen の The Philosophy of Grammar（1924）の翻訳（『文法の原理』岩波書店、1958）、『英語基礎史料集』（English in Perspective, 1977, 365頁、東京外国語大学語学教育研究協議会）、『英語基礎史料集・続編』1978, 462頁。Gothic and Anglo-Saxon Gospels, Runic Inscriptions, Lindisfarne Gospel, Anglo-Saxon Chronicle, Aelfric, Beowulf, Chaucer, Caxton, Marco Polo on Zipangu, "Gulliver on Japan"…Asahi Shinbun July 28, 1945 を収める。Rosetta Stone, Homes of Germanic Languages, Place Names of Celtic Origin, Autographs, Roman papyrus, Shorthand（Pitman & Gregg）, Vinland（ca.1440）, Vinland（16c.）などを含み、単なる英語史以上の内容となっている。

これだけの史料集が『英語学大系』（全15巻、大修館書店）に収められなかったことが残念だ。琉球大学教授時代（1987-1990）に完成した『琉球語辞典』（大学書林、1999, xxvii, 968頁）は琉和12000語（ローマ字見出し）をことわざ、民謡などからの豊富な用例をもって解説し、和琉語彙5000語を付す。見出し語には琉球学一般に必要な固有名詞と事項を含み、必要な場合には語源を付し、脚注のフォークロア的な情報と、付録の琉球史（西暦605より）、王朝系譜、年中行事風物暦、琉球音楽、各種地図とともに、全体が琉球（沖縄）事典的な内容になっている。国立国語研究所編の『沖縄語辞典』（1963）に次ぐものだ。

琉球語（言語人口90万）は沖縄語（Okinawan）の上部概念で、奄美・宮古・八重山の諸方言を含み、日本祖語（Proto-Japanese）から最も早く分かれた言語である。著者は琉球大学教授時代に琉球語を親しく研究した。本書は一語一語を心から愛情をこめて執筆したもので、その精神はパウルの『ドイツ語辞典』、佐藤通次の『独和言林』、斎藤静の『双解英和辞典』、井桁貞敏の『コンサ

イス露和辞典』を思わせる。半田先生は2003年瑞宝章受章、2010年8月31日、ダンプカーに跳ねられ、不慮の死を遂げた。
Hänsel und Gretel（ヘンゼルとグレーテル；グリム童話15）木こりの夫婦は、生活が苦しかったので、息子のヘンゼルと娘のグレーテルを山の中に置き去りにしました。おなかをすかせた二人の子供は、森の中をさんざん歩き回ったあとで、お菓子の家（Brothäuslein）を見つけました。その家の壁にかじりついて、食べ始めました。"Knuper, knuper, kneischen, wer knupert an meinem Häuschen?" ポキポキ、ムシャムシャ、私のおうちをかじるのはだれ？ とお菓子の家の中から聞こえます。ヘンゼルとグレーテルは答えます。「Der Wind, der Wind, das himmlische Kind 風よ、風よ、天の子供よ」と答えます。すると、おばあさんが出て来て、言いました。さあ、おはいり、もっとおいしいご馳走がたくさんあるよ。二人は、ひさしぶりのご馳走を、おなか一杯に食べました。食べたら、ベッドでおやすみ、と言ってくれましたが、そこは魔女（Hexe、英 witch）の家だったのです。ヘンゼルは牢屋に入れられ、グレーテルは魔女の女中として働かねばなりません。グレーテルはヘンゼルと一緒に魔女と戦って、「神様！」と叫ぶと、魔女は消えてしまった！ そして、隠してあった宝物を家に持ち帰りました。
Hatzidakis, Georgios（ヨルゴス・ハツィダキス、1848-1941）ギリシアの言語学者。アテネとドイツに学び、1885年アテネ大学教授、のちSalonika大学名誉教授。ギリシア最大の言語学者と考えられ、近代ギリシア語の科学的研究の創始者の一人とされる。古代ギリシア語、中世ギリシア語、すべてのバルカン諸語を研究した。Einleitung in die neugriechische Grammatik（Leipzig, 1892）は基礎的な著作である。ギリシアの純正語（katharevusa）と民衆語（dimotiki）を考察。著書 Die Sprachfrage in Griechenland（1905）。
Hayashi Fumiko（林芙美子、1903-1951）。日本の小説家。「放浪

記」(1930)の著者。「放浪記」は新鋭文学叢書、改造社、のち改造文庫(1933)。放浪記は貧しい時代の日記をもとに書いたもので、日常を赤裸々に記述したため、大いに読まれ、ベストセラーになった。その印税で1930年、満州、中国を旅行し、1931年にシベリア経由でパリ(1931)、ロンドン(1932)に滞在。1933年「続放浪記」を合本して「放浪記」(改造文庫)となる。1926年、画家の手塚緑敏と結婚したが、芙美子が多忙になってから彼は、彼女のマネージャーとなって支えた。自筆の色紙に「花のいのちはみじかくて苦しきことのみ多かりき。林芙美子」とある。「少女」という雑誌に書いた「豆を送る駅の駅長さん」という童話で原稿料3円がはいったので、これで今月の家賃が払える、とある。原稿は10枚、「豆を送る駅長さん」という童話。1937年、日中戦争が勃発すると、毎日新聞特派員として激戦地南京に乗り込んだ。放浪のあと、終の棲家とした新宿下落合の住居は新宿区立林芙美子記念館となっている。自筆色紙に「花のいのちはみじかくて苦しきことのみ多かりき」とある。NHKテキスト「100分de名著」(袖木麻子著2023)。その本の中の引用だが、夏目漱石はカステラを「卵糖」と書いた。egg-sweet.

Hehn, Victor(ヴィクトル・ヘーン、1813-1890)ロシア系ドイツの言語学者。1841年、エストニアのTartu大学教授。1851年、自由思想のかどでツァーリ政府のためシベリアに送られたが、解放されて、ペテルブルグ国立図書館の館長になった。1873年、ベルリンに移住した。言語学の分野では、言語古生物学(linguistic paleontology；先史時代の文化を研究する)を研究し、Kulturpflanzen und Haustiere in ihrem Übergange aus Asien nach Griechenland und Italien sowie in das übrige Europa (8版, revised by O. Schrader, 1911)を書いた。言語学以外にも下記のものがある。Über die Physiognomie der italienischen Landschaft (1844), Italien, Ansichten und Streiflichter (4版, 1892), Reisebilder aus Italien und

Frankreich（1894）.

Heidi the Alps Girl（アルプスの少女ハイジ、1881）スイスの作家ヨハンナ・スピーリ（Johanna Spyri, 1829-1901）著。

　ハイジは5歳の女の子。住んでいるところはスイスの小さな村マイエンフェルト Maienfeld. ハイジが1歳のとき、お父さんもお母さんも亡くなった。お父さんは大工だったが、山へ木を切りに行ったとき、大きな木が倒れて、その下敷きになってしまったのだ。お母さんは悲しみのあまり、その後まもなく亡くなった。お母さんの妹のデーテ Dete が働きながら、いままでハイジを育ててくれた。だが、今度、ドイツで、もっとよい仕事を見つけたので、フランクフルトで働くことになった。そこで、ハイジを山の上に一人で住んでいるおじいさんにあずかってもらうことにした。

「おじいさん、私はもう4年もこの子の面倒を見てきたのよ。こんどは、おじいさんの番よ。あなたは亡くなった息子さんの父親なんでしょ。お願いするわよ。」

　普通なら、孫が来てくれたのだから、大いに喜ぶはずだが、このおじいさんは、長い間、村人との交際をいっさい断ち切って、山の上（標高1111メートル）でチーズを作りながら暮らしてきた、偏屈な人物である。若いときにイタリアに渡り、軍隊生活をしていた。戦争が終わったので、故郷のマイエンフェルトに帰って来たのだ。スイスは貧しい国だったので、百姓になるか、兵隊に行くしか、食べていけなかったからだ。おじいさんは4年ぶりに見る孫のハイジに向かって言った。

「お前はこれからどうするつもりだ？」（原文は、文法的ではないが、Was willst jetzt tut? p.20）

「どうするって、それはおじいさんが考えることでしょ。」で、ハイジは拍子抜けして、「おじいさんが家の中にもっているものを見せてよ」と言った。「うん、よかろう。」

　小屋の中に入ると、おいしそうなチーズのにおいがプーンとし

てきた。「これ、おじいさんがみんな作ったの？」「そうだよ。」「あたし、どこで寝るの？」「どこでもいい」とおじいさんが言うので、二階に上がって行くと、まるい窓があった。窓の英語window の語源は wind-eye「風の目」である。風が入る穴であるが、同時に明かりも入ってくる。「あたし、ここで寝るわ。」「よし、よし、それでは、わらを積み重ねて、その上にシーツを敷くことにしよう。」「さあ、ベッドが出来上がった。これは、ふかふかで、王さまのベッドのようだ」とおじいさん。「さあ、疲れただろう。下で食事にしよう。」二人は焼きたてのチーズとパンとヤギのミルクで食事をした。

翌日は、ペーター（ヤギ飼いペーター — Peter the goatherd）と一緒にヤギを放牧するために、山に登って行った。山の生活は、毎日が新しく、ハイジは、とても楽しかった。

初めのうちは「面倒をしょい込んだ」と思っていたおじいさんも、孫との共同生活をしているうちに、だんだんと人間性を取り戻してきて、新しい生活を楽しむようになった。ヤギの放牧の季節が過ぎて、秋と、寒い冬がやってきた。ペーターは山の中腹（標高811メートル）の貧しい小屋にお母さんと、目の見えないおばあさんと三人で暮らしている。冬にはペーターが山小屋に来たり、ハイジがそりで山を下って、ペーターやそのお母さん、おばあさんの住んでいる小屋に遊びに行った。ペーターたちの住んでいる小屋は、風が吹くと、ガタピシする、ひどい小屋である。

3年たったとき、ひさしぶりに、デーテおばさんが山を登って、やって来た。「私が働いているフランクフルトのお金持ちの家で、車椅子（wheelchair）のお嬢さんが、お友だちを探しているの。ハイジのことを話したら、ぜひ、連れて来てっていうのよ。ここにいたんでは、ハイジは学校へも行かせていないんでしょ。もう8歳になるのよ。」

おじいさんは、いまさら、ハイジを手放すことはできない。

「連れて行けるものなら、連れて行ってみろ。ハイジは絶対に行かんぞ。」デーテおばさんは、いろいろと、あまいことばで、なんとかしてハイジを連れ出そうとする。

「フ、フ、フランクフルトって、今日中に帰ってこれるの？」
「うん、帰りたいときは、いつでも帰ってくればいいのよ。」今日中に帰れるはずなんてないよ。汽車でチューリッヒまで行き、そこで1泊せねばならない。そして、次の日にフランクフルトに着く。今ならマイエンフェルト・フランクフルト間は、チューリッヒ乗り換えで、6時間で行けるが。この作品が書かれた1880年は、まだ連絡が不便で、チューリッヒで1泊せねばならなかった。なんとか、ハイジをマイエンフェルトの駅まで連れてきたが、汽車に乗るとわかって、ハイジは泣いて、行くのをいやがったが、汽車は発車してしまった。

こうして、ハイジはフランクフルトの実業家の家に住むことになり、クララという一人娘の遊び相手になり、まったく新しい都会生活が始まった。クララは車椅子のため、学校へ行けないので、家庭教師が毎日やってくる。ハイジも一緒にアーベーツェー（ABC）から始めて、めんどうなドイツ語の文法を学ばねばならない。

白パンも、おいしいご馳走もある。クララは親切だ。けれども、ハイジは都会の息苦しい生活よりも、アルムの山をヤギたちと一緒に駆けまわりたいのだ。クララの父のゼーゼマンさんは、心配して、ドイツの北のホルシュタインに住む、おばあさんを呼んでくれた。このおばあさんはゼーゼマンさんの母親である。おばあさんは、ていねいにABCの読み方を教えてくれたので、ハイジは絵本がすらすら読めるようになった。その絵本は、グリム童話で、左側に挿絵が描いてあり、右側にドイツ語が書いてある。おかげで、ハイジはドイツ語がスラスラ読めるようになった。でも、おばあさんが帰ってしまうと、ハイジは夢遊病になってしまった。

夢遊病はドイツ語でNachtwandelnナハトヴァンデルン（夜に歩く）、英語でsleep-walking, ラテン語でsomnambulat（ソムナンブラット 'he walks in sleep'）という。

ゼーゼマンさんは、フランクフルトのお医者さんと相談した。ハイジはホームシックなんですよ。すぐにスイスに帰らせねばなりません。そこで、ゼーゼマンさんは、事情を書いた手紙をハイジに渡して、すぐスイスに帰りなさい、そしてこの手紙をおじいさんに渡しなさい。クララは泣いて別れを悲しんだが、来年夏、お父さんとおばあさんと、クララの三人で、スイスのマイエンフェルトに行きましょう、と言って、クララをなだめた。

そして、それは実現した。山の上で食べる食事はクララを健康にした。チーズはいままで1枚しか食べられなかったのに、いまでは2枚も食べられる。「さあ食べて、食べて！　山の風がおいしくしてくれるんだよ。」(Nur zu! Nur zu! Das ist unser Bergwind, der hilft nach.) ハイジとクララとペーターは、毎日ヤギと一緒に山に登り、お花を摘んで、遊んだ。クララは叫んだ。「私も歩きたい！」

1か月のマイエンフェルトの山の上で生活している間に、クララは車椅子を使わなくても、一人で立ち上がり、歩けるようになった。お父さんも、おばあさんも、クララの思いがけない回復に、どんなに喜んだことだろう。

マイエンフェルト（Maienfeld）のmaienはケルト語で「野原」の意味である。ケルト語を知らない人にもわかるように、それをドイツ語でfeldと訳した、二言語併記（maienfeld=野原＋野原）である。いまの交通事情は、ずっと改善した。フランクフルトからマイエンフェルトまで6時間で行ける。チューリッヒで乗り換え、そこからクール（Chur）行きの特急で1時間40分のところにある。駅から山のアルムおんじ（Alp-Öhiアルプ・エーヒ）の小屋まで徒歩で2時間かかる。Almは標準ドイツ語で「山の牧場」

の意味で、スイスドイツ語はAlpという。テレビのハイジは1974年4月から1975年3月まで毎週日曜日20:00のゴールデンアワーに放映された。その後、たびたび再放映され、ビデオも2巻発売された。筆者は1974年以後、定年の2005年まで、ヨーロッパで学会が開催されるごとにMaienfeldに立ち寄った。1978年3月、学生引率の際に、家族同伴で、Maienfeldを訪れた。

　日本の「ハイジの村」(Heidi's Village, 旧称：山梨フラワーガーデン) が中央線韮崎 (ニラサキ) 駅からバスで20分のところにある。その庭園はバラ3000種が咲き誇り、現地のマイエンフェルトよりも美しい。ハイジとおじいさんが一緒に暮らした小屋 (Heidi-Alp) もある。バス停の最初の駅クララ館にはホテル、食堂、温泉、ゼーゼマン書斎 (John WilliamsのFirst Greek Book. 日本リプリント、創元社、1942, 292頁を見つけた) がある。ハイジの村にはデルフリ村発の3両連結の列車が走り、レストラン、カフェー、おみやげ店、作品鑑賞のテレビもある。

Hermann, Eduard (エドゥアルト・ヘルマン、1869-1950) ドイツの言語学者。Kiel大学 (1913)、Frankfurt大学 (1914)、Göttingen大学 (1917以後) 教授。印欧言語学が中心で、特にギリシア語、リトアニア語で、主著はDie Nebensätze in den griechischen Dialektinschriften in Vergleich mit den Nebensätzen in der griechischen Literatur und die gebildeten Sprachen im Griechischen und Deutschen (1912), Silbenbildung im Griechischen und in den anderen indogermanischen Sprachen (1923), Litauische Studien, eine historische Untersuchung schwachbetonter Wörter im Litauischen (1926), Lautgesetz und Analogie (1931).

Heusler, Andreas (アンドレアス・ホイスラー、1865-1940) スイス、ドイツの言語学者、文献学者。1894-1919年Berlin大学教授、その後生地のBasel大学教授。古代アイスランド語の分野で、第一人者で、Altisländisches Elementarbuch (2版1913) は最良の入

門書として学生の必携書だった。Die altgermanische Dichtung (1924), Germanentum：vom Lebens- und Formgefühl der alten Germanen (1941).

Hindi（ヒンディー語）インドの言語で、イギリス人が19世紀に作った言語。ヒンディー語はdēvanāgarī文字で書かれ、ウルドゥー語（Urdu）はアラビア文字で書かる。言語はペルシア語とアラビア語をヒンディー語に変えて作った。ヒンドゥー人（Hindu）のための共通語である。ウルドゥー語はヒンドースターニー（Hindōstānī）語が発達したものである。

Hindi Eastern（東ヒンディー語）インド・アリアン諸語の一つで、Oudh, Baghelkhand, Chattisgarh州に2500万人に話される。このうち最重要はAwadhī語（Oudh州）で、豊富な文学がある。東ヒンディー語の地域は伝説の王RāmāyaṇaのRāmaが生まれたところである。与格・対格は後置詞kāまたはkēで作られる。所格（locative）は-mā. 動詞の過去は、Neo-Indo-Aryan語と同様、受動過去分詞から作られる。サンスクリット語māritaḥ（過去分詞）"struck"からmār-e-ū "I struck", mār-i-s "thou struckst or he struck".

Hindi, Western（西ヒンディー語）インド・アリアン諸語の一つで、Madhyadeśa地域に、PunjabからCawnporeにかけて4200万人に用いられる。西ヒンディー語はヒンディー語のうち最も分析的な言語で、tenseは1個しかなく、助動詞と過去分詞で作られる。名詞の格は後置詞で表す。

Hiroshima Summit Meeting （Group of Seven）広島サミットが、2023年5月19日から5月21日まで広島で開催された。日本の首相岸田文雄を議長に、アメリカ大統領Joe Biden, ドイツ首相Olaf Scholz, イギリス首相Rishi Sunak, フランス大統領Emmanuel Macron, カナダ首相Justin Trudeau, イタリア首相Giorgia Meloni, ヨーロッパ共同体（EC）大統領Charles Michel, ヨーロッパ理事会議長Ursula von der Leyenが参加し、1日遅れて、時の人（man of the time) ウクライナの大統領 Volodymyr Zelenskyy が急遽、参加して、大いに場を盛り上げた。ゼレンスキーは、原爆で廃墟と化した広島 (1945) が、このように美しい都市に生まれ変わったように、わが祖国ウクライナも、もとの姿を取り戻せるように、世界の援助をお願いしたい、と述べた。volodymyr (ロシア語 vladimir ヴラジーミル) は「世界の (mir) 支配者 (vladi)」の意味である。ゼレンスキーの zelen は「緑の」(ロシア語 zelënyj ゼリョヌイ) の意味で、日本にも緑川の名前があり、ミドリは女子の名前である。ゼレンスキーは2019年、夫妻で日本を訪れ、東京の小学校の給食を見学した。日本人サーロー節子 Thurlow Setsuko (1932-) は広島の原爆被害者として、あたかも、その代弁者であるかのように、しばしば登場するが、ヒロシマ・サミットは失敗だったと言った。なぜ？ そんなことはない。彼女はウクライナの知識が全然ないからだ。

Hirt, Hermann (ヘルマン・ヒルト、1865-1936) ドイツの言語学者。Leipzig で Friedrich Zarncke, Karl Brugmann, August Leskien に学び、Lithuania, Serbia, Bosnia, Hercegovina を旅して印欧語の原始文化に関心を抱き、Die Indogermanen, ihre Verbreitung, ihre Urheimat und ihre Kultur (2 vols. 1905-1907) を書いた。Hirt は1896-1912年 Leipzig で教え、1912-1936年まで Giessen で教えた。Der indogermanische Akzent (1895), Der indogermanische Ablaut (1900) が基礎となり、Indogermanische Grammatik (7巻, 1921-1936), Urgermanische Grammatik (3巻, 1931-1934) がある。

Hittite cuneiform (ヒッタイト語楔形文字)

　古代アナトリアのヒッタイト王国の言語 (1700-1200 B.C.) で、トルコのハットゥサ Hattushash (現在ボガズケイ Boğazköy「峠の山」；Ankara の東90マイル) で発見された言語。ドイツの考古学者ヴィンクラー Hugo Winckler が1906年、1912年に発見し、チェコの東洋学者ベドジフ・フロズニー Bedřich Hrozný (ロシア語

groznyj 雷の）が 1914-1916 年に解読し、印欧語族の言語であることが判明した。フロズニーは当時ウィーン大学講師で、のちにプラハ大学教授になった。nu［楔形文字パン］-an ezateni wadarma ekuteni（いま［パン］をなんじらは食べ、水を飲むべし）と解読し、印欧語であることが鮮明になった。nu は英語の now, ezateni は英語 eat, ドイツ語 essen, wadar は英語 water, ギリシア語 hýdōr ヒュドール, である。この解読は 20 世紀印欧言語学の大きな収穫だった。

　その後、名詞の単数主格 -s（有生物；無生物はゼロ）、属格 -as（< *-os）、与格 -e or -i, 奪格 -az, 造格 -et, 複数主格（有生物）-es, 対格 -us, 無生物複数 -a）；wadar, 属格 wedenas は印欧語に特徴の r/n（heteroclitica）などが発見された。代名詞 uk「私」はラテン語 ego, amuk「私を」（ドイツ語 mich）, wes "we", anzas "us, ドイツ語 uns", sumes "ye"（ギリシア語 humeîs）; kwis "who"（ラ quis）, kwiskwis "whoever"（ラ quisquis）が解読された。

　楔形ヒッタイト語は centum 語（ラテン語 centum "100"）で satem 語（ロシア語 sto）ではない。

　Hieroglyphic Hittite（象形文字ヒッタイト語）も印欧語で前 2 千年紀の中ごろから BC700 年ごろまでアナトリアと北シリアに話されていた。H.T.Bossert, E.Forrer, I.J.Gelb, B.Hrozný, P.Meriggi らによって解読された。äšwas "equus", świanis "dog", kis "who", ki- "make".

Hjelmslev, Louis（ルイス・イェルムスレウ、1899-1965）コペンハーゲン大学教授。Vilhelm Thomsen（1842-1927）, Holger Pedersen（1867-1953）に次ぐコペンハーゲン大学比較言語学教授。講座名は比較言語学であるが、1926-1927 年 Paris 留学中、Saussure, A.Sechehaye（セシュエ）, M.Grammont の著作からフランス・スイス学派の言語学に刺激されて、最初の著作 Principes de grammaire générale（Det danske Videnskabernes Selskab, Hist.-fil. Meddelelser xvi, 1, Copenhagen, Høst, 363pp.1928 小林英夫訳『一般文法の原理』三省堂, 1958, xi + 330pp.）を完成。従来の言語学（linguistics）と区別するためにglossematics（言語素論；用語はギリシア語glôssa＝ラテン語linguaより）を用いた。この新しい言語学は、Omkring sprogteoriens grundlæggelse（Copenhagen, Ejnar Munksgaard, 113pp. 1943）で展開され、英訳（Prolegomena to a Theory of Language, by Francis J. Whitfield, Wisconsin, 1961, viii, 144pp.）、林栄一訳述『言語理論序説』（英語学ライブラリー 41, 研究社 1959, xvi, 112pp.）で紹介された。glossematicsは理論があまりにも抽象的であるため、具体例は多くはないが、フランス語に応用したKnud TogebyのStructure immanente de la langue française（Copenhagen, 1951, 282pp.）やスペイン語に適用したEmilio AlarcosのGramática estructural（構造文法、コペンハーゲン学派にしたがって、特にスペイン語に適用して）、Madrid, 1969, 130pp. がある。

Hofmann, Johann Baptist（ヨーハン・バプティスト・ホーフマン、1886-1954）ドイツの言語学者。München大学に学び、同じMünchen大学教授。Thesaurus linguae latinae（1894-, 2050 ごろ完成予定）の編者。20世紀、ラテン語の分野で最大の権威の一人であった。俗ラテン語の会話 Lateinische Umgangssprache（1926）, Alois WaldeのLateinisches etymologisches Wörterbuch の改訂、Lateinische Schulgrammatik（1929）, Etymologisches Wörterbuch des Griechischen（1949）。ギリシア語語源辞典はA.Meilletよりも進んでいた（pélomai, zu ai.cárati, スラヴ語kolo車輪）。

Hrozný, Bedřich（ベドジフ・フロズニー、1879-1952）チェコの言語学者、考古学者。Wien, Berlin, Londonでエジプト学、セム学を、とくにFriedrich Delitzsch, Hugo Wincklerのもとで研究。1905年、Wienで教え始めたが、1919年、祖国チェコが解放されると、Prahaに戻り、東洋学教授になった。1916年、ヒッタイト語を解読したあと、Die Sprache der Hethiter, ihr Bau und ihre Zugehörigkeit zum indogermanischen Sprachstamm（1916）を書物にまとめ、アナトリアの全体像が解明された。雑誌 Archiv Orientální を編集。Praha の Karel 大学の学長になった。Hittite 本書 p.109 参照。

Hübschmann, Heinrich（ハインリッヒ・ヒュプシュマン、1848-1908）ドイツの言語学者。Leipzig で教えたあと、Strassburg 大学教授になった。アルメニア語研究の第一人者で、Über die Stellung des Armenischen im Kreise der indogermanischen Sprachen（Kuhns Zeischrift, 1875）を発表。アルメニア語文法（1895）、アルメニア語の語源、地名、人名を研究。イラン語のアヴェスタ語に関しても Avestastudien（1872）, Etymologie und Lautlehre der ossetischen Sprache, Persische Studien（1895）, 印欧語全体に関し Zur Casuslehre（1875）, Das indogermanische Vocalsystem（1885）. アルメニア語に関しては、その後、より詳細な A.Meillet の Esquisse d'une grammaire comparée de l'arménien classique . Vienne 1936, 205pp. seconde édition. がある。

Humboldt, Wilhelm von（ヴィルヘルム・フォン・フンボルト、1767-1835）文芸学者であり、政治家であり、言語学者であったフンボルトは、19世紀の言語学において主流の中には位置していなかった。もし Humboldt がいなかったとしても、今日の言語学は、それほど変わっていなかっただろう、とする言語学史が少なくない。それにもかかわらず、依然として、あるいは、ますます読まれ、ここ数十年の間にも、各種のドイツ語版、リプリント、英語訳（Florida, 1971）、フランス語訳（Paris, 1974）、日本語訳（亀山健吉訳、『言語と精神。カヴィ語研究序説』（東京、法政大学出版局、1984, 23頁 + 672頁 + 6頁）。その述べるところは「言語は精神活動の所産である」ということである。Wilhelm von Humboldt, Über die Verschiedenheit des menschlichen Sprachbaues und ihren Einfluss auf die geistige Entwickelung des Menschengeschlechts. Berlin, Ferdinand Dümmler, 1836（Wilhelm von Humboldts Gesammelte Schriften. Herausgegeben von der Königlichen Preussischen Akademie der Wissenschaften, 17 Bde. Berlin, B. Behrs Verlag, 1906-1936 のうちの第7巻。Einleitung zum Kawiwerk. Siebenter Band, erste Hälfte. Hrsg. von Albert Leitzmann, 1907. (reprint Berlin, Walter de Gruyter & Co. 1968, pp. 1-347.〔Pott 版〕Ueber die Verschiedenheit des menschlichen Sprachbaues und ihren Einfluss auf die geistige Entwickelung des Menschengeschlechts. Herausgegeben und erläuert von A.F. Pott. 2.Aufl. Berlin, Verlag von S.Calvary & Co. 1880 (reprint Hildesheim, Georg Olms Verlag, 1974), pp.561 + 569頁。うち p.423-544 は Zusätze durch A.F.Pott；前半の3頁から537頁は August Friedrich Pott による "Wilhelm von Humboldt und die Sprachwissenschaft" と題する535頁に及ぶ詳細なフンボルト言語学入門である。Pott (1802-1887) は Halle 大学一般言語学教授で、ジプシー語および印欧語語源研究の専門家であった。

泉井久之助『フンボルト』（田辺元監修「西哲叢書」1938）。序説（啓蒙主義、自己育成、シラー、ゲーテ、その後、自叙伝）、言語研究（その発展、哲学的背後、方法と態度、その結果：言語の起源とその本質、言語の機構、分節作用と言語形式、内的言語形式 die innere Sprachform と諸言語の性格、言語の種々性と言語の分類）。

Hungarian（ハンガリー語）言語人口1300万人で、ウラル語族の中では最も大きい。ハンガリー語では magyar モジョルという。ハンガリー国は Magyarország モジョルオルサーグ（ország は「国」）という。ハンガリー共和国（首都ブダペスト）内の950万、チェコとスロバキアに40万、ロシアに15万、ルーマニアに150万、ユーゴスラビアに50万、オーストリアに1.5万人、アメリカ合衆国に63万人に用いられる。ハンガリー語から英語の coach（地名 Kocs コチ）、goulash, paprika を通して世界に広まった。

文法特徴は、1. 主体・対象活用の区別（目的語の定・不定）。

I waitはvárokだが、I wait for Bélaはvárom Bélātで、目的語の定・不定により動詞の語尾が異なる。

2. 定冠詞の発達。könyv "book", a könyv "the book". Gyula Décsy（1925-2008；ハンガリー領チェコ生まれ、Hamburgで大学教授資格Habilitationをとり、1967年以後、アメリカIndiana大学教授）によると、14世紀ごろ、近隣の言語の影響で、発達した。GyulaジュラはJuliusにあたる。フィンランド語は定冠詞も不定冠詞も発達せず、kirjaは "a book, the book".

3. 格が多い。生産的な格が17個もある。関係接尾辞（Relations-suffixe）という。

I live in Budapest = Budapesten lakom.

I go to Budapest = Budapestre megyek.

I come from Budapest = Budapestről jövök.

フィンランドと異なり、Kalevalaのような叙事詩がない。

［参考書］今岡十一郎（1888-1973）『ハンガリー語四週間』大学書林、第3版1952．ハンガリー語と文化、フィン・ウゴル民族と諸語、ハンガリー語の特徴、外来語：barát友人（＜ロシア語brat兄弟）、rózsaバラ、puszta草原（＜セルビア語púst[inia] 荒地）、asztal机（ロシア語stol）、király王＜固有名詞Karl、人名Istvánイシュトバーン＜ギリシア語Stéphanos花輪。

Hyakunin-isshu（百人一首；One hundred poems）

言語学と関係ないが、Collier's Encyclopediaにはさんであったので、Ono no Komachiの一句と挿絵を入れる。

小野小町（825-900）9世紀の女流歌人。

花の色はうつりにけりないたづらに

わが身（み）世（よ）にふるながめせしまに。

The color of flowers fades away because of rain, so is my beauty fading away. tr. by William N. Porter（1886-1973）

和歌に漢語は含まれていない（1909, William N. Porter）。

小野小町（花の色はうつりにけり…）

I（文字） 基本母音 i,e,a,o,u の一つで、日本語の母音もこの 5 個である。アラビア語は e,a,o の 3 母音なので、i も e も同じに聞こえる。ラテン語は短音と長音の区別があり、venit "he comes" と vēnit "he came"；rosa（バラの花は）と rosā（バラの花で［飾る］）は母音の長短で区別する。ドイツ語とフランス語は円唇（lip-rounding）を伴う ü と ö を工夫した。フランス語はドイツ語の［ü］を u と書く。フランス語はドイツ語の ö を eu と書く（heureux, fleur）。ドイツ語 Buch（本）、Bücher（複数）。フランス語は u が［y］の音になったので、もとの［u］のためには ou と書くようになった。amour［amur］

ギリシア語は、音韻変化が激しく、古代から近代にいたる間に、母音 i,ī,u,ū,ē,ei,oi,ui がすべて i になった。これを iotacime と呼ぶ（J. Marouzeau, Lexique de la terminologie linguistique. Paris, 1951³, p.127)。ロシア語も Roma > Rim.

Iberian（イベリア語）イベリア半島（とガリアのGaronne, Rhône地方）に住んでいたイベリア人の言語。フェニキア起源と思われる文字で100個ほどの碑文に残る。スペイン La Serrata（Alicante）の342文字の碑文があり、解読はされていない。地名 -tānus（cf.neapolitanus）やラテン作家により伝わる cunīculus 'a passage underground', balux 'gold sand', 碑文から lausia 'square stone'（スペイン語 losa), paramus（スペイン語 pálamo 草原地帯）, pizarra（石板）, cerro（丘）が知られている。perro（イヌ）, cama（ベッド）もイベリア語起源らしい。イベリア語とバスク語は同じ地方の言語であるが、両者の関係は不明である。バスク人 Vascones の国名 Vasconia はフランスの地方名 Gascogne ガスコーニュに残っている。グラナダ近くの Elvira は Livius, Plinius に出る Iliberi, Illiberri, バスク語 iri-berri "new city" かもしれない。イベリア人は、Senecaによると、Corsica, Sardinia, Sicilia, そしてアフリカまで広がっていた。

Ido（イド）エスペラントから派生した人工語。Esperantido（小さなエスペラント語）の意味で、フランス人 L. de Beaufront が1908年に考案した人工語。カッコ内はエスペラント語。patro (patro, 父, これは同じ), matro（母, patrino）, bona（よい, bona, 同じ）, mala（わるい, malbona）, bela（bela, 美しい, 同じ）, leda（みにくい, malbela), granda（granda, 大きい, 同じ）, mikra（malgranda, 小さい）, homi（homoj, 人々）, ed, e（そして, kai [ギリシア語]）。

Illyrian（イリュリア語）古代イリュリア（今日のユーゴスラビア、アルバニア、古代トラキア）の言語。地名の特徴は -st-（Tergeste, Ateste), -nt-, -nc-, -rn-, -ona, 種族名 -ōto-, -opes, -ones, -īno- である。ラテン語に入ったイリュリア語は gentiana（リンドウ）で、これはイリュリアの王 Genthios（紀元前2世紀）が薬草に用いた。英語 gentian, ドイツ語 Gentiane（Enzian）, フランス語 gentiane に残る。ほかに ister, liburna, mannus, paro, panis, faenum があり、イタリア

語manzo（雄牛）に残る。

impersonal verbs（非人称動詞）人称が示されない動詞で、it rains, it snows, it pours, it thundersがあり、thirst, cold, 不安、後悔、恐怖などを表す。印欧語の古い時代からあり、ラテン語me pudet, me piget, me taedet, me miseret（私は恥ずかしい、後悔する、うんざりする、悲しい）、ドイツ語es verlangt mich, es dürstet mich, es gelüstet mich nach, es gemahnt mich（なつかしい、のどがかわいた、…がほしい、…と思われる）。非人称と言ったが、三人称である。it rains, es regnet, il pleut, イタリア語piove, ラテン語pluit. it disappears（なんだかわからないが、消えた）。「雨が降る」をホメーロスは「ゼウスが雨降らす」Zeùs húei, 古代教会スラヴ語bogŭ dŭžditŭ「神が雨降らす」と言った。以下は「雨」が主語になるが、ロシア語はdoždĭ idët ドジディ・イジョート 'rain goes', ポーランド語deszcz pada デシチ・パダ「雨が落ちる」。ラテン語Iupiter fulgurit ユピテルが稲妻を投げる、caelum pluit 空が雨降らす、サンスクリット語devo varṣati 神が雨降らす。it rains cats and dogs（土砂降り）はドイツ語es regnet Steine（石が降る）、フランス語il pleut des pierres（石が降る）。

Indic languages（インド諸語）インド・イラン語派（Indo-Iranian）のインド語派で、言語人口6億。主要な言語はヒンディー語Hindī, ベンガル語Bengālī, マラーティー語Marāthī, ウルドゥー語Urdū, パンジャブ語Panjābī, シンディー語Sindī などで、インド、パキスタン、ネパール、スリランカに行われる。重要な文献はRig-Veda（王のヴェーダ；vedaは「知識」）、叙事詩Mahābharata, Rāmāyaṇa, 童話集パンチャタントラPañcatantra（5巻書）、ヒトーパデーシャHitopadeśa（hita-upadeśa よい教訓）がある。

Indo-European languages（印欧諸語、インド・ヨーロッパ諸語）インドからヨーロッパにいたる広い地域に、および南北アメリカ、オーストラリアの植民者に使用される言語（約150）、言

語人口20億万人の諸言語。第2言語、理解言語としての人口も入れれば、さらに多くなる。東から西にかけてインド・イラン諸語、アルメニア語、トカラ語、アナトリア諸語（ヒッタイト語、リュキア語、リュディア語）、ブリュギア語、トラキア語、ギリシア語、アルバニア語、イリュリア語、イタリック諸語、ケルト諸語、ゲルマン諸語、バルト諸語、スラヴ語族。これらのうち、最古の文献をもつサンスクリット語、ギリシア語、ラテン語の文献から印欧比較言語学 Indo-European linguistics が1816年、Sir William Jones（1746-1794）がサンスクリット語、ラテン語、ギリシア語の文法に共通の特徴を発見し、これらが同じ起源に属することを発見した（Asiatick Researches 1. Culcutta & London, 1778）. のちに、ドイツの Franz Bopp（1791-1867）の『サンスクリット語動詞活用体系について、ギリシア語、ラテン語、ペルシア語、ゲルマン諸語と比較して』（1816）によって印欧比較言語学の研究が始まった。

Indo-Iranian languages（インド・イラン諸語）インド諸語とイラン諸語の総称。言語総人口6億200万。印欧語族の最東端に位置し、前2千年紀から文献がある。

inflection（屈折；語形変化）名詞、代名詞、形容詞、動詞が性、数、格、時制（tense）、人称、態によって語形が変化すること。my father's house, the man I saw yesterday's house. のように、英語の属格 's は用法が広い。ラテン語 lupus, lupa（メスオオカミ）、その属格 lupī, lupae…；amō の人称変化 amās, amat…、受動態 amor, amāris, amātur…など。

interjection（間投詞）不変化の品詞。ah! oh! pooh! bravo! hello! ouch! など。子音のみの hm! ps! pst! 間投詞は語源がない。文中、動詞の役割を示すことがある。He fell bumpety-bump down the stairs. I heard a shell whish-whishing toward me.

Iordan, Iorgu（ヨルグ・ヨルダン、1888-1986）ルーマニアの言

語学者。1917年Iași大学ロマンス語philology教授。1946年ブカレスト大学ロマンス文献学教授。ルーマニア語辞典Dicţionar limbii române の続行。Rumänische Toponomastik（1924-1926, 2巻）；An introduction to Romance linguistics（1937）．

iotacization（i音になること）Romaがロシア語でRimになる。

Iranian languages（イラン諸語）西アジアの広大な地域に話される3000万人の言語群。その地域はIran, Baluchistan, Afghanistan, 北西インド、イラク、コーカサスのオセット（Ossetes）、トルコに及び、近代インド方言、ウルドゥー語、ヒンディー語、さらに、中央アジアからトルケスタン、南ロシアに達した。中世ペルシア語はアルメニア語に大きな影響を与え、アルメニア語は半分ペルシア語と言えるほどである。サンスクリット語putra-（息子）がアヴェスタ語puθra-, 近代北ペルシア語puhr, 南ペルシア語pus.

Íslenzkar þjóðsögur og ævintýri（safnað hefur Jón Árnarson）I. ní útgáfa. Reykjavík 1961（2016.1.8.コピー東海大学・福井信子さんより）Bonfanteと無関係だがCollier's Encyclopedia添付資料にあったので、ここに掲載する。

「**妖精の起源**」ヨウン・アウトナソン著。

　むかし、ある男が旅に出ていた。彼は道に迷って、どこにいるのか分からなかった。

　ついに、彼は、どこか分からぬ屋敷に来た。そこでドアをノックした。中年の婦人が出て来て、お入りなさい、と言った。彼はそれを受けた。屋敷の住居は、なかなか立派で清潔だった。婦人は男を客間に案内した。そこには二人の若い美しい娘がいた。

　屋敷の中には中年の婦人と娘たち以外に、だれも見えなかった。彼は歓迎され、食事と飲み物が出され、それから寝室に案内された。

　男は娘さんの一人と寝てもよいか、とたずねると、よいとの返事を得た。そこで二人は横になる（現在：サガでは時制の変化がよくある）。男は彼女を抱こうとするが、娘がいるところには肉

体がない。

　彼は彼女をつかもうとするが、彼の手の中には、なにもなかった。娘は静かに彼のかたわらにおり、そのあいだ、ずっと彼女の姿が見えるのに。これはどういうわけですか、と彼は彼女に、たずねる。驚く必要はありません、と彼女は答える。「私は身体のない霊なのですég er líkamalaus andi」と彼女は言う。（霊 andi 'spirit'；ラ animus 魂, anima 息）

　彼女は続けた。「むかし、悪魔が天国で反乱を起こしたとき、悪魔とその同盟軍は、そとの、暗闇の中に追放されました。」

　悪魔のあとを追って行った者たちも、天国から追放されました。悪魔に反抗するでもなく、どちらの軍にも参加しなかった者は地上に追放され、丘や岩山に住むように定められたのです。彼らは妖精（álfar）、または姿の見えない人々（huldumenn）と呼ばれます。

　彼らは他の種族と住むことはできません。同じ種族同士でしか暮らせません。彼らは善も悪も行うことができ、しかも、極度に大きなこともできます。彼らは、あなたがた人間のような身体を持っていません。しかし、妖精のほうで見せたいと思ったときは、姿を見せることができます。私は、この追放された霊の一団の一人です。ですから、あなたは私から満足を得ることはできません。」

　男はこれに納得し、のちに、この出来事を伝えた。

『アイスランド民話と童話』2巻（Jón Árnason ヨウン・アウトナソン著）は Konrad Maurer の助力により Leipzig から 1863-1864 年に出版された。Jón は民話収集の見本刷りを出版したが、薄給の身分では費用がかかりすぎるので、印刷を断念しようとしていたところへ、1858 年アイスランド滞在中の Konrad Maurer が Leipzig の出版社に交渉してみるからと、収集の続行をすすめ、出版することができた。（下宮『エッダとサガの言語への案内』近代文藝社 2017, 2018^2; p.118）

it rains（雨が降る）ラテン語 pluit, イタリア語 piove, スペイン語

llueve, フランス語il pleut, ドイツ語es regnetのように非人称で表現する。古代教会スラヴ語はbogŭ dŭždìtŭ神が雨を降らす, ロシア語dožd' idëtドシチ・イジョート（雨が行く）, ポーランド語deszecz padaデシェチ・パダ（雨が落ちる）という。ラテン語deus pluit, ギリシア語もZeùs húei. ゼウスが雨降らす。泉井久之助『言語構造論』創元社, 1947, p.65.

Italian（イタリア語）ロマンス諸語の一つ。俗ラテン語に最も近い。5600万人に話される。イタリア本土（4300万）、シチリア島（470万）、スイス（75万）、アメリカ合衆国（350万）。13世紀から14世紀にかけて登場した三大文豪ダンテ、ペトラルカ、ボッカッチョの用いたトスカーナ方言がイタリアの標準語になった。音楽・芸術用語aria, opera, piano, solo, sonata, soprano, studio, 金融関係bank, bankruptcy（＜banca rotta壊された勘定台；つぶれた銀行に金を返せ！と債権者が怒鳴り込み、勘定台を壊した）、料理macaroni, spaghetti, risotto, lasagna, broccoli, zucchini, ほかgondola, malaria（mal-ariaわるい空気）, umbrella, volcanoなどを世界に提供した。

Italic languages（イタリック諸語）イタリアのアペニン半島で行われていた印欧語族の分派で、ラテン語が最も重要である。ラテン・ファリスキ諸語Latin-Falisciとオスク・ウンブリア諸語Osco-Umbrianの総称である。

Iwatani Tokiko（岩谷時子、1916-2013）作詞家。恋のバカンス、恋の季節、ウナ・セラ・ディ・東京、愛の讃歌、サン・トワ・マミー。宝塚の編集部に勤務しながら、越路吹雪（1924-1980）のマネージャーをしていたが、その謝金はとらなかった。代表作の一つ「愛の讃歌」（L'hymne à l'amour, 作詞エディット・ピアフ）は岩谷の訳詩。

Izui Hisanosuke（泉井久之助、1905-1983）京都大学言語学教授、京都産業大学教授。新村出（1876-1967）の後任。日本言語学会

会長1977・1978年度会長。印欧言語学、ギリシア語、ラテン語、ヒッタイト語、マライ・ポリネシア諸語（戦時中、太平洋にフィールドワークを行った）。その成果は『マライ・ポリネシア諸語』1001-1094頁、市河三喜・服部四郎編『世界言語概説・下巻』研究社、1955. に収録。印欧諸語に通じていたが、とりわけ愛情をそそいだのはラテン語であった。『ラテン広文典』白水社1952, 470頁，復刻版2005．タキトゥス「ゲルマーニア」De Germania Liber, Cornelii Taciti 1941. 最初、田中秀央共訳の名あり、泉井単独訳、のち、岩波文庫、1953. 京都大学言語学科卒業論文「印欧語におけるインフィニティヴの発達」1927（『言語学論攷』敞文館、大阪、1944, 2000部、534頁中の309-380頁）が将来を約束しているように見える。現代のヨーロッパ語にはめずらしいポルトガル語の人称形infinitiveも挙げられている。例meus amigos dizião não virem os seus condicipulos=mes amis dirent que leur condiciples ne venaient pas（Armes, Grammaire portugaise）とある。このviremはヨーロッパ諸語にはめずらしく、不定詞の人称形（that they would comeの意味）になっている。

　印欧言語学とは全く異なった分野の研究、『フンボルト』（西哲叢書，1938）が出たとき、著者は33歳であった。あのベルリン・アカデミー版フンボルト全集17巻を半年で通読したというから驚く。小林英夫がソシュールの翻訳とその内容に肉迫したとすれば、泉井久之助はフンボルトの神髄に肉迫したと言えよう。1967年、国際言語学者会議がBucharestで開催されたとき、泉井はDi-topical expressions in Japanese（ボクハウナギガスキダ as for me I like eel）を発表した。2005年9月11日、泉井久之助生誕百年記念会が京都大学会館で開催されたとき、江口一久氏が「泉井先生は原著のページを斜めに読んで、本の中身を迅速にかつ正確につかむ技術を会得しておられた、というエピソードを紹介した。

J（発音）ラテン語iの子音jは英語、フランス語、スペイン語に

導入された。フランス語ではjanvier, jeudi, déjà, majeurなどにžの音で用いられ、英語ではJanuary, Japan, jetなどdžの音として用いられる。スペイン語では［χ］の音junioフニオ, julioフリオ, Jorgeホルヘ（George）に用いられる。ロシア語のローマ字表記にNovaja Zemljaノーヴァヤ・ゼムリャー（新しい土地）。

Jaberg, Karl（カール・ヤーベルク、1877-1958）スイスの言語学者。Bern, Firenze, Parisで研究。Gilliéron「フランス言語地図」を学んで言語地理学を専攻。Jakob Judと一緒にSprach- und Sachatlas Italiens und der Südschweiz, 8 vols.）次いでDer Sprachatlas als Forschungsinstrument, kritische Grundlegung und Einführung in den Sprach- und Sachatlas Italiens und der Südschweiz（Halle, 1928）, Aspect géographique du langage（Paris, 1936）.

Jackson, Abraham Valentine Williams（エイブラハム・ジャクソン、1862-1937）アメリカの言語学者、宗教史家。Columbia大学でインド・イラン語を教える。Avestan Grammar（1892）, An Avestan Reader（Stuttgart, 1893）, Early Persian Poetry（New York, 1920）, Die iranische Religion（in Grundriss der iranischen Philologie, by Geiger und Kuhn, Strassburg, 1896-1904）.

Jacobi, Hermann Georg（ヘルマン・ゲーオルク・ヤコービ、1850-1937）ドイツの東洋学者。Münster, Kiel大学教授。Ausgewählte Erzählungen in Mahārāṣṭrī, zur Einführung in das Studium des Prākrit（Leipzig, 1886）, Das Rāmāyaṇa, Geschichte und Inhalt, nebst Concordanz（Bonn, 1903）, Compositum und Nebensatz, Studien über die indogermanische Sprachentwicklung（Bonn, 1897）.

Jagić, Vatroslav（ヴァトロスラフ・ヤギッチ、1838-1923）クロアチアの言語学者。Wienで1850-1860年Miklosichのもとで研究。1872-1874年Odessa, 1874-1880年Berlin, 1880-1886年St. Petersburgで教授、1886-1909年、Miklosichのあとを継いでWien大学教授。Codex glagoliticus quattuor evangeliorum Zographensis（Berlin,

1879), Istorija slavjanskoj filologij（St. Peterburg, 1910）. Istorija slavjanskoj filologij（St.Petersburg, 1910）. St.PetersburgからA.Meilletに『スラヴ祖語』執筆依頼。

Jakobson, Román（ロマン・ヤコブソン、1896-1982）1914年モスクワの東洋語学院卒、1918年モスクワ大学卒。1915-1917年ロシア科学アカデミーで方言学とフォークロアのフィールドワークに従事。1918-1920年モスクワ大学研究員。1920年Prahaに行き1930年Ph.D.取得。1933年、チェコBrnoのMasaryk大学教授。1949年、アメリカのColumbia大学比較言語学・スラヴ諸語教授。ロシアフォルマリズムのパイオニアとして言語学の方法を文学研究に応用し、詩の意味論、韻律論を研究。Trubetzkoy, V.Mathesiusと一緒にプラーグ言語学派を結成。旧シベリア（Paleo-Siberian）諸語を研究。Newest Russian Poetry（1921）, Czech Verse, as compared to Russian（1923）, Remarques sur l'évolution phonologique du russe（1929）, Kindersprache, Aphasie und allgemeine Lautgesetze（1941）.

［以下、「言語学I」英語学文献解題第1巻、研究社、1998の下宮］

　ヤコブソン選集Selected Writings. 8 vols. The Hague, Mouton 1962-1988, 131 + 5650 pp. 全8巻の副題と目次を見ると、言語学プロパーよりも詩学、スラヴ文学関係のほうが分量が多く、その率は1対2ほどである。ヤコブソンは、しばしば指摘されるように、20世紀を代表する知性の一人だった。文学作品を言語芸術としてとらえ、その中に構造を見出そうとした。言語学者としてはプラーグ学派の主要メンバーである。N.S.Trubetzkoyとは終生、学問的交流を結び（cf.Trubetzkoy's Letters and Notes, ed. Roman Jakobson, 1975）その遺稿 Grundzüge der Phonologie（1939）を、Travaux du Cercle Linguistique de Pragueの中の第7巻として出版した（当時ヤコブソンはプラーグ言語学団の副会長）。Vladimir Majakovskij（1893-1930）をはじめ、画家、詩人、文芸理論家との交

流も多く、未来派詩人フレーブニコフ（V.V.Xlebnikov, 1885-1922）をロシア最大の詩人として崇拝していた。

　モスクワの化学技師の息子として生まれたヤコブソンは、トゥルベツコイと同様、知的環境に恵まれて育った。1906-1914年ラザレフ（Lazarev）東洋語学院に学び、ここで院長だった民族学者、文献学者ミレル（Vsevolod F.Miller, 1848-1913）に接した。民族学会を通して、TrubetzkoyにとってもMillerは恩師だった。1914年、モスクワ大学の歴史文献学部、スラヴ・ロシア学科に入学し、1915年、ヤコブレフN.F.Jakoblev, 1892-1974（コーカサス諸語）、ボガトゥイリョフ（P.G.Bogatyrev, 1893-1971；folklore）らとモスクワ言語学研究会（Moskovskij lingvističeskij kružok）を創設して、その会長となった。モスクワではフォルトゥナートフF.F. Fortunatov, 1848-1914（印欧言語学）の弟子ウシャコフD.N. Ušakov（1873-1942；『詳解ロシア語辞典』4巻で有名）の指導を受けたが、ヤコブソン自身はペテルブルグ学派のシチェルバL.V. Ščerba（1880-1944；Jan Baudouin de Courtenayの弟子）の論文を読んで、音素に関する概念を得た。1917年にはジュネーヴから一時帰国したカルツェフスキー（Sergej Karcevskij, 1884-1955）を通してソシュールの言語学に接した。

　1920年、チェコのプラハに来て、言語学・英語学のマテジウスVilém Mathesius（1882-1945）と出会い、1926年、Mathesiusを会長にプラーグ言語学団Cercle Linguistique de Pragueを創設した。1928年、オランダのハーグで開催された第1回国際言語学者会議First International Congress of Linguistsで、言語の音韻組織（phonologie）を記述する最良の方法は何か、という問題を提起して、言語学史に名高い機能的音声学としての音韻論（phonology as functional phonetics）の誕生を世界に訴えた。これはJakobsonが起草して、N.S.TrubetzkoyとS.Karcevskijが署名した。1930年、プラハのカレル大学（Universitās Carolina）で南スラヴ叙事詩の韻律に

関するテーマで学位を得て、1933-1939年、チェコのBrno大学でロシア文献学と古代チェコ文学を教えた。コペンハーゲンから出たActa Linguistica創刊号1939に国際評議会の一人としてR.Jakobson, Brnoと出ている。1939年、ナチスのチェコスロバキア侵攻を逃れて、1940-1941年、CopenhagenとUppsalaに避難。CopenhagenではV.Brøndal, L.Hjelmslevと、OsloではAlf Sommerfeltと出会った。Uppsalaで失語症の研究Aphasie und allgemeine Lautgesetze（1941）を完成。渡米して1942-1946年、ニューヨークの高等自由学院École Libre des Hautes Études（これはフランス人、ベルギー人のためのuniversity in exileだった）で教え、1943-1946年、Harvard大学スラヴ語・スラヴ文学教授。このとき、Columbia大学からHarvard大学にスラヴ語学科の大学院生14人もが、Jakobsonを慕って移籍した。1960年から一般言語学教授、1957-1970年、Massachusetts Institute of Technology教授を兼任した。これより先、1943年にLinguistic Circle of New Yorkの創立に参加し、ヨーロッパとアメリカの学者の交流をはかった。Henry Kučera, Horace G. Lunt, Edward Stankiewicz, Dean S. Worth, Morris Halle, Calvert Watkinsらを育て、1956年（60歳）、1966年（70歳）に、それぞれ大部のFestschriftが贈られたが、その筆者は、みな、ロシア、チェコ、欧米の著名な言語学者であった。Columbia, Massachusettsの邸宅にKrystyna Pomorska夫人とともに住んだ。ヤコブソンの墓地（Cambridge, Mass.）にはRoman Jakobson – russkij filolog（ロシア文献学者）と刻まれている。年少からフランス語をよくし、初期にはフランス語による論文が多く、ついでドイツ語の論文が続き、アメリカに移住（1942）してからは英語による発表が多くなった。プラーグ時代はチェコ文学に関するものが多く、これはチェコ語で書かれている。この辺の事情は三省堂の『言語学大辞典』の「術語編」にくわしい。

多種多様な業績は、どれか1つ主著をあげるのが困難であると

いわれる。プラーグ時代の "Remarques sur l'évolution phonologique du russe comparée à celle des autres langues slaves" TCLP 2, 1929, 1-118. Selected Writings I, 7-118（ロシア語の音韻発達についての考察、他のスラヴ語のそれと比較して）はロシア語の音韻史を、個々の音の歴史ではなく、体系全体の中の変化ととらえる。これによって、通時態diachronieと共時態synchronieの排他性を解除することができる：「音韻的言語連合について」「ユーラシア言語連合の性格について」1931（後述）；「ロシア語動詞の構造について」1932（後述）；「一般語理論への寄与、ロシア語の格の総合および一般音韻理論」1941（後述）。アメリカに渡ってからはPreliminaries to Speech Analysis : the Distinctive Features and their Correlates, with C.G.M.Fant & M.Halle, Cambridge, MA, 1952（『音声分析序説』1965）; Fundamentals of Language, with Morris Halle, The Hague, 1956, 1971[2]; "Linguistics and Poetics"（in : Style in Language, ed.T.A.Sebeok, Cambridge, MA, 1960）; The Sound Shape of Language, with L.Waugh, Bloomington, 1979（音韻形態論1986）などがある。ヤコブソンの特徴は文学作品の中に構造を見出そうと模索し、詩学と言語学の間に接点を求めたことである。ここから「文法の詩と詩の文法」1968,「詩とは何か」1933-1934、ダンテ、シェークスピア、ブレイク、ボードレール、ブレヒトの詩の分析が行われる（以上『ヤーコブソン選集3—詩学』川本茂雄編、川本茂雄・千野栄一監訳、大修館書店、1985に収められる）。文学以外にも応援を求め、「言語の科学と他の諸科学との関係」1973（『ヤーコブソン選集2—言語と言語科学と他の諸科学との関係』服部四郎編、大修館書店、1977に収められる）などがある。

　以下に、その業績を5つほど紹介する。

　"Über die phonologischen Sprachbünde"（TCLP, 4, 1931, 234-240. ユーラシア言語連合の特徴について）は大部のロシア語論文K xarakteristike evrazijskogo jazykovogo sojuza（ユーラシア言語連合

の特徴について）Paris, 1931, Selected Writings I, 1962, pp. 144-201,
の要約である。ユーラシア言語連合は単音調Monotonieと子音口蓋化Palatalisierung（ロシア語に見えるp:p', b:b', t:t', d:d' などの非口蓋的子音：口蓋的子音の対立）が特徴で、これはポーランドからモンゴルにいたる広大な地域を包括する。スウェーデン語、ノルウェー語、デンマーク語（の方言）に見える音楽的アクセント（複音調Polytonie）は改新（Neuerung, innovation）であり、バルト諸語、セルボ・クロアチア語の複音調は印欧語時代からの堆積物（言語島）である。Jakobsonは言語類縁性の原因となるconvergence des développements（発達の収束）をゲーテの親和力（Wahlverwandtschaft）に当たるとしている。

"Zur Struktur des russischen Verbums"（Charisteria Gvilelmo Mathesio Qvinqvagenario, Praha, 1932, Selected Writings II, pp.3-15. ロシア語動詞の構造について）。有標marked・無標unmarked（merkmalhaft/merkmallos）は、2項対立のうち、より特徴的なほうを有標とするのであるが、Jakobsonは動詞の完了態（perfective aspect）をmarked, 不完了態（imperfective aspect）をunmarkedと考え、過去をmarked, 現在をunmarkedと考える。ドイツ語でStudentinは女子学生だが、Studentは男子学生のほかに女子学生をも含めた学生一般を指す。

"Beitrag zur allgemeinen Kasuslehre. Gesamtbedeutung der russischen Kasus"（TCLP 4, 1936, 240-288. Selected Writings II, 23-71. 一般格理論への寄与、ロシア語の格の総合的意味）。ロシア語はnominative, genitive, dative, accusative, instrumental, locativeの6つの格をもっているが、Jakobsonはgenitive I, genitive II, locative I, locative IIの8つを区別する。genitive Iはsnéga（vrémja snéga 'the season of snow'）のような-aの属格, genitive IIはsnégu（mnógo snégu 'a lot of snow'）のような-uの属格, locative Iはsnége（o snége 'about snow'）のような-eの位格, locative IIはsnegú（v snegú 'in the snow') のような -u の位格を指す。このロシア語格対立の全体体系を要約すると、次の表のようになる。

それぞれの対立のうち、右側または下側に位置するのが有標格 marked case である。

　　（主～対）～（属Ⅰ～属Ⅱ）
　　　｜　｜　　　　｜　｜
　　（具～与）～（位Ⅰ～位Ⅱ）

格を機能によって4種に分類する。関係格（Bezugskasus：対格, 与格）、範囲格（Umfangskasus：属格, 位格）、周辺格（Randkasus：具格, 与格, 位格）、形状化格（Gestaltungskasus：属格Ⅱ, 位格Ⅱ）。Kindersprache, Aphasie und allgemeine Lautgesetze（1941, Selected Writings I, 328-401）「幼児言語、失語症および一般音韻理論」1941. 幼児は広母音、最初はaを獲得し、子音のうちでは唇音を獲得する。そして最初の子音対立は口腔音と鼻音の対立（papa：mama）、続いて唇音と歯音の対立（papa：tata, mama：nana）が出現する。チェコ語の歯擦音のř（Dvořak ドヴォルジャーク）は世界的にも、まれな音素であるが、チェコの子供にとっても、獲得が最も困難なもので、チェコからロシアへ移住した人は簡単にこの音を失う。獲得の遅い音素は、失語症に陥ると真っ先に失われる。流音rとlは幼児の末期に獲得されるが、失語症患者は、これを最も初期に、そして最も容易に失う。

"Die Folklore als eine besondere Form des Schaffens"（mit Petr Bogatyrev, 1929, Donum Natalicium Schrijnen, Nijmegen-Utrecht：N.V.Dekker & Van De Vegt, 1929, 900-913, Selected Writings IV, 1966, 1-15：創造の特殊な形態としてのフォークロア）。フォークロアと文芸作品の関係は langue と parole の関係に類似している。langueのようにフォークロア作品は個人の外にあり、潜在的な存在しか有しておらず、それは一定の規範や刺激の複合であり、paroleの生産者がlangueに対してなすように、演じ手が個人的創

造の飾りで伝統を生き生きとさせる。歌い手は、固定したテキストを暗唱するのではなく、いつも新たに創造して、と同じように。

第5回国際言語学者会議（Vth International Congress of Linguists, Bruxelles, 1939）は第二次世界大戦のために中止したが、la langue poétiqueがテーマの一つに掲げられており、Réponses au Questionnaire（Bruges, 1939）, pp.73-80にL.Michel, V.Pisani, A.Sauvageot, F.Dornseiff, J.Kuryłowicz, B.Terracini, P. Chantraine, V.Magnienのrésumés（発表予定の）が載っている。Roman Jakobsonは事情が許せば、当然、ここに加わっていたはずだが、あいにく多難な局面にあったらしく、その名は見当たらない。

なお、JakobsonのPoetic Theory（E. Stankiewicz, M.Halle）の言語学と詩学にわたる多方面な業績を各専門家が論究・解説している便利なKrystyna Pomorska, Elzbieta Chodakowska, Hugh McLean & Brent Vine（eds.）, Language, Poetry and Poetics. The Generation of the 1980s：Jakobson, Trubetzkoy, Majakovskij. Proceedings of the First Roman Jakobson Colloquium, at the Massachusetts Institute of Technology, October 5-6, 1984. Berlin, New York, Amsterdam：Mouton de Gruyter. 第1編者はRoman Jakobson夫人で、扉にDedicated to the memory of Krystyna Jakobson（April 5, 1928—December 19, 1986）, principal organizer of the colloquium, esteemed Slavist and dear friendと書かれ、次は6部18論文よりなる。1. Jakobson, Trubetzkoy, Majakovskij（K.Pomorska, E.Holenstein, H. McLean, B.Gasparov）, 2. Jakobson's Linguistics（H.J.Seiler, C.H.van Schooneveld, A. Liberman, L.Waugh）, 3. Jakobson's Theory of Grammar and its Application（E. Andrews, C.Chvany）, 4. Jakobson's Poetics（E. Brown, T. Winner）, 5. Jakobson's Poetic Laboratory（S.Rudy, D.Vallier）, 6. Towards the history of Jakobson's international activities（L. Mateijka, J.Toman）.

Japanese Robinson Crusoe, A（小谷部全一郎　Jenichiro Oyabe

著）Boston-Chicago, The Pilgrim Press, 1898. 生田俊彦訳『ア・ジャパニーズ・ロビンソン・クルーソー』（一寸社、1991年1月21日発行、同年4月25日再版。249頁。定価1500円。〒101東京都千代田区神田神保町2‐11 柿島ビル）。英語版編者および日本語訳者・生田俊彦は1924年生まれ、中央大学法学部卒、日興証券専務取締役、日興不動産社長1988年退任。妻Masakoは著者・小谷部の孫にあたる。［名前Zeのローマ字表記JenichiroのJeは童謡詩人・金子みすゞ（1903-1930）の故郷、山口県長門市の仙崎センザキをSenjakiと表記した1903年ごろの絵葉書がある］

　小谷部全一郎（1867-1941）は1867年12月23日、秋田生まれ。5歳のとき母が病死。父・善之輔は1877年大阪上等裁判所検事。1881年、従兄の放蕩で小谷部家が破産、名門の一家は離散した。全一郎は単身、秋田から徒歩で上京し、苦学したが、その2年後に福島裁判所に赴任していた父・善之輔のもとにおもむき、父から漢学や法学を学んだ。1884年、17歳のとき、父・善之輔と別れて北海道の函館に到着した。アイヌ村に（2か月ほどか）滞在し、酋長から歓迎された。このとき、アイヌ研究の先駆者ジョン・バチェラー John Bachelor（1854-1944；1877年、宣教のため函館着）を知った。金田一京助は、のちに、小谷部のことを「アイヌ種族の救世主」と呼んだ。小谷部は北海道を横断し、根室からオネコタン、パラムシル、ペトロパヴロフスクへ達した（この行程は何度も生死の境を乗り越えた）が、パスポートを所持していないため、函館に送還され、そこから横浜を経て、小笠原父島、沖縄、天津、北京に渡り、孔子の学問、仏教、イスラム教についても学んだ。北京にはMongol townとChinese townがあり、前者は道が広く、立派な邸宅が並んでいたが、後者は道が狭く、貧民、乞食、子供の死体にあふれていた、とある。

　中国から帰国して、神戸でThomas Perry号に乗り、1888年12月25日、あこがれのニューヨークに着いた。ニューヨークの国

立病院で働きながら勉学し、ワシントンのHoward Universityの学長Dr.J.E.Rankin, DD,LLDのもとで勉学を積み、Ph.D.を得た。Yale大学大学院で社会学と神学を研究した。

Dr.Rankinから餞別にウェブスターの辞書を戴いた。宣教を実践するため、ハワイに向かい、Maui島で2年間活動した。父を日本から迎えるために、渓谷の小さな家とコーヒー園と馬車と馬を買ったが、宮崎にいた父は来ることができず、訃報が届いた。家とコーヒー園は召使のFridayに贈り、帰国の途についた。

小谷部は1898年、蝦夷Yezoからアメリカへの放浪の旅（odyssey）をA Japanese Robinson Crusoeと題して出版した。1898年Howard大学からPh.D.を得たあと、帰国の途についた。帰国後、仙台出身の石川菊代と結婚し、しばらく横浜の紅葉坂教会に勤務したあと、北海道の洞爺湖に近い虻田村（現在虻田町）に移住し、社団法人北海道土人救護会を創立。わが国で初のアイヌ人のための実業学校を設立した。掘立小屋に居住して原野を開拓し、自給自足の耐乏生活を送りながら、年来の希望であったアイヌ人教育の実践を始めた。全北海道からアイヌ人子弟を集め、教壇に立った。妻の菊代は畑仕事や養鶏や針仕事で全一郎を支えた。

虻田村で10年暮らしたあと、1909年、アイヌ実業学校が国に移管されたのを機会に東京府品川区に移り、三人の子供をかかえて一家を構えた。1919年（52歳）、陸軍省の通訳官に採用され、シベリアの奥地、蒙古のチタへ派遣された。全一郎は史跡調査という名目で、司令部の許可を得て、チチハルの近くにある成吉思汗（ジンギスカン）ゆかりの古城や、外蒙古のアゲンスコイにあるラマ廟なども視察した。これは年来の願望だった。2年間の外国勤務を終えて1921年に帰国した。陸軍省の推薦で陸軍大学教授に招聘（しょうへい invite）されたが、辞退した。

アメリカの大学の学位をもち、英語も堪能であったから、日本では栄光の道が開かれていたであろうが、それを選ばず、1923

年、年来の願望であった『成吉思汗は義経なり』400字380枚、12章を完成、口絵写真15頁つき厚生閣から出版、十数版を重ねた。全一郎は反対説を反駁するために『成吉思汗は源義経なり著述の動機と再論』を出版し、これも反響が大きく、十数版が売れた。これを機に、文筆家として出発。同じ厚生閣から『日本および日本国民の起源』1929,『静御前の生涯』1930,『満州と源九郎義経』1933,『純日本婦人の俤（おもかげ）』1938, を出版した。この最後の本は清貧の時代に全一郎を支えた糟糠（そうこう）の妻（faithful wife, treue Frau）が1938年に病没したときに哀悼の意をこめて書かれた。菊代は仙台藩士族の出で、品位にみちた、美しい容姿の、日常、英文のバイブルを読んでいた教養ある婦人だった。菊代の告別式はキリスト教式と仏式で、二回行われた。『静御前の生涯』は義経の側室といわれた静を愛慕し、完璧な理想の女人像として描いている。1929年に私費を投じて公園（茨城県古河市中田か）に「義経招魂碑」を建立。生前、静御前の菩提寺である光了寺の墓地に自分の墓を建てた。老後の数年間は安静静謐（せいひつ safe and quiet）な生活を送り、1941年3月21日、心不全で急逝、知性の冒険家ともいうべき75年の生涯を閉じた。家族が朝食のために書斎のベッドへ起こしに行ったとき、やすらかな寝顔で息絶えていた。

　ア・ジャパニーズ・ロビンソン・クルーソーの読後感を補足する。p.141にギリシア語やラテン語も学んだとあり、教養への熱意が窺われる。p.211, 丘の上の別荘を「イブなきエデン」と称し、親孝行ができると楽しみに父の到着を待っていたのに、父の訃報が届いた。マウイ島の自宅を召使のFridayに与え、1897年10月14日ホノルル発で日本への帰国の途についた（29歳）。p.28のat Yezo Island, p.78のat the Liukiu Islandsは、on Yezo Island, on Liukiu Islandsが正しい。琉球は、いまはRyukyuと綴る。語源は琉「宝石」、「球」は島々の「輪」。

Japhetic languages（ヤペテ諸語）ソ連の言語学者Nikolaj Jakovlevič Marr（1864-1934）が南コーカサス諸語（Südkaukasisch）＝グルジア語Georgisch, ミングレル語Mingrelisch, スヴァン語Svanetischに与えた名称。旧約聖書のノアの3人の息子セム、ハム、ヤペテの最後の名を用いたものである。マルは南コーカサス語がセム語に近いと考えた。その後、ヤペテ語は北コーカサス、バスク語、エトルリア語、ヒッタイト語、ウラルトゥ語Urartu（アルメニアVan湖周辺）、エラム語も含め、人間言語の特定の発達段階と考えた。しかし、スターリンがマル説を批判した（1950）ため、それ以後、この説は捨てられた。（村山七郎、国語学辞典、1975, p.926）

jargon（隠語）特定の仲間の間に用いられる単語で、一般人には理解されない。日本語の例：エンコ（公園、逆に言ったもの）、キス（好き、酒）、モク（雲、タバコ）、カラス（冬服巡査）、ドロン（駆け落ち）、ミョウ（妙、少女）。英語 stimulus, response, I.Q., Oedipus complex, inferiority complex などは、普通に用いられた。軍隊が持ち帰ったgob, leatherneck, doughboy, buck private, jeep（戦後、日本でたくさん見た）、フランス語ではbocoo（beaucoup）, tout sweet（tout de suite）, trez biens（très bien）がある。

Jespersen, Otto（オットー・イェスペルセン［デンマーク語はイェスパセン］、1860-1943）コペンハーゲン大学英語学教授。「言語の歴史は退化でなく進歩である」ラテン語amāverōの総合的表現がI will have lovedの分析的表現に発達したのは、退化ではなく、進歩である、と言った。最初、イェスペルセンはフランス語の教師をしていた。最初の著書Fransk begynderbog（フランス語入門書）は初版1892年1000部、第2版1897年1500部、第3版1901年1500部、第4版1904年1500部も売れている。この本は発音記号（まだ未熟だが）と正書法が見開きに印刷されている。1＋1＝2 un et un font deux. が左ページに発音記号、右ページに上

記がある。Copenhagen大学比較言語学教授Vilhelm Thomsen（1842-1927）が、今度、英語学の講座が新設されることになったので、英語学に専念せよ、とイェスペルセンに言った。こうして、Progress in Language（1894）やChapters on English（1918）が誕生し、Nutidssprog hos børn og voxne（1916「子供と大人の現代語」）を含めて1冊にまとめたのがLanguage, its Nature, Development and Origin（London, George Allen and Unwin, 1922, 448pp. 市河三喜・神保格訳『言語―その本質、発達、および起源』岩波書店, 1927である。イェスペルセンは、その後、The Philosophy of Grammar（1924），半田一郎訳『文法の原理』岩波書店1958. 556頁を出し、Modern English Grammar on historical principles（全7巻1909-1949, 第7巻は没後出版）を完成した。

Jones, Daniel（ダニエル・ジョウンズ、1881-1967）イギリスの音声学者。1921年University College in London教授。1936年Zürich大学から名誉博士号を授与。英語音声学の専門家としてヨーロッパ、インド、アメリカの諸大学に招かれ講演した。イギリス放送協会の顧問。主著English Phonetics（Teubner, Leipzig, 1932, 3版, 326pp.）から引用する。932. Rhythmical variations（韻律変異）アクセントは文脈により変わる。'fourteen 'shillingsだが、'just four'teen, an 'unknown 'landだが、'quite un'known.

Jones, Sir William（ウィリアム・ジョウンズ、1746-1794）イギリスの東洋学者。Oxfordで東洋語を研究。1783年、インドに赴任して、Calcuttaの最高裁判所の判事になったが、サンスクリット語の研究を続け、1786年2月2日、Asiatick Societyでの講演で「サンスクリット語はギリシア語、ラテン語よりも古い起源をもち、動詞の語根も文法の語形変化も類似しており、ゴート語やケルト語も、サンスクリット語と同じ起源らしい。古代ペルシア語も、これに加えることができよう」Asiatick Researches, 1, Calcutta & London, 1788. と言って、印欧比較言語学への道を開いた。マ

ホメット法、ヒンディー法の著作のほか、ペルシア語文法（1771）、シャクンタラーの翻訳（1789）もある。

Jud, Jakob（ヤーコプ・ユート、1882-1952）スイスの言語学者。Zürich, Firenze, Parisで学ぶ。Karl Jabergと共同し、言語地理学を研究。農業、手芸（handicraft）の用語に注目した。Sprach- und Sachatlas Italiens und der Südschweiz（8 vols. 1928-1940）. Zur Geschichte der bündnerromanischen Kirchensprache, 1919. 雑誌Vox Romanica, 叢書Romanica helveticaを編集。『ルーマニア語辞典』『イタリア領スイス語』委員会の委員長だった。

Justi, Ferdinand（フェルディナント・ユスティ、1837-1907）ドイツの東洋語学者。Marburg大学で比較文法とゲルマン文献学を教えた。イラン学を専攻し、ペルシア史、クルド語辞典を書いた。Iranisches Namenbuch（1895）, Geschichte des alten Persiens（1879）im Grundriss der iranischen Philologie（1896ff.）, Dictionnaire kurde-français（1879）, Egypt and Western Asia in Antiquity（1902）, Geschichte der orientalischen Völker im Altertum（1884）.

K（発音）kの音はラテン語ではcで書かれた。この伝統はイタリア語やフランス語でも続けられた。イタリア語で [k] の音を表すにはchi, cheが使われる。ca, chi, cu, che, co, フランス語ではca, qui, cou, que, co. 古代英語にはkの文字はなく、ca, co, cuは [k] だが、ci (chill 'I will') は [či], cild 'child' は [čild], ce [če] と発音された（cēosan 'choose'）。cēpan（keep）は [ki:p] と発音された。Chaucerになると、kepe, childと現代語に近くなる。kennel, kettleでは、ロマンス語起源であることが忘れられてkと書いている。king, keep, kin, kind, kineは前舌母音の前でもkと書かれ、come, cowではゲルマン系なのに、cと書かれる。ドイツ語は19世紀まではLexicon, Concert, Clavier, classisch, Accentと書いたが、いまはLexikon, Konzert, Klavier, klassisch, Akzentと書く。英語knight, knave, knee, knead, knowのkは発音されないが、書く。同

源のドイツ語Knecht, Knabe, Knie, knetenはkを書き、発音する。knowのドイツ語はkennenで、knの間にeが入った。英語back, deck, lackではckと書いてkと発音する。フランス語はqui, queと書いて［ki］［kə］と発音する。

kamikaze pilot（神風特攻隊員）佐々木友次（1924-2016）は敵に体当たりして死んで来いと9回命令されたが生還した英雄。北海道石狩郡出身。The divine wind pilot who was ordered to crash into the enemy and returned safe. よくぞ生還しました。残酷な軍隊主義の生き証人です。追求して記録した新聞記者の功績も大きい。

kamishibai（紙芝居 paper theater）アンデルセンの父親は息子のハンスにアラビアンナイトやラフォンテーヌの寓話を読んでやり、テーブルの上に紙の劇場を作り上演してやった。文学が好きだった。コペンハーゲンの、一つの小さな部屋に父の仕事場（靴修繕）とキッチンとテーブルと寝室があった。父親は勉強したかったが、生活のために、働かねばならなかった。日本の紙芝居は、1930年ごろから、子供たちに水あめを売りながら、おじさんが紙芝居を見せた。

Kimigayo（君が代 thy life）Chamberlain を見よ。

Kingsville（キングスビル）アメリカ・コロラド州の公立学校で教員不足のため、授業が週4日になったそうだ。2023.6.7. だが、名前がKingsville（英語＋フランス語）になっている。なぜKingstown（英語＋英語）ではないのか、と思ってCollier's Encyclopediaの索引を見るとKingsvilleが3か所、Kingstownが3か所あった。town の短い形-tonをつけた地名Kingstonは31か所もあった。英語とフランス語が同居の例はbeautiful（美しい）に見られる。beauti（フランス語beauté）＋ ful（英語）は「美にみちた」が原義である。このような、起源の異なる単語の合成を混種語（hybrid）という。ハイブリッドは車に用いられるよりもずっと古くから言語学で用いられていた。脱サラ、ママさんバレーなど。

Kipling 'The Jungle Book'（キプリング「ザ・ジャングル・ブック」1894）英国の作家ラドヤド・キプリング（Rudyard Kipling, 1865-1936）は1865年、インドで生まれ、インドでの体験を作品に書いた。人間がオオカミと暮らす『ジャングル・ブック』はその一つである。作品の主人公の両親はインドの森で猛獣に襲われ、逃げる途中で、幼子（おさなご）を落としてしまった。幼子はMowgli（モーグリ）と名づけられ、オオカミの子供たちと一緒に育てられ、動物のことばを覚え、動物の規則を習った。少年に成長したとき、村人に発見され、人間と3か月暮らしたが、動物と一緒に生きることを選び、森に帰って行った。

［人間の子モーグリMowgliはオオカミの家族に育てられた］

Knobloch, Johann（ヨーハン・クノープロッホ、1919-2010）ドイツ・ボン大学教授。一般言語学、印欧言語学、ジプシー語を教えた。筆者は1965-1967年、ラテン語の歴史、語と物（Wörter und Sachen）などの授業を受けた。Bonnの語源（ケルト語で村の意味）とか、Sprachbund（言語連合N.S.Trubetzkoy）を知った。『言語学辞典』Sprachwissenschaftliches Wörterbuch（Heidelberg,

1961-）の編者であったが、第1巻（A-E, 1986, vii, 895pp.）、第2巻（最初の2分冊, 1991）が出たところで中断した。日進月歩の言語学用語を解説し、記録するのであるから、編者の苦労は大変なものである。1960年、刊行予告は80頁の分冊を毎年発行し、10分冊で完成の予定だった。もともとKarl BrugmannのWörterbuch der sprachwissenschaftlichen Terminologieに端を発し（cf. Germanisch-Romanische Monatsschrift 1, 1909, 209-223）、Wilhelm HaversとLeo Weisgerberに引き継がれ、ついでWeisgerberからHaversの弟子J.Knoblochの手に移り、第1分冊が1961年に出たのだった。J.Kuryłowicz（Kraków：1895-1978）は第4分冊（1967）までを評して、ほかの言語学辞典に比べて、eine kurzgefasste Chrestomathie der Sprachwissenschaft und ihrer Geschichte を読んでいるみたいだ、と讃えた（1968）。本書の長所は用語の出典をできるかぎり明示している点である。例：Ergativ（能格）はF.N. Finck, Die Haupttypen des Sprachbaues（1909, 1936⁴）に由来し、R. Erckert（Die Sprachen des kaukasischen Sprachstammes, 1895）はNarrativ（物語格）と呼ぶ、とある。このNarrativという言い方は、グルジア語の文法用語motxrobiti 'narrativ' に由来する。能格は他動詞の主語に用いられる格で、能格言語においては、"He stops the car" におけるheは能格に置かれ、the carは主格に置かれる（このことは、同じ能格言語、バスク語でも同じである）。"The car stops" のように自動詞の主語は主格に置かれる（バスク語も同じ）。ErgativをHugo SchuchardtはAktiv（能動格）と呼んだ。コーカサス諸語（とりわけグルジア語）に特有のこの格ErgativをAdolf DirrがEinführung in das Studium der kaukasischen Sprachen（Leipzig, 1928）に用いて、定着した。1985年、65歳の記念にSprachwissenschaftliche Forschungen（Innsbruck, 1985, 41 + 502pp.）を贈られた。門弟からの65編を収める。私は『グリム童話・伝説・神話・文法小辞典』（同学社、2009）をMeinem verehrten Lehrer Herrn Prof.Dr.Johann Knobloch（Bonn）zum 90. Geburtstag am 5.1.2009 gewidmet として捧げたところ、病床の先生に喜んでいただいた。先生は2010.7.25.に91歳で亡くなられた。独仏戦争で負傷したとき、看護婦だったTrudeさんと結婚した。筆者が1985.7.18.から9.8.までBonn大学関係者保養地、郊外のIppendorfに滞在中、ときどき先生の奥さまがお菓子をもってきてくれた。奥さまは2009年9月に亡くなった。

Kobayashi Hideo（小林英夫、1903-1978）日本の言語学者の中で小林英夫先生（1903-1978）ほど敬愛されている人は少ないのではあるまいか。1926年12月24日、東京帝国大学言語学科にLe langage d'Ibsen, essai stylistique（イプセンの言語、文体論試論）の卒論を提出し、無職のまま、1927年夏、ソシュールのCours de linguistique générale（1916）を訳出した『言語学原論』（岡書院, 1928, 20 + 572頁）は世界初のソシュール翻訳となる。『原論』は京城帝国大学（ソウル）文学部長の安倍能成に謹呈され、学習院大学文学部日本語日本文学科の図書室に所蔵される。岡書院の800部は完売に数年を要したが、1940年、版権が岩波書店に移り、順調に読者を獲得し、1972年、全面的な改訳を経て原題の『一般言語学講義』となり、今日に至る。

東京外事専門学校（東京外国語大学）のスペイン語科に入学したが、経済的事情で1年後に退学、法政大学仏文科の夜間部に入学、卒業後、東京大学で学ぶ。エリートコースの上田万年、藤岡勝二、新村出らと異なり、文部省留学生として欧米に学ぶ機会は与えられなかったが、小林英夫はヨーロッパの書物から旺盛な吸収力をもって言語学を学びとった。得意な外国語は仏、独、英、スペイン、ポルトガル（Camõesの翻訳、1978）、イタリア、ラテン、ギリシア、ロシア語などである。デンマーク語、ノルウェー語もできる。

1929年、新村出の推薦で京城帝国大学に職を得て、矢継ぎ早

に論文と翻訳が出版され、『言語学方法論考』（三省堂, 1935, xiv, 760頁, 索引と著作目録27頁）を見ると、その足跡がひと目で見渡せる。ここに収められているのは1928年から1934年までの27編で、言語の本質と言語学の分科、象徴音の研究、文法学の原理的考察、意味論、比較言語学と方言学、言語美学、随筆、とバラエティに富む内容になっている。最後の随筆の中に吉兵衛物語というのがある。1932年、新婚の小林家に娘が生まれたので、お手伝いを雇うために職業紹介所を訪れた。紹介されたのはキチベーという朝鮮の娘で、キチベーは朝鮮語で「女の子」の意味である。12〜13歳で、月給は3円であった。彼女は無学だが、バカではない。小林は彼女から朝鮮語を、彼女は小林から日本語を学んだ。

　この本はどこを読んでも、何度読んでも、面白い。小論集『言語と文体』（三省堂, 1937, 506頁）も、何度も読んだ。泉井先生の本と一緒に、愛読書になっている。「芥川龍之介の筆癖」など50頁もの大作である。イェスペルセン著、須貝清一・真鍋義雄訳『人類と言語』の訳しぶりを評す、は徹底的に誤訳・珍訳を列挙している。盲目の斎藤百合子さんにエスペラント語を教えた話は感動的だ。

　小林英夫はソシュールのほかに、Charles Bally, Henri Frei, Louis Hjelmslev, Karl Vossler, Leo Spitzerの翻訳がある。Bally, Croce, Vossler, Spitzerの理論をもとに言語美学（linguistica estètica）を創造し、芥川龍之介、島崎藤村、志賀直哉、岡本かの子、石川啄木、森鷗外、堀辰雄の文体を分析した。小林英夫の三番目の貢献は日本ロマンス学会の創設（1967）である。東京工業大学教授（1949-1963）のあと、早稲田大学教授（1963-1973）としてラテン語、イタリア語の若い学者を育てた。『小林英夫著作集』（10巻, 1975-1977）がみすず書房から出ている。

　小林英夫は1945年8月、Seoulから引き上げの際、図書をすべ

ておきざりにせねばならなかった。東京に引き上げてから、神田の古本街で、自分が書いた本を、かなり買い戻すことができたようである。若いときから手掛けていたCamõesのOs Lusíadas（1572）の翻訳が1978年、小林英夫・池上岑夫、岡村多希子訳『ウズ・ルジアダス（ルシタニアの人々）』（岩波書店、1978, 596頁、5000円）として出た。小林英夫は、あとがき1978.6.6.を書くことができ、校正も読むことができた。製本が出来上がる前に、1978年10月5日に亡くなった。「ルシタニア」はポルトガルのラテン名である。（下宮『アグネーテと人魚、ほか』近代文藝社 2011, p.151-152）

kochōran（胡蝶蘭）phalaenopsid moth orchid. 幸福を運んでくる。Happiness comes flying with kochōran.

Kopitar, Bartholomäus（Jerney Bartel）（バルトロメウス・コピタル；イェルネイ・バルテル、1780-1844）スロベニアの言語学者、文献学者。LjubljanaとWienで学ぶ。Wienの宮廷図書館で司書をしているとき、Parisに出張して、Napoleonが持ち帰った写本をWienに運んだ。Grammatik der slavischen Sprache in Krain, Kärnten und Steiermark（1808）, Glagolita Clozianus（1836；ギリシア語原典、キリル文字転写、ラテン語訳、注解）

Körting, Gustav（グスターフ・ケルティング、1845-1913）ドイツの言語学者、文献学者。1876年、Münster Academy教授、1892年、Kiel大学教授。Lateinisch-Romanisches Wörterbuch（1890）を出版したが、のちにFriedrich Diez、さらにのちにW. Meyer-Lübkeがこれに代わる。Encyklopädie und Methodologie der romanischen Philologie（3vols. with supplement 1884）, Encyclopädie und Methodologie der englischen Philologie（1888）, Neugriechisch und Romanisch, ein Beitrag zur Sprachvergleichung（1896）.

Krahe, Hans（ハンス・クラーエ、1898-1965）ドイツの印欧言語学者。1947年Heidelberg大学教授、1950年以後Tübingen大学印

欧言語学教授。主著 Indogermanische Sprachwissenschaft（Sammlung Göschen）; Germanische Sprachwissenschaft（2 Bde. Sammlung Göschen）。上記の2冊は言語学、ゲルマン語学専攻の学生の必携書だった。ほかに Sprache und Vorzeit. Europäische Vorgeschichte nach dem Zeugnis der Sprache（Heidelberg 1954；下宮訳『言語と先史時代』紀伊国屋書店1970）がある。Kraheの提唱した Alteuropäische Hydronymie（古代ヨーロッパ水名）: al-の要素を含む河川名が古代ヨーロッパに広く分布している。Ala, Alara, Alantas, Aluntà, Alantia（＞Elz）, Aland, Alento, Vara, Varar, Varamus, Wörnitz, Varusa.

Krause, Wolfgang（ヴォルフガング・クラウゼ、1895-1970）ドイツの言語学者、文献学者、ルーン文字専門家。Berlin, Göttingen 大学で U.von Wilamowitz-Möllendorff, J.Wackernagel, H. Oldenberg, W.Schulze, E.Hermann, J.Pokornyのもとで、古典文献学、印欧言語学を研究。1929年、Königsberg大学で印欧言語学教授、1937年、Göttingen大学印欧言語学教授。1926-1936年、スカンジナビアを旅し、ルーン文字の資料を収集。ケルト語、古代ノルド語、ゴート語、トカラ語を研究。Das irische Volk（1940）, Abriss der altwestnordischen Grammatik（1948）, Handbuch des Gotischen（1953）, Westtocharische Grammatik Bd.1（1952）, Tocharisches Elementarbuch（2 Bde. 1960-1964, with Werner Thomas）, Runen（Sammlung Göschen, 1244/1244a. 1970, 138pp.；図版17, 写真8葉を含む）.

Kretschmer, Paul（パウル・クレッチマー、1866-1956）ドイツの言語学者。Wien大学教授。ギリシア語、印欧諸語の中のギリシア語、の専門家だった。古代バルカン諸語（トラキア語、イリュリア語、マケドニア語）、アナトリア語（リュディア語、リュキア語、カーリア語、プリュギア語）を研究。1907年、ギリシア語、ラテン語研究のための雑誌Glottaを創刊。主著 Einleitung in die Geschichte der griechischen Sprache（1896, 1972², 4 + 428pp.）,

Neugriechische Märchen (1917), Die indogermanische Sprachwissenschaft, eine Einführung für die Schule. (1925；高谷信一訳『印欧言語学序説』三省堂, 1942, v + 115pp.)

Kruševskij, Nikolaj Vjačeslavič（クルシェフスキー；ポーランド語表記Mikołaj ミコワイ Kruszewski、1851-1887）ポーランドの言語学者。Baudouin de Courtenayとともに（ソシュールの）音韻論の開発者。Očerk nauki o jazyke（1883, An Outline of the Science of Language）Jan Baudouin de Courtenayを含めカザン学派と呼ばれる。Kruszewski, A Paradigm Lost. The Theory of Mikołaj Krushevski by Joanna Radwanka Williams. Amsterdam 1993. NikolajがMikołajになるのはポーランド語。

Kuhn, Franz Felix Adalbert（アダルベルト・クーン、1812-1881）ドイツの言語学者、神話学者。1833-1836年、ベルリンでギリシア語、サンスクリット語を専攻。印欧語の詩的表現「不朽の名誉」ギklévos áphthiton、ヴェーダ語áksiti śravasを発見した。比較言語学の最初の雑誌Zeitschrift für vergleichende Sprachforschung auf dem Gebiete der indogermanischen Sprachen（Göttingen, 1852）を創刊（Kuhns Zeitschriftと呼ばれる）。Bd.101, Göttingen, 1988よりHistorische Sprachforschungと改称。Grimmの影響でフォークロアの重要な著書も出版した。

kumo no ito（蜘蛛の糸 A spider's thread）芥川龍之介作。

　お釈迦様が、ある朝、極楽の池を眺めていました。極楽の蓮（はす；lotus）の下を眺めていますと、地獄が見えます。地獄には大勢の罪びとがうごめいています。その中にカンダタという男が見えました。カンダタは人を殺したり、他人の家を燃やしたり、たくさん罪をかさねて地獄に落とされたのです。しかし、たった一つだけ、よいことをしました。ある日、道を歩いていると、一匹の蜘蛛にぶつかりました。すぐさま、つぶしてしまおうと思いましたが、いや、このちっぽけにも命がある、そのままにしてお

こう。そこで、お釈迦様は、ちょうど蓮の上にいた蜘蛛の糸をずっと長く伸ばして地獄のカンダタの前に下ろしてやりました。カンダタは、天の助けとばかり、その蜘蛛の糸につかまり、上へ上へと登って行きました。しばらく進むと、一休みして、下を覗くと、地獄の仲間どもが大勢、よじ登って来ます。コラーッ、けしからん、これは、おれの糸だ、と叫んだ瞬間、糸はプツリと切れて、カンダタも、ほかの仲間も、まっさかさまに、地獄に逆もどりしてしまいました。

Kurschat, Friedrich（フリードリッヒ・クールシャト、1806-1884）リトアニアの言語学者。いままでほとんど研究されていなかった母国語、リトアニア語と取り組み Wörterbuch der littauischen Sprache, Deutsch-littauisches Wörterbuch（2 vols. 1870-1874）, Littauisch-Deutsches Wörterbuch（1883）, Grammatik der littauischen Sprache（1876）を執筆、出版した。

Kuryłowicz, Jerzy（イェージー・クルィローヴィチ、1895-1978）ポーランドの生んだ最大の言語学者の一人。ヨーロッパ機能的構造主義（プラーグ学派的）の学者であった。集大成の Esquisses linguistiques 第1巻（初版 Wrocław/Kraków, 1960, 298pp.）、第2巻 1975, 483pp. München.

L（文字）lは硬口蓋（palatal）のlと軟口蓋（velar）のłがある。英語には lily, lip の palatal な l と pill, gold, mild の velar な l があるが、これらの2種の l は音素（phoneme）の機能はなく、位置の相違による。語末では ll と書かれる（bill, mill, pill）。フランス語、スペイン語、イタリア語には velar l は存在しない。イタリア語 figlio（フィーリョ；息子）、ポルトガル語 filho（フィーリョ；息子）、スペイン語 castillo（カスティーリョ；城）の l は硬口蓋の l（明るい l）。ロシア語は byl［ブイル］「…だった he was」と byl'［ブイリ］「過去の出来事」を区別する。l は有声（voiced）で、無声の（voiceless）は hl- で表記される。古代英語 hlāf フラーフ「パン；

loaf」、アイスランド語hljóðフリョウズ「音：ドLaut, エloud」。l とrは音位転換（metathesis）が起こったり、dになったりする。ラテン語miraculum（奇跡）がスペイン語milagroになる。ラテン語peregrīnus（野原を行く人、巡礼者）がイタリア語pellegrino（巡礼者）になる。rがllになるのは異化、イタリア語が子音の長音を好む（raddoppiamento子音重複という）。

Lachmann, Karl Konrad Friedrich Wilhelm（カール・ラッハマン、1793-1851）ドイツの文献学者。プロシア戦争のとき、義勇軍としてナポレオンに反対して戦った。1818-1824年、Königsberg大学教授、1825年以後、Berlin大学教授。textual criticism（原典批評）の先駆者。**Lachmann の 法 則**：ラテン語agō→āctus, tangō→tāctus, regō→rēctusにおける母音の長音化は有声音が無清音になる際にgの有声（voiced）が母音を長音化させる。この法則はラテン語からロマンス諸語にいたる過程でも適用される。

Ladin（ラディン語）スイスの第4言語。latinusが語源で、ドイツ語、フランス語、イタリア語についで、スイスChurクールの奥地、イタリアの南チロル、Alto Adige, Dolomiti（白雲石山脈）に1万人に話される。Romanche（ロマンシュ語）のほうがよく用いられる。（Romanche；下宮「言語と民話」2021）

ladle of water, a（ひしゃく1杯の水）he drank a ladle of cold water 彼はひしゃくで冷たい水を1杯飲んだ。lade「載せる」

Lahndā（or western Pañjabī）ランダー語。インドのインダス谷、西パンジャブ地方に700万人に話される。G.A.Griersonは母音a, ā, â, e, ē, ĕ, i, ī, o, ō, ŏ, u, ūを区別している。ランダー語の名詞は中性がない（疑問代名詞whatはある）。名詞は主格、行為者格（agent）、位格（locative；instrumentalにも用いられる）がある。属格は形容詞と同じ語尾をしている。

language（言語）languageは三つの意味に使われる。（1）公用語（official language）。これは方言に対してである。（2）方言を含め

た言語。(3) 自己を表現できる能力。

言語は思考を表現する音の体系である (Saussure)。言語は表現の手段であると定義したのはイタリアの哲学者クローチェ (Benedetto Croce, 1866-1952) だった。そして、言語は日々創造される (il linguaggio è una perpetua creazione)。

言語の不規則性。複数なのに単数形が用いられる (people, police)。現在なのに過去が用いられる (if he came)。過去なのに現在が用いられる (praesens historicum)。現在なのに未来形が用いられる (praesens historicum)。現在なのに未来形が用いられる (イタリア語sarà「そうだね」)。ラテン語homoはロマンス諸語によく保たれており、形容詞grandis（大きい）も同様だが、parvus（小さい）はイタリア語piccoloピッコロ, スペイン語pequeñoペケーニョ, フランス語petitのように不統一である。ラテン語puer（少年）はイタリア語ragazzo, スペイン語muchacho, ポルトガル語rapaz, フランス語garçon（ゲルマン語より）のように不統一。ゲルマン諸語ではmanはみな同じなのに、boyやchildは非常に異なっている（ドJunge［原義：若者］）。childのドKind（*gen-tó-生まれた者）。duringは前置詞になっているが、during the warはthe war during, while the war was during（戦争が続いている間）が前置詞になったものである。イタリア語cassa（箱）の指示形casetto（小箱）は日本語「カセット」（録音テープ）になった。casino「小さな家」は「賭博場」になり、日本語にも入った。

languages of the world（世界の言語）は、通常、語族（family of languages）に分けられる。Indo-European印欧語族、Semiticセム語族、Uralicウラル語族、Turkicチュルク諸語（Turkishはその代表）など。植民以前のアメリカはAmerican Indianと総称し、その系統と分類は、容易ではない。日本語は（特徴が朝鮮語と共通する点はあるが）系統不明である。ゲルマン諸語に関してFeist-Meillet-Karsten thesisがある。これはゲルマン祖語（Proto-Germanic) がnon-Indo-Europeanで、彼らは印欧語以外の言語を話していたが、印欧語民族と接触している間に印欧語化した（Indo-Europeanized）と考える。Torsten Evert Karsten（1870-1942）はHelsingfors大学教授。

Lanman, Charles Rockwell（チャールズ・ロックウェル・ランマン、1850-1941）アメリカのインド語学者。1873-1876年、ドイツで研究。1876-1880年、Johns Hopkins大学でサンスクリット語を教え、1880年、Harvard大学サンスクリット語教授。A Sanskrit Reader（1880）のほか、Harvard Oriental Seriesを創立した。

Latin（ラテン語）古代ローマの言語であるが、ロマンス諸語のほか、中世ヨーロッパに広く伝播し、ゲルマン諸語、スラヴ語域（ルーマニア語）にも浸透した。ad-capio（capio "take"）が語頭のアクセントのためにáccipio "receive" となった。印欧語の*gwh, *gh, *dh, *bhがg, d, bになった。語頭の*gw-がラテン語ではwになった（venio, ゴート語qiman, 英語come, ドイツ語kommen）。動詞はinfectum（不完了）とperfectum（完了）が対立し、fac-（作る）、fēc-（作った）となった。受動態-r（amor "I am loved"）はsequor "follow"（フsuivre）にも見える。Cicero時代（紀元前106-43）のラテン語のアルファベットはa, b, c, d, e, f, g, h, i, k, l, m, n, o, p, q, r, s, t, v, xの21文字だった。便宜上小文字で書いたが、すべて大文字であった。Augustus（紀元前63年から紀元後14年）にギリシア語を転写する必要上yとzが導入された。iとuは母音としても子音としても用いられた。iuuenis=juvenis. ワインはギリシア発（oinos＜woinos）だが、ラテン語vīnum（ウィーヌム）を通して全ヨーロッパに、アメリカに、日本にも広まった。嗜好品は国境を越えて、全世界に広まる。コーヒーはアラビア語から。

learned words（or bookwords 学術語）vocabulary（word-book）, dictionary（word-book）は学術語だが、日常語になった。ドイツ語Wörterbuch（words-book）は、J.Grimmによると、1729年、低

地ドイツ語woordenboek（オランダ語と同じ）の辞書に用いられ、スウェーデン語ordbok ウードブックになり、フィンランド語sana-kirja（sana サナ word, kirja キルヤ book）「辞書」となった。ロシア語slovar' スラワーリはslovo スローヴォ 'word' の集合名詞。

Lechic（レヒ語）西スラヴ諸語（ポーランド語、カシューブ語、スロヴィンツ語）の総称。tret, tlet > tert, telt. 鼻母音が残る。

Leite de Vasconcellos, José（ジョゼ・レイテ・デ・バスコンセーリョス、1858-1941）ポルトガルの言語学者。Lisbon大学で言語学の教授。考古学、民俗学、フォークロア、言語学、文学に関心と知識が深く、O archeologo portughese, Revista lusitanaを編集。Tradições populares de Portugal（1882）, Religiões da Lusitania（1897-1913）など。

Lemnian（レムノス語）ギリシアのレムノス（Lemnos）島で発見された2個の碑文の言語。前6世紀、ギリシア文字で記されているが、まだ解読されていない。エトルリア語に似た単語が見られる。

Lepontic（レポント語）北イタリアのレポント・アルプスLepontine Alpsで発見された80個の碑文の言語。Krasani-kna, Meteli-knaの-knaはガリア語のTruti-knos（*gena-「…の子供」）を思わせる。Lepontoアルプスはラゴ・マジョーレ Lago Maggiore, ルガノ湖Lago di Lugano付近で発見された。Lepontii はケルト・リグリア系民族。Sapustai-peの-peはギリシア語-te, ラテン語-que.

Lepsius, Karl Richard（カール・リヒャルト・レプシウス、1810-1884）ドイツの言語学者。Denkmäler aus Ägypten und Äthiopien（1849-1859）; Nubische Grammatik（1890）.

Leskien, August（アウグスト・レスキーン、1840-1916）ドイツの言語学者。1869年、A.Schleicherのあとを継いでGöttingen大学教授、のちLeipzig大学教授。Die Deklination im Slavisch-Litauischen und Germanischen（1876）. Handbuch der altbulgarischen (altkirchenslavischen) Sprache (1871).『古代ブルガリア語（古代教会スラヴ語）ハンドブック』（初版1871, 第8版1962, 364頁）は100年以上も欧米の教科書として使われてきた。1-177文法、178-261テキスト、語彙265-351, 文献補遺352-355, 変化表356-362, Syntax補遺175-177, p.364.

Lettish or Latvian（ラトビア語）バルト諸語（Lithuanianとともに）の一つで、リトアニア語のほうが古形を保っている。ラトビア語はドイツ語の影響でアクセントが語頭にくる。アクセントが語頭にきたため、語尾が弱化した。リトアニア語のsi, zi (palatalized s, z) がラトビア語š, žとなった。第一次世界大戦後、ラトビアは独立国となった。

Leumann, Ernst（エルンスト・ロイマン、1859-1931）スイスの言語学者、文献学者。1884-1918年、Strassburg大学、1919以後Freiburg大学教授。Turfanで発見された仏教文学Buddhistische Literatur; nordarisch und deutsch (1920), Maitreyasamiti, das Zukunftsideal der Buddhisten; die nordarische Schilderungen in Text und Übersetzung, mit einer Begründung der indogermanischen Metrik (1919), Das nordarische (sakische) Lehrgedicht des Buddhismus (published in 1933-1936 by his son Manu Leumann).

Leumann, Manu（マヌ・ロイマン、1889-1977）スイスの言語学者。Ernst Neumann（上記）の息子。1927年、Zürich大学教授。Sakische Handschriftproben (1934). Homerische Wörter (1950). ラテン語の文法で有名なStolz und Schmalzの改訂（with J.B. Hofmann）。

Lévi, Sylvain（シルヴァン・レヴィ、1863-1935）フランスのインド学者。インド文学と宗教。Le théâtre indien (1890), Le Népal (3 vols. 1905-1908), Un système de philosophie bouddhique (2 vols.1907-1911). Sanskrit, Pāli, Tibetanを完全に知っており、中国語、日本語もできた。

Lévy, Emil(エミール・レヴィ、1855-1917)ドイツの言語学者。Provence 語が専門。Heidelberg, Berlin で Adolf Tobler のもとで研究。1883年、Freiburg 大学教授。すべてのロマンス語に通じていたが、研究はプロヴァンスの言語と文学に集中した。

Lewy, Ernst(エルンスト・レーヴィ、1881-1966)ドイツの言語学者。Leipzig で Eduard Sievers, Berlin で Wilhelm Schulze, F.N. Finck のもとで研究。チェレミス語文法(1922)、モルドウィン童話(1931);Der Bau der europäischen Sprachen(Dublin 1942; 第二次世界大戦中、ナチスの迫害で追われ、Dublin に逃れた;第2版 Tübingen, 1964, 108pp.)は18のヨーロッパ諸語を地理的・類型的に5つの地域 atlantisch, central, balkanisch, östlich, arktisch に分ける。ラテン語 capitis(頭の)とフランス語 de la tête を比べると、ラテン語は概念(頭)・類(文法性)・格(属格)の三つの要素が総合的に表現されているのに対し、フランス語ではそれぞれが別々に表現されている。これを Lewy は Flexionsisolierung(屈折孤立化)と呼び、ヨーロッパ言語史、すなわち、ヨーロッパ精神史(europäische Geistesgeschichte)にとって重要な考え方であるとしている。ドイツ語 des Kopfes においては属格が冠詞と名詞の両方に繰り返されている点で、屈折語(flektierende Sprache)の特徴を示し、ラテン語とフランス語の中間状態にある。一方、英語 of the head はフランス語の類(名詞類 Nominalklasse すなわち文法性)がなくなっており、文法形式の単純化がさらに進んでいる。英語やフランス語のような表現形式は、多かれ少なかれ、近代ヨーロッパ諸語に見られ、とくに大西洋地域(atlantisches Gebiet)に顕著である。英語 the King of England's Palace(英国王の宮殿)、the man I saw yesterday's house(私が昨日会った人の家)の所有の -s に見られる。Lewy は言う。ヨーロッパの歴史はヨーロッパ印欧語化の歴史である(Die Geschichte Europas ist die Geschichte seiner [=Europas] Indogermanisierung, §369)と。印欧語

化はヨーロッパの各地で起こる。その原因はラテン語とキリスト教の普及である。1966年、この本を携えてボン大学を歩いていると、ドイツ人の友人が、著者Lewyを見てユダヤ人だな、と言った。小論集Kleine Schriften, Berlin 1961がある。

lexicography（辞書編集学）The Oxford English Dictionaryは41500語を収容し、Funk and Wagnall's Dictionaryは45万語を、Webster's New International Dictionaryは55万語を収める。しかし日常生活で用いられる語彙は、ずっと少ない。新聞は3000語か4000語で読めるし、2万語以上を用いる作家は少ない。フランスのAcadémie Françaiseの辞書は3万語で、ずっと実用的だ。Grimm兄弟のドイツ語辞典Deutsches WörterbuchはA第1巻AからBiermolkeまでとB,C,E,FもJacob、DはWilhelm.兄弟没後多数の専門家により32巻が1961年に完成し、1985年Grimm兄弟生誕200年記念出版33巻（第33巻は資料出典）。その改訂版が1983年以後、Berlin-Göttingenの2チームにより続けられる。

　ラテン語など、死語の辞書はthesaurus（treasure）と呼ばれる。Thesaurus linguae latinae（E. Wölfflin, 1900-）は、いまも進行中である。ギリシア語Thesaurus linguae graecae（1572）はHenry Stephanusにより完成され、何版も出版された。それをも含めたギリシア語・英語辞典Greek-English LexiconがH.G.LiddellとR.Scottにより1940年に完成した。中世ラテン語はDu CangeのGlossarium ad scriptores mediae et infimae latinitatis（1678）がある。対訳辞典（bilingual dictionary）の初期のものにA World of Words（English-Italian, 1598）by John Florioがある（著者はMontaigneの訳者）。その新版はQueen Anna's New World of Wordsと書名を変えて、1559年、1687-1688年に出版された。この辞書はShakespeareの作品も入れている。

　辞書編纂はconcordance編纂につながる。これは作品に用いられた単語をすべてアルファベット順に配列し、その引用個所を明

示する。古くは聖書のテキストに始まり、ギリシア、ローマの作家、Shakespeare, Goetheの作品に続く。この分野ではアメリカの学者が鋭意活躍中である。この項目、Bonfanteは、本当に「すごい」の一言に尽きる。上記は6分の1の縮訳である（Grimmは下宮補）。

Ligurian（リグリア語）古代リグリア人の言語。リグリア人の居住地域はイタリアの北西部、Liguria, Piemonte, Lombardiaとフランスの南東部である。Rhône川はリグリア人とイベリア人の境界であり、Arno川はリグリア人とエトルリア人の境界である。地名語尾 -scoはBergamasco, Monegascoに見られ、Bergamo, Monacoと区別される。D'Arbois de Jubainvilleはこの地名をイタリア北東に24個（その20個はローヌ谷）、20個はCorsicaに（西暦1世紀のSeneca）、12個はイベリア半島に見る。ほかに -asco, -ascaが地名Neviasca, Tudelasca, Veraglasca, Vinelascaに見られる。単語atrusca, labrusca（イタリア語lambrusca）, asinusca, rubusculusがラテン語に進入し、直接、ロマンス諸語にも入っている。

Lindsay, Wallace Martin（ウォラス・マーティン・リンゼイ、1858-1937）英国のラテン語学者、文献学者。1880-1899年、Oxford大学でラテン語を教えた。The Latin Language（1894）があり、A Short Historical Latin Grammar（1895, 1915²）は224頁、iter, itineris, volo, vis, vult, lego, legis, legit, magnificus, magnificentior, circum, by-form circaなどの不規則を説明する。

lingua franca（リンガ・フランカ）通商語、共通語。多様な言語が行われる地域で、伝達に便利なように、共通に用いられる言語。中世ヨーロッパで広く行われたラテン語、アフリカ東部地域で話されるスワヒリ語、イスラム地域で広く用いられるアラビア語などを指す。現代のヨーロッパで英語が最も広く共通語としての役割を果たしているのと同じである。lingua francaはイタリア語で「フランク人（ドイツ人）の言語」の意味だが、langue française

「フランス語」の意味で使われる。

lingua franca（リングワ・フランカ；sabirとも呼ぶ）。地中海地域に通商に用いられる混成語。アラビア人、トルコ人との交渉に用いられ、アラビア語ではlisān al-ifrangと呼ばれる。アラビア語usif（黒人奴隷）, bezef ("much"), rubié "spring", rai "shepherd", mabul "crazy". 人称語尾の変化をさせず、不定詞と用いて、mi mangiar "I eat", mi andar "I go", 過去は過去分詞を用いてmi andato "I have gone", mi sentito "I have understood" としたり、bisogno "it is necessary", 名詞の複数形を単数の意味に用い、あるいは逆に、detti "finger", genti "man", sordi "money". 対格は前置詞perを用いてmi mirato per ti "I have seen you". 動詞 "to be" は star（questo star falso これは間違っている）, no star tardi（遅くはない）, mi star morto（おれは死にそうだ）などと言う。

linguistic alliance（言語連合：ドイツ語Sprachbund, イタリア語lega linguistica）英語とフランス語、フランス語とドイツ語は、起源が異なるが、隣接状態（adstratum）のために、影響しあう。英語I have writtenはフランス語j'ai écrit, またドイツ語ich habe geschriebenはフランス語j'ai écritを模倣し、現在完了の用法を拡充させた。I have a bookやich habe ein Buchの不定冠詞の発達も、フランス語j'ai un livreの書き方を模倣したものである。N.S. Trubetzkoy (1928)の用語「バルカン諸語の言語連合」（balkanischer Sprachbund）はブルガリア、アルバニア、ルーマニア、ギリシアに見られ、不定詞の消失、後置定冠詞（postposed article）が共通に見られる。ブルガリア語žena-ta "the woman", アルバニア語mik-u "the friend", ルーマニア語amic-ul "the friend".

linguistic evolution（言語の発達）ラテン語amāverōのような単純形が英語I will have lovedのように4語（フランス語はj'aurai aiméで2語）で表現されるのは言語の堕落（decay of language, Max Müller）と呼んだが、デンマーク、コペンハーゲン大学の英語学

教授Otto Jespersenイェスペルセンは逆に進歩progressと呼んだ（Progress in language, 1894）。その理由は次の6点である。
1. 語形が短い。筋肉の運動が短く、発音の時間が短くなる。
2. 記憶の負担が小さくなる。
3. 単語の形（変化形）が規則的である。
4. 統辞法（syntax）が、より少なくなる。
5. 分析的な表現法が表現をより豊かにする。
6. 繰り返される文法の一致（ラ bonus filius, bona filia）が不要になる（superfluous）。

　ロシアの言語学者Roman Jakobsonは言う。英語はmy friendだが、ロシア語は友人が男moj drugか女moja podrúgaかを言わねばならず、ドイツ語もmein Freundかmeine Freundinだ。フランス語はmon ami, mon amieで、会話では、発音の区別がつかない。

linguistic family（語族）言語は語族で分類される。印欧語族、セム語族、ウラル語族など。北アメリカも、南アメリカもアメリカン・インディアン諸語（American Indian languages）と総括されて、部分的に語族に分けられるが、印欧語族のようには分類されていない。日本語はアルタイ諸語の中に入れられるが、日本語と朝鮮語の関係さえも、まだ、系譜関係（genetic relationship）が確立していない。英語はmixed languageと呼ばれる。英語の中に大量のフランス語が1066年以後、流入したからだ。I workedは英語だが、The workers laboredと言えば動詞はラテン系である。

linguistic geography（言語地理学）言語とその話される地域は国境と一致しない。DanteのDe vulgari eloquentia（1302-1305ごろ）は、すでにイタリア語の方言を分析している。言語地理学の創始者はフランス・スイスのJules Gilliéron（1854-1926）である。そのAtlas linguistique de la France（1902）は、諸国の言語地図の模範となり、イタリア、カタロニア、ルーマニア、デンマーク、アメリカの地図が作られた。ジリエロンの言語地理学はイタリアの

Matteo Bàrtoli, Giulio Bertoniのneolinguisticsを生んだ。

linguistics（言語学）近代言語学はイギリスのSir William Jonesのサンスクリット語、ギリシア語、ラテン語の文法変化の類似の発見（1786）に始まる。Franz Bopp, Karl Brugmannらによって印欧語比較文法が完成された。20世紀になってソシュール（1916）は言語の構造を重視した。pはbと対立（pill：bill）、pはt, kと対立（pill：till：kill）、pはmと対立（pill：mill）、nと対立（pill：nil）、rと対立する（pill：rill）。ゼロと対立すればpill：illとなる。これらをTrubetzkoyを音韻論的対立（phonologische Gegensätze, oppositions phonologiques）と呼んだ。数（number）に関しては、印欧諸語は単数、双数、複数を区別するが、日本語は「2冊の本」two books,「2軒の家」two houses,「2人の子供」two childrenのように名詞は同じだが、分類辞（classifier）が異なる。（下宮補）

linguistique, la, n'est pas science de pain（Sprachwissenschaft ist keine Brotwissenschaft（cf.Meier-Brügger, Berlin, 2000）言語学はパンを食べられる学問ではない。

Lithuanian（リトアニア語）印欧語族の中のバルト語派の一つ。リトアニア共和国内の300万人に話される。その他、アメリカに40万人のリトアニア系住民がいる。古い語形がよく保存されていて、印欧祖語に近い様相を示し、印欧語比較文法に重要な資料を提供する。acutus, gravis, circumflexusの3種のアクセントをもち、ロシア語のアクセントと同様、複雑に移動する。格は7つあり、男性、女性（中性は消失）の文法性がある。výras（ヴィーラス；夫、男）の呼格výreの-eはラテン語domine!（主よ）の-eと一致する。

Littré, Maximillian Paul Emile（エミール・リットレ、1801-1881）。フランスの作家、文献学者。1839年、Académie des Inscriptionsに選出された。Dictionnaire de la langue française（Paris 1863-1872, 4 vols. supplements 1878）に大部分の勢力を注いだ。ダンテのInferno を古代フランス語に訳した。

Luwian（ルーウィ語）。紀元前2千年紀の後半にアナトリア南部で話されていた印欧語。ヒッタイト帝国の首都Hattushahハットゥサ（トルコのBoghasköy「山の峠」）の文書庫で発見された。ルーウィ語はヒッタイト語に近い。

Lycian（リュキア語）アナトリアの強大なリュキア人の言語で、ホメロスの「イリアス」で大きな役割を演じている。199個の人名、地名に残る。19世紀に発見された。cbatra "daughter", miñti "mind", ter "hand"（ギリシア語kheír）, 数詞 tbi "two", tri- "three", kadr "four", setteri "seven", aitãta "80". リュキア語はsatem語であるらしい（ヒッタイト語と同様）。リュキア語sñta（ラテン語centum）、tasn（?）（ラテン語decem）, esbe（ラテン語equus）, ギリシア語完了一人称単数-ka.

Lydian（リューディア語）アナトリア（現在トルコ）諸語の一つ。小アジア西部海岸の古代国Lydia（首都Sardes）の言語。資料は100個ほどの墓碑銘、貨幣の刻銘（前5~4世紀）で、taada-（父）、ena-（母）、esa-（孫、子孫）など、前二者はLycianに似ている。

M（文字）唇音p,b,mの一員として安定しているが、ラテン語の語尾sum, tumがnになったり、消えたりする。フランス語compte（計算）, comte（伯爵）はconte（物語）と同じ音になる。

Macedonian（**Ancient**）古代マケドニア語。アレクサンダー大王（前356-323）の言語で、ギリシア語から大きな影響を受け、ギリシア語化した。固有名詞と約140個の語彙に伝えられる。マケドニアは「高地、台地」の意味。印欧語根*mak-(cf.macro-)。ポリュビオスPolybiosの歴史は、ギリシア語とイリュリア語は非常に異なるので、通訳なしには相手が理解できない、と述べている。

Macedonian（**Modern**）現代マケドニア語。南スラヴ語の一つで、ブルガリア語に近い。1943年、マケドニア共和国の公用語とし

て承認された。マケドニアのほか、ブルガリア、ギリシア、アルバニアの一部に130万人に話される。教会スラヴ語のǫがaとなる。rǫka「手」、pǫt'「道」がraka, patとなる。また、アルメニア語と同じく定・近・遠の3種の後置定冠詞がある。kniga-ta "the book", kniga-va "the book here", kniga-na "the book overthere".

magic glove（魔法の手袋；ロシア民話）ロシアの冬は寒いです。魔法の手袋が片方だけ雪の上に落ちていました。リスがそれを見つけて、中に入ってみると、とても暖かい。ウサギが入って来ました。ぼくも入れてね。うん、いいよ。これは暖かい。イヌ、サル、キジ、ヒツジ、ヤギ、ゾウ…だんだん大きな動物が入って来ました。でも手袋は破けません。おなかがすくと、それぞれ、外に食べ物を探しに出かけ、食べて、水を飲んで、帰って来ました。そして、みんな、面白いお話を聞きながら、楽しく暮らしました。

magic mill（魔法のひき臼；ロシア民話）

おじいさんとおばあさんが住んでいました。ある日、マメを焼いて食べていましたが、マメが一つぶ、ころがって、床下に落ちてしまいました。マメは地面に落ちて、芽を出して、伸び始めました。おじいさんは床（ゆか）に穴をあけて、芽を伸ばしてやりました。マメの木は、グングン伸びて天井にまで達しました。おじいさんは天井に穴をあけてやりました。マメの木は、グングン伸びて、雲の上まで達しました。おじいさんはマメの木に登り、雲の上にやって来ました。

おじいさんが雲の上に来ると、マメの木の上に金色のトサカ（crest）のあるオンドリが、ひき臼（mill）の上に止まっています。おじいさんはオンドリとひき臼をかかえて、マメの木を降りて、小屋に戻りました。おばあさんが待ちかまえていました。「いいおみやげがあるよ」とおじいさんが言って、ひき臼を見せました。おばあさんがひき臼を回すと、パンケーキが出てきました。もう一度まわすと、またパンケーキとパイが出てきました。二人は、

もう食事に困ることはありません。

　ある日、王さまが馬車に乗ってやってきました。「おなかがペコペコだ。何か食べ物はありませんか」。おばあさんが、パンケーキでよろしければ、ありますよ。王さまは喜んで、食べました。話を聞いた王さまは「そのひき臼を売ってくれませんか」。「いいえ、とんでもございません。お金をだしても、売れません」。王さまは、夜の間に、家来に言いつけて、ひき臼を盗んでしまいました。しかし、魔法のひき臼は、おじいさんとおばあさんのところに、逃げて帰ってきました。

Marathi（Marāṭhī, Mahrāthī, マラティー語）インド最南端の言語で2700万人に話される。その位置から、と政治的自立から、近代インド語の中では中央部からの改新（innovation）を逃れてきた。ペルシア語、アラビア語からの借用語が少ない。中性単数主格 -am（< -um）、所有代名詞 mahāra, tuhāra, amhāra, tohāra, 二人称単数 -ahi（< -asi）、複数 -ahu（-aha）. ドラビダ語の影響がみられる。

Marstrander, Carl（カール・マルストランデル、1883-1965）ノルウェーの言語学者、ケルト語学者。1907年Irelandで、1919-1922年Bretagneで、1929-1932年Isle of Manでフィールドワークを行った。1908年Irish School of Learning（Dublin）教授。1909年雑誌Eriuを創刊、Irish Royal AcademyのIrish Dictionary編集。1913年Oslo大学のprofessor of Celtic languages、1928年ノルウェー言語学雑誌Norsk Tidsskrift for Sprogvidenskapを創刊。

Martinet, André（アンドレ・マルティネ、1908-1999）フランスの言語学者。ヨーロッパ構造言語学の完成者と呼ばれる。第二次世界大戦前のプラーグ学派の最後のメンバーと称され、1947-1955年アメリカColumbia大学の一般言語学教授、1955年以後Paris大学（Sorbonne大学）一般言語学教授。ヨーロッパの構造言語学とアメリカの構造言語学から吸い上げて、巧みに、一本にまとめあげたÉléments de linguistique générale. Paris, 1960, 1986[9];

224pp.（三宅徳嘉訳『一般言語学要理』岩波書店, 1972, 14 + 325頁）。これはMartinetが1958-1959年度にSorbonne大学で行った一般言語学の講義である。Saussureの場合と異なり、講義録を自分で出版できたのは、幸いであった。

次の6章からなる。第1章：言語学、言語活動および言語；第2章：言語の記述；第3章：音韻分析（音要素の機能、音素論、韻律論、境目をつける、音韻単位の利用）；第4章：表意単位（言表の分析、記号素の階序、拡張、合成と派生、記号素の類別）；第5章：特有言語と言語慣用との多彩；第6章：言語の進化（社会変化と言語変化、言語の経済、情報、頻度および費用、単位の質、音韻体系の力学。Martinetは人間の言語を他のあらゆるコミュニケーションの体系（モールス信号、交通標識、地図上の山・川・鉄道など）から区別する特徴を人間言語の二重分節性（la double articulation du langage）に見る。この考えは最初L. Hjelmslevの生誕50年に捧げられた記念論文集Recherches structurales, Travaux du Cercle Linguistique de Copenhague 5, 1949に発表された。たとえば、「私は頭が痛い」のフランス語j'ai mal à la têteは、je, ai, mal, à, la, têteという6個の意味を担う最小の単位（unités significatives minimales）である記号素（monèmes）に分析される。このような記号素への分析を第一次分節（première articulation）と言い、記号素を音素（phonème）に分析することを第二次分節（deuxième articulation）と言う。その際、tête（頭）のような記号素は、これをさらにtêとteに分析することはできない。なぜなら、このtêやteは何の意味内容をもっていないから。次に、このtêteをtètと表記して考えると、/t/ や /è/ や /t/ は、それ自体は意味をもっていないが、/bèt/（bête獣）、/tãt/（tanteおば）、/tèr/（terre土地）などと区別する働きをもつ。このように、発話は第一次段階で少数の記号素に分析され、第二段階で記号素が少数の音素に分析される。逆に言えば、言語によりその数は異なるが、

通常20ないし40の音素が数百から数千の記号素を作り、それらが無数の文を作る。これを言語の二重分節（double artiulation）と呼ぶ。これが人間言語の最大の特徴である。

この記号素は語（mot）とは異なる。フランス語travaillons（われわれは働く）という語の中にtravaill- /travaj/ と -ons /õ/ という2個の記号素がある。伝統的にはtravaill- を意義素（sémantème）と呼び、後者-onsを形態素と呼ぶが、それは意義素だけが意味を担い、形態素は意味をもたないような感を与えるので不正確である。記号素を区別する必要がある場合には、travaill-のほうを語彙素（lexème）、-onsのほうのみを形態素（morphème）と呼ぶのがよい。travaill-は、不定詞語尾-erを付してtravaillerの形で辞書に登録され、-onsのような形態素は文法の中で取り扱われる。

第6章は通時言語学（diachronic linguistics）に相当する部分であるが、従来のものに比べて、取り扱い方が非常に異なっている。Bloomfieldのような包括さはない。音韻変化、文法変化、語彙変化、意味変化という類のものではなく、言語変化の原理の諸相を述べたものである。通時言語学の概念である分岐（ぶんき）と収束（divergence and convergence）は第5章で扱われている。MartinetはRoman Jakobsonと並んで、音韻変化に構造的な原理を見出した最初の学者であった。この通時音韻論の集大成がMartinet, Économie des changements phonétiques. Traité de phonologie diachronique（1955）であり、共時言語学の論文集がLa linguistique synchronique（1965, 1970³）である。ほかにA Functional View of Language（1962）がある。

Martinetは上記Éléments de linguistique généraleの中で、スペイン語mucho [mutʃo] を録音して、逆回転して [oʃtum] とできればch [tʃ] を2個の子音と考えることができる、と述べている。その実験はしていないが、逆回転という発想が新機軸ではないか。

Meillet, Antoine（アントワーヌ・メイエ、1866-1936）フラン

の言語学者。フランスの 'sociological' linguistic school を代表した。言語と社会の関係を重視した言語史は Esquisse d'une histoire de la langue latine（1928）に見られる。Meillet の有名な言葉に une langue constitue un système où tout se tient（言語は、すべてが関わりあっている表現手段の体系である）がある。主著 Introduction à l'étude comparative des langues indo-européennes（Paris, 1903, 1937^8, 14 + 516pp.）を泉井久之助は3冊読みつぶし、4冊目を読んでいる、と書いている。Meillet を尊敬してやまなかった泉井は Meillet の歴史言語学と一般言語学の論集 Linguistique historique et linguistique générale（2巻, Paris, 1921, 1935, 1952, 1958, 1975, 334pp.；234pp.）の書名を借りて、自分の論集に『一般言語学と史的言語学』（大阪、増進堂、1947, 444頁）の書名をつけた。ここに京都大学卒業論文「印欧語における infinitive の発達」1927が収められるのは将来の大成への約束がすでに見られる。印欧語は、本来、男性の屈折（inflection）と女性の屈折の区別はなかった。pater の語形変化は māter の語形変化と同じであり、女性名詞 fāgus（ブナ）の変化は男性名詞 lupus（オオカミ）と同じである。ギリシア語 híppos は雄馬も雌馬も指し、定冠詞 ho, hē で区別される。男性・女性・中性の3性区別よりはむしろ、有生物・無生物（animé-inanimé）の区別が本源的であり、有生物の下位区分として男性・女性が生じた。「雌馬」を表すサンスクリット語 áśvā やラテン語 equa は二次的な発達である。印欧語には「水」と「火」を表すのに有性と無性の2類があり、「生きている水」「流れている水」「水の神」「神聖な水」はサンスクリット語 āpaḥ（女性複数；cf.Punjab 五つの川の地方）だが、物としての「水」は udán-（無生＝中性；ギリシア語 hýdōr も同様）、「火の神」「生きている火」はサンスクリット語 agniḥ, ラテン語 ignis で、ともに男性、「物」としての「火」はギリシア語 pyr, ドイツ語 Feuer のように中性であった。比較言語学においては、語形は似ているが語源の異

なるもの、語形は似ていないが語源が同じもの、に注意しなければならない。ドイツ語ich habeとラテン語habeo（I have）は、形は似ているが、前者の語根は*kap-「捕らえる」（ラテン語capere）、後者は*ghabh-（ドイツ語geben）である。

Meilletの『歴史言語学と一般言語学論集』第2巻1936は言語学者の伝記Ernest Renan, Ferdinand de Saussure, Vilhelm Thomsen, Robert Gauthiot, Louis Havet, Maurice Cahen, Michel Bréalを収めている。

Antoine Meilletはソシュールについて語る。彼は全く天才的な素質があった。驚くべく精密な技術家であり、その筆舌にのぼる言語は純正簡潔であり、彼の授業といえば、講義はさながら芸術品であると言っていいくらい芸術的であった。1889年、ソシュールはジュネーヴに去るにあたり、私（メイエ）に後任を託した。翌日から私は昨日までの学友の前に立って講義をしなければならぬことになった。開講第一の講義は、ほとんど、人の聞いて分からぬほど圧縮したものであった。1890-1891年にかけてソシュールはふたたびパリに講義に来た。私はウィーンに立ち寄ったあと、コーカサスに旅立った。アルメニア語を研究するためである。ウィーンにはRudolf Meringerがいた。パリに帰ると、エコル・デ・オット・デ・ゼチュッド（高等学院）に職を得た。25歳であった。年俸2000フラン（2000万円）であった。このパラグラフは、フレデリック・ルフェーヴルとの対話。小林英夫『言語と文体』（三省堂1937, p.310-311）。 Meilletの著作に『古代アルメニア語入門』Heidelberg, 1913, reprint 1980, がある。これはHeidelbergのCarl Winter社から出ていた叢書『印欧言語学叢書』Indogermanische Bibliothekのために編者W.Streitbergがメイエに執筆を依頼したものである。

Meinhof, Carl（カール・マインホーフ、1857-1944）ドイツの言語学者。アフリカ諸語が専門。1905-1909年、BerlinのOrientalisches

Seminarで、1909年以後はHamburgのKolonialinstitutで教える。Grundriss einer Lautlehre der Bantusprachen（1899）, Grundzüge einer vergleichenden Grammatik der Bantusprachen（1906）, Die Sprachen der Hamiten（1912）, Die Entstehung flektierender Sprachen（1936）. アフリカの詩についてもDie Dichtung der Afrikaner（1911）, 宗教についてAfrikanische Religionen（1912）がある。

Mencken, Henry Louis（ヘンリー・ルイス・メンケン、1880-1956）アメリカの新聞記者。The American Language（1918）

Menéndez Pidal, Ramón（ラモン・メネンデス・ピダル、1869-1968）スペインの文献学者、言語学者。1899年、Madrid大学教授。1910年、Centro de Estudios Históricosを創設し、スペインの言語学者、文献学者を育てた。スペイン中世の歴史、文学、言語の研究で第一人者であった。El cantar de mio Cid（3巻, 1908-1911）, El romancero español（1910）, La España del Cid, 2 vols. 1930, 1943^2（英訳London, 1934）, Historia de España（3 vols. 1935-1947）。言語学の分野ではManual de gramática histórica española（1904, 1944^7）, Orígenes del español（1926, 1950^3）.

Meringer, Rudolf（ルードルフ・メーリンガー、1859-1931）オーストリアの言語学者。ウィーン大学助教授の時代に書いたIndogermanische Sprachwissenschaft（Sammlung Göschen, Leipzig 1897, 136pp.）は、それ以後のHans Krahe（1943）と異なり、一般言語学的な考察を種々含んでいる。Charcot's Schema（連合中枢Associations-Centrum：視覚・聴覚・書記中枢・言語中枢の図式）のほかKultur und Urheimat der Indogermanen（これもH.Kraheにはない）の一節を書いている。1909年、雑誌Wörter und Sachen（語と物）を発行（17巻, 1909-1936；協力者　W.Meyer-Lübke, J.J. Mikkola, R.Much & W.Murko）。物があれば、それを表す単語があったはずである。こうして、言語学は先史時代の牧畜、農業、牛、羊、馬、畑、ライ麦、などの印欧語根を作り、この分野は、

のちにOtto Schraderにより完成された。

metathesis（音位転換）OE bridd＞ME bird, OE thridda＞ME third, OE hros＞Mod E horse（ドイツ語Ross＜hross）；ModE 初期hunderd＞hundred（ドイツ語hundert）．筆者の娘が5歳のとき、ヘリコプターをヘリポクターと言った。発音器官の順序でp（唇音）の位置はk（硬口蓋）の位置よりも前にある。

Meyer, Gustav（グスターフ・マイヤー、1850-1900）ドイツの言語学者、アルバニア語の専門家。Breslau大学でギリシア語とラテン語の研究に専念した。1876年、PrahaでPrivatdozent, 1877年オーストリア・グラーツGraz大学の印欧言語学教授。Griechische Grammatik（1880）は長い間、standard workだった。主著Kurzgefasste albanesische Grammatik（1888）, Etymologisches Wörterbuch der albanesischen Sprache（1891）は、その後のアルバニア語研究の基礎となった。イタリアのアルバニア植民地をフィールドワークし、アルバニア語とトルコ語におけるイタリア語の要素、イタリアのフォークロアを研究した。Graz近郊のFeldhofの精神病院（insane asylum）で亡くなった。

Meyer, Paul（パウル・マイヤー、1840-1917）フランスの文献学者、言語学者。Anglo-Norman, Old French, Provençalのテキストを出版。La chanson de la croisade contre les Albigeois（1875-1879）, Alexandre le Grand dans la littérature française du Moyen Âge（1886）. G.Parisと雑誌Romania（1982）を創刊。

Meyer-Lübke, Wilhelm（ヴィルヘルム・マイヤー・リュプケ、1861-1936）ドイツのロマンス語学者。Zürich, Berlin, Parisに学び、1890-1915年Wien大学教授、1915-1935年Bonn大学教授。教え子の一人Matteo Bàrtoliは彼をロマンス語学者のprinceと呼んだ。Romanisches etymologisches Wörterbuch（Heidelberg, 1911, 1972^5; 31 + 1204頁）はラテン語見出しで1-9635a, 追補9637-9721の番号順にラテン語およびそれに由来するロマンス諸語を掲げている。

pulcher（美しい）のような古典ラテン語のみの場合は、見出し語に出ていない。pp.815-1204は索引。ここに掲げられている約1万語のうち、3000語はラテン語以外の起源であり、1600語がアステリスク付き、6000語がすべてのロマンス諸語に継承されている。Stefenelli（1992）によると7000語。

Migliorini, Bruno（ブルーノ・ミリョリーニ、1896-1975）イタリアの言語学者。1938年、Firenze大学、イタリア語の歴史の教授。主著はDal nome proprio al nome comune（1927）, Lingua contemporanea（1938）, Lingua e cultura（1947）. 雑誌Lingua nostra創刊（1939）。Storia della lingua italiana（1960）.

mikan（蜜柑）芥川龍之介の短編。私は横須賀発横浜方面行きの電車に乗っていた。夕暮れ時で、私が乗っている2等車には、乗客はだれもいなかった。17:00 発車間際に、一人の女の子があわただしく乗ってきて、私の向かい側の席に座った。13, 4歳の、しょぼくれた上着を着て、大きな風呂敷包みを抱えていた。その風情が気に入らなかったし、見ると、手に3等切符を持っているではないか。当時は、1等、2等、3等の三種類の客車があった。隧道（トンネル）を出ると、踏切があり、女の子が窓を開けると、踏切の向こう側に男の子が三人、手を振っている。その男の子たちに向かってミカンを5, 6個投げた。そうか、男の子たちは、奉公に出る姉を見送りに来たのだ。お姉ちゃん、行ってらっしゃい、元気でね、と。見送りに来てくれたお礼にミカンを投げたのだ。そして、お父さんお母さんをよろしくね、と姉が言ったのだ。

Miklosich, Franz（フランツ・ミクロシチ、1813-1891）オーストリアの言語学者。Wien大学スラヴ学教授。『スラヴ語比較文法』4巻（1876；下記参照）の著者。そのロシア語訳（Moskva, 1884-1887）。Lexicon palaeoslovenico-graeco-latinum emendatum auctum, Vindobonae, 1862-1865. A. LeskienのようなJunggrammatikerにより時代遅れとなったが、資料は貴重なまま残る。Vergleichende Grammatik der slavischen Sprachen（4巻, 1852-1875, 合計2578頁）。Etymologisches Wörterbuch der slavischen Sprachen, mit Berücksichtigung der anderen indogermanischen Sprachen und Dialekte. Wien 1886, reprint Amsterdam, Philo Press, 1970, viii + 548頁。Dictionnaire abrégé de six langues slaves. St.Petersburg & Moscow 1885.

著者を顕彰したMiklosichgasse（1954）がウィーンのFloridsdorf（21.Bezirk）にある。

Milewski, Tadeusz（タデウシュ・ミレフスキ、1906-1966）ワルシャワ大学教授。Językoznawstwo（言語学；Warsaw, 1969）をMarsza Brochwiczがポーランド語から英語に訳してIntroduction to the Study of Language（The Hague & Paris, Mouton, 1973, 204pp.）を出版した。言語類型論（linguistic typology）的な扱いが随所に見られる。音韻類型論の章では、アランダ語Aranda（オーストラリア）とハワイ語は音素がわずか13個であるために、形態素の平均の長さが4音素であること、逆に北コーカサス諸語（ラクLakh, アルチArchi, アドゥゲ・カバルディAdyghe-Qabardi, ウビフUbykhの諸語）は45個から75個もの音素をもつために、形態素の長さは1.25音素から1.40音素であること、現代ヨーロッパ諸語は、その中間で25音素から40音素の理想的な体系をもっている。12個から20個の音素は少なすぎて、長い形態素を必要とするので、その種の言語は減少し、逆に45個から75個の音素は、過多体系（overloaded system）として、聴覚・認知に負担をかけるため、減少しつつある。その中間の20個から45個の理想的な音素体系が広まりつつある。数詞は20進法よりは10進法が好まれ、指示代名詞はラテン語の3項体系（hic-iste-ille）よりは英語などの2項体系（this-that）が普及しつつある。

アニ・オトウト・アネ・イモウトのハンガリー語はbátya, öccs, néne, húgで日本語の区分けと一致するが、英語はbrother, sister, ドイツ語もBruder, Schwester, ポーランド語もbrat, siostraの2項、マ

ライ語はsudarā 1語が4者をカバーする。

　ポーランドの言語学者の中ではJerzy Kuryłowiczのほうが有名だが、Milewskiにも卓見が随所に感知される。

Miyazawa Kenji（宮沢賢治、1896-1933）の童話は『銀河鉄道の夜、他14篇』（岩波文庫76-3）と『風の又三郎、他18篇』（岩波文庫76-2）に収められている。宮沢賢治のふるさとはイーハトーブの森Iihatov Forest（理想郷）である。イーハトーブは日本語らしからぬ名前だが、故郷の盛岡、花巻を指すらしい。東北新幹線、新花巻駅から徒歩20分のところに「童話村」（Märchendorfメルヘン・ドルフ）がある。バスもあるが、あまり来ない。入口に「銀河ステーション」とあり、ここには宮沢賢治の全世界が設置されている。ファンタジックホール、宇宙の部屋、天空の部屋、大地の部屋、水の部屋。賢治の教室が5つある。植物の教室、動物の教室、星の教室、鳥の教室、石の教室がある。石ころ賢さんと呼ばれ、山の石を拾うのが好きだった。石の教室にはロシアの民話に出るmalachiteマラカイト（クジャク石）もある。これは、筆者が中学2年生（1949）のとき、映画教室といって、先生と生徒が全員で、ソ連の天然色映画「石の花」stone flower, ロシア語kámennyj tsvetókカーメンヌイ・ツヴェトークを見に行った。パーヴェル・ペトローヴィチ・バジョーフ Pavel Petrovich Bazhov（1879-1950）作で、ウラル地方の民話である。文部省の推薦だった。

　賢治の童話の一つに「グスコーブドリの伝記」がある。グスコーブドリは、日本語らしからぬ名だが、イーハトーブの大きな森の中に生まれた。おとうさんはグスコーナドリという名高い木こりだった、とあるから、グスコーが姓で、ナドリが名らしい。グスコーにはブドリという息子とネリという娘がいた。ブドリが10歳、ネリが7歳になったとき、天候がわるく、穀物も育たず、飢饉（famine）になってしまった。両親は亡くなり、ブドリとネリは野原をさまよっているうちに、わかれわかれになってしまっ

た。その後、ブドリは火山局の技師となり、ネリは農場主の息子と結婚して、再会することができた。火山局技師は地方公務員で生活は安定した。

宮沢賢治が1926年12月、東京に滞在中、駐日本フィンランド公使ラムステット Gustav J.Ramstedt（1873-1950）の講演を聞いてエスペラント語のことを知った。ポーランドの眼科医ザメンホフ Ludwig Zamenhof（1859-1917）が、もし人間が世界共通の言葉で話すことができたら戦争は起こらないだろう、と考えて、エスペラント語という人工語を考案した。エスペラント Esperanto は「希望する者」、平和を希望する者、の意味である。動詞 esperar エスペラールは「希望する」である。英語は、その反意語 despair（絶望する）に見られる。宮沢賢治は自分の詩集「春と修羅」（1924）をラムステットに贈り、本はヘルシンキ大学の図書館に収められている。

宮沢賢治の童話「狼森（オイノもり）と笊森（ザルもり）、盗森（ヌストもり）」

岩手山の北に狼森、笊森、黒坂森、盗森という奇妙な名前の森が並んでいる。むかし、四人の農夫が新しい土地を求めてやってきた。このあたりの土地はどうだ。川はあるし、森はあるし、住めそうじゃないか、というわけで、あとからついて来る三人の妻と、九人の子供を呼んだ。

最初の年に小屋を一軒建てて、全員が住んだ。翌年、アワとヒエがたくさん採れた。この年に小屋は二軒に増え、次の年には三軒になった。ある日、子供が四人消えてしまった。男たちは心配して探しに出た。すると、最初の森、狼森で、子供たちは狼と一緒に栗を焼いて食べていた。農夫たちはお礼に狼たちに栗餅（あわもち millet mochi, millet ricecake）を作り持参した。

次の年に、農夫たちの鍬（くわ）やナタが盗まれていた。笊（ざる）森の赤鬼が、大きな笊（ざる）（bamboo basket）の中に盗んだ農具を隠していた。赤鬼が言った。おれにも栗餅をくれよ。

返してやるから、と。

　次の年に、せっかく収穫したアワが全部なくなっていた。岩手山が、盗森に住んでいる黒鬼が盗んだ、と教えてくれた。黒鬼が言った。おれも粟餅が食べたかったんだ、と。小屋に帰ってみると、盗まれたアワが、全部、戻っていた。百姓とおかみさんたちは、早速、粟餅を作って黒鬼に届けた。

　それから毎年、狼森、笊森、盗森に粟餅を届けた。笊森と盗森の間に黒坂森がある。この森に岩手山が噴火のときに、大きな岩が飛んできて黒坂森に着いた。この岩が上記の伝説を語った。開拓の生き証人なのだ。The four forests tell cultivation by farmers.

Monier-Williams, Sir（モニエ・ウィリアムズ、1819-1899）イギリスのインド学者。OxfordでH.H.Wilsonのもとでサンスクリット語を研究し、1860年に、そのあとを継いだ。English-Sanskrit Dictionary（1851）とSanskrit-English Dictionary（1872）は最良の辞書。Practical Grammar of the Sanskrit Language（3rd ed., 1864）. Indian Wisdom（3巻, 1875-1876）はインドの文化、宗教、哲学、文法、天文学、数学、法学、文学の百科事典になっている。1860年、Oxfordの教授会で、833票対610票でMax Müllerを破りサンスクリット語教授になった。手元に2012年に村岡章夫さん（1925-2011）からいただいたSanskrit-English Dictionary がある（1982；introduction 34頁, 本文1333頁）。Max Müllerは、1868年、Professor of Comparative Philologyになった。

months, names of（月名）印欧語民族は、古くは、年、季節、週を区別していなかったらしい。月は満ち干（wax and wane）により、早くから時の区分として知られた。moonとmonth（-thは抽象名詞；ドイツ語Mond, Monat）は、語根 *mē- 'to measure' に由来する。ロシア語mésjatsメシャツも「月month」と「お月さま」（molodój mésjats新月）の両方の意味がある。ローマでは1年が10か月からなり、1年は3月に始まった。Martiusは戦いの神、

ローマ守護神，ローマ人の先祖Marsの月である。1月と2月は、のちにNuma Pompilius（在位715-673 B.C.）が付け加えた。Martius, Aprilis, Maius, Iunius, Quinctilis, Sextilis, September, October, November, December. ゲルマン民族は、カール大帝（Karl der Grosse, 742?-814）の時代に12か月を導入し、wintarmanoth冬の月, hornung 2月（日数が少ない；私生児の意味か）, lentzinmanoth春の月, ostarmanothイースターの月, winnemanoth牧場の月, brachmanoth休作の月, hewimanoth干し草の月, arannamanoth（?）, witumanoth柳の月, windumemanothブドウ刈の月, herbist収穫の月, heilagmanoth聖なる月。ポーランド語は古い名称を保持している。1月styczeń農夫が耕作の準備；2月luty霜の厳しい月；3月marzec（ドイツ語Märzから借用）；4月kwiecień花の季節；5月maj（ラテン語より）；6月czerwiecミツバチが蜜を貯める月；7月lipiec菩提樹の月；8月sierpień鎌の月；9月wrzesieńエリカの月；10月październik麻の穂が落ちる月；11月listopad落葉；12月grudzień土くれ（gruda）の月。

mood（法）事実，推測，願望など，話者の意図が表現される。直説法（indicative: it rains, it is raining）；接続法（subjunctive: 'if he bless you', 'if he be ill', 'I tremble lest he be discovered', 'it is better that he die', she insisted that he accept her'）；命令法（Go! Let's go!）。接続法はwould, should, mightなどと一緒に用いるほうが多い。I would buy this house if I had the money. J'achèterais cette maison si j'avais l'argent. He promised he would come at three. Il me promit qu'il viendrait à trois heures. ギリシア語は，ほかにoptative（願望法）をもっていた。mē génoito toūto（そんなことが起こらねばよいが）。

morphologie（形態論）L.Tesnière『ロシア語小文典』Paris 1934. statique（静的）はflexion; inflexionnels（prep.adv.conj.interj.） dynamique（動的）はformation des mots（incl.diminutifs）

　語彙は生産的である。毎月5万語が登録され，現在125万語が

検索可能（Kenkyusha Online Dictionary. 2007）。

morphology（形態論）音韻論 phonology, 統辞論 syntax とともに文法の3部門の一つ。books [buks] は4音素からなり、book-s は2個の形態素からなり、these books were sold in a day においては文の主語となる（統辞論）。形態素は prefix, infix, suffix で表される。ドイツ語 ge- は過去分詞（ge-liebt）、古風な英語 y-clad 'clothed' 衣を着せて。infix（接入辞）は少ないが、ラテン語 vi-n-co（征服する）、vīcī（征服した）に見られる。母音を変えて sing, sang, sung は現在・過去・過去分詞を作り、song は名詞を作る。sing の過去 sang に対して love の過去 loved は語尾 -ed で作るが、これは do の過去 did（do + ed）と同じで、名詞派生（denominative）の動詞は -ed で作られる（love + ed = loved）。過去分詞も同じである。印欧祖語 *-tos（ラ amātus 愛された）。

Mossé, Fernand（フェルナン・モッセ、1892-1956）フランスのゲルマン語学者。主著 Manuel de la langue gotique（Paris, 1956）; Histoire de la forme périphrastique 'être + participe présent' en germanique, 2 tomes（Paris, 1938）; Manuel de la langue gotique. Paris 1956；A Handbook of Middle English（translated by James A. Walker, The Johns Hopkins Press, 1952; glossary 423-495 が大いに助かる）

mountain witch（山姥、ヤマンバ）長福（ちょうふく）山の山姥。長福山は秋田県にある山です。ある日、山姥の声が聞こえました。「山姥が子どもを生んだで、餅（もち）持ってこ〜。持ってこねば殺すぞう。」さあ大変。村で一番元気もの二人が呼ばれました。で、山姥はどこに住んでいるだ？　一番年寄りの杉山の婆さんが知っているだべ。婆さんに案内されて、若者二人が餅を持って山を登って行きました。餅まだか〜、と、また声が聞こえたとき、若者二人は恐れをなして、餅を途中で置いたまま、逃げて行ってしまいました。杉山の婆さんは、餅は重くて持てませんから、そこに置いたまま、山姥の住んでいる岩穴にたどり着きました。山

姥に、餅は重くて持てないけ、途中さ置いてある、と言うと、生まれたばかりの子供に、餅を取りに行ってこい、と命令しました。山姥の子供は、山をサッと降りて行って、餅を持ち帰りました。杉山の婆さんが、スープを作り、餅を切って、山姥とその息子に食べさせてやりました。うまいのう。これはみやげじゃ、と言って、キラキラ光る反物（たんもの）をくれました。この反物は、いくら切っても、減りません。おかげで、村人は、風邪をひかなくなりました。

　これは今昔物語、今は昔（now is long ago）で始まる古典物語です。福田清人（ふくだ・きよと）訳、全日本家庭教育研究協会。

Müller, Max（マックス・ミュラー、1823-1900）ドイツのインド学者、言語学者。BerlinでFranz Bopp, ParisでBurnoufのもとで研究。1868年、Oxford大学 comparative philology教授。インド文献学、宗教史、言語学の三つの分野で活躍した。Rigvedaの刊行（London, 1849-1873）、Hitopadeśa（ヒトーパデーシャ「よい教訓」hita-upadeśa）、History of Ancient Sanskrit Literature（1859）, Sacred Books of the Eastの叢書を1875年に開始。Essay on Comparative Mythology（1856）はこの種の研究の草分けとなった。The Science of Language（London, 1861-1863）は大成功を収め、5回も再版された。ゲルマン語の子音推移はJacob Grimmの発見だが、これをGrimm's Lawと呼んだ。1860年、Prof. of Sanskrit at Oxfordを833票対610票でSir Monier Monier-Williamsに敗れたが、1868年、Max Müllerのために創設された比較言語学教授になった。（Manfred Mayrhofer著、下宮訳『サンスクリット語文法』文芸社2021, p.82）

Murayama Shichiro（村山七郎、1908-1995）日本の言語学者、アルタイ語学者。京都産業大学教授。村山先生は早稲田大学政経学部で学んだあと、外務省嘱託となり、1943年、第二次世界大戦下のベルリンに出張、戦火の中で、Max Vasmerとロシア語、ス

ラヴ諸語を、Erich Haenischとシナ学とモンゴル学を、Annemarie von Gabainとチュルク語、アルタイ語を学んだ。これらの方々を、いつも、先生と呼んでいた。Vasmerの『ロシア語語源辞典』は、カードを空襲で焼失してしまったので、戦後、ゼロから始めて、Russisches etymologisches Wörterbuch（3巻, Heidelberg, Carl Winter, 1953-1958）を完成した。このロシア語語源辞典はロシア語訳が出たほどの名著である。Etimologičeskij slovar' russkago jezyka. 4 巻, Moskva, O.N.Trubačëv 訳1964-1973. 九州大学言語学教授、京都産業大学アルタイ語教授（泉井先生に招聘された）。筆者が1963年、東京教育大学大学院在学中、ロシア語中級の授業を受けたとき、「下宮君、ゲルマン語をやるなら、ドイツに留学しなきゃだめだよ、と言って、DAAD（ドイツ学術交流会Deutscher Akademischer Austauschdienst）という制度があることを教えてくれた。私は矢崎源九郎先生（1921-1967）のもとで修士論文Dative Absolute in Gothic（ゴート語における独立与格）を準備中だったが、まわりは、この留学制度をだれも知らず、村山先生から初めて知った。授業のあと、地下鉄の茗荷谷駅まで歩きながら、ドイツ語の練習をしてあげよう、と、いま何時か、今日は何日か、など数詞を中心に会話の手ほどきをしてくれた。留学試験のとき、ドイツ語能力書（Sprachzeugnis）を書いてもらった。研究の推薦状は矢崎先生に書いていただいた。留学試験のとき、Krimmのドイツ語辞典を知っているか、と聞かれたが、答えられなかった。あとで、北ドイツでは語頭のgをkと発音することを知った（Grimmと発音してくれよ！）。こんな失敗はあったが、なんとか、同期10名の一人として1965年9月から1967年7月までボン大学に留学することができた。村山先生は1965年11月から1966年3月までの冬学期にドイツのミュンスター Münster大学に日本語学の集中講義に招聘された。村山先生には『ポリワーノフ著、日本語研究』村山七郎編訳、弘文堂1976、のほか、日本語の起

源の著書がある。(下宮『アンデルセン余話10題ほか43編』近代文藝社2015)

mutation（母音変異）Jacob Grimmの用語Umlautを、英語で表現したもの。man→men, goose→geese, mouse→mice, tooth→teeth, deep→depth, long→length；tale→tell, blood→bleedにおける母音は、接尾辞-janより。ドイツ語Gast→Gäste, Buch→Bücher, lang→länger, längst, trage→trägst, trägt, Berg→Gebirgeなど。ゲルマン語のmutationは西暦4世紀に始まったと考えられる。Wulfila（380年ごろ死）のゴート語訳聖書には見られない。

N（発音）位置によって、また言語によってdental n（フランス語né, née 'born'）、alveolar n（英語not, sin）、palatal n（ñ or ń：フランス語digne, スペイン語año）、cacuminal n（サンスクリット語vāriṇi "water"のpl.：これは位置により生じるので、音素の意味はない）、velar n（英語sing, sink）。ñは中世スペイン語ではnnと書かれた。ラテン語annum（年）が、その後、スペイン語でañoと書かれるようになった。イタリア語anello（アネッロ「指輪」）とagnello（アニェッロ「子羊」）、スペイン語pena（罰）とpeña（岩）。nは鼻音（nasal）なので、位置によって唇音mに近くなる。companionは「一緒にcomパンpanを食べる者」の意味である。ポルトガル語はmãoマンウ（手）、pãoパンウ（パン）のように書く。

Nakajima Atsushi（中島敦、1909-1942）「山月記」

　私は中国の高級官吏の試験にパスしたが、詩作に熱中するあまり、妻子を顧みず、トラ（tiger）になってしまった。山月記の山月はトラが山の上から月に向かって「吠える」の意味である。Ivan MorrisはThe Tiger-Poet（トラになった詩人）と英訳している。
1. これは中国の話で、詩人がトラになった物語である。This is a Chinese story. The story tells how a poet turned into a tiger. The Japanese title means the tiger howling at the moon from the mountain.（2015

年ごろ、小学生用の英語教室に用いたテキストなので、最初の部分だけ英語を付す)

2. 私リチョウは高等公務員試験に優秀な成績で合格した。一緒に合格したエンサンと親しくなった。

3. 詩を書くことに熱中して、妻や子供たちのことを考えなかった。同期に公務員になった友人たちは、どんどん出世して、偉くなった。私は地位が低いまま、ある地方の役所に転勤になった。家族は都会に残して、一人で地方に向かった。

4. 宿屋で寝ていると、夜中に、声がした。出て来なさい、私について来なさい、と。私はその声に従って、野原を走っていると、二本足が四本になっていた。

5. 夜が明けたので、川で自分の姿を見ると、なんと、自分はトラになっているではないか。いや、これは夢だ、夢に違いない、と自分を一生懸命に否定した。

6. そのとき、一匹のウサギが横切った。私はウサギをつかまえて食べてしまった。

7. これは私がトラになってしまった最初の証拠だった。しかし、一日のうち、何時間かは、人間の頭をもち、詩を作ることができる。

8. ある日、昔の友人エンサンが大勢の部下を連れて、この地方にやって来た。その友人は立派な地位についていた。山のふもとの宿屋の主人は、夜、あの山にトラが出るから、危険だと旅人たちに知らせた。

9. エンサンは急ぐので、まだ暗いが出かける、仲間がいるから大丈夫だ、と答えて、出発した。

10. 山のふもとで、トラが襲いかかろうとしたが、「あぶないところだった」という声が聞こえた。

11. 「もしや、その声は、昔の友人のリチョウではないか。」

12. 「いかにも、私はリチョウです」と、トラは自分の身の上を

話し始めた。「私は、ひとかどの詩人である、と才能を自慢していました。罰があたって、トラになってしまったのです。」

13. 彼は続けた。「お願いがあります。一つは、私の作品のうち、覚えている30ほどを書きとって、後世に伝えてください。もう一つは、私の家族が生活に困っていたら、助けてください。」

14. 「分かった。すべて、きみの希望通りにするよ。」

15. 「それから、きみが、もう二度と私の姿を見たくないように、山の頂上に、夜明けに、私がトラになった姿を見せるから、それを見てください。」

16. 友人とその一行は、トラが月に向かって吠えている姿を見て、旅を続けた。

英訳者 Ivan Morris（1925-1976）はアメリカ、コロンビア大学教授（1960-1973）。妻は小川亜矢子。出典：Morris編 Anthology of Japanese Literature. Tokyo, Tuttle, 1976.

Natsume Sōseki（夏目漱石、1867-1916）「方丈記」英訳。東大学生時代、東大講師Dixon先生に頼まれて英訳した。行く河の流れは絶えずして、しかももとの水にあらず。よどみに浮かぶうたかたは、かつ消えかつ結びて、久しくとどまりたるためしなし。世の中にある人と栖（すみか）と、またかくのごとし。Incessant is the change of water where the stream glides on calmly：the spray appears over the cataract, yet vanishes without a moment's delay. Such is the fate of men in the world and of the houses in which they live.

neogrammarians（新文法学派；ドイツ語Junggrammatiker）1880-1900年、Leipzigで活躍した言語学派。Hermann Osthoff, Karl Brugmann（Morphologische Untersuchungen, 1878）が明言した「音法則に例外なし」（keine Ausnahme zu den Lautgesetzen）をモットーとした。しかし、音法則に当てはまらない語形が類推（analogy）によって説明できることが、多く、生じた。また、言語は社会との関連で研究されねばならない。このことから社会言語学

sociolinguistics（A.Meillet）が生じた。

neolinguistics（新言語学）イタリアの新言語学はジリエロン Jules Gilliéron のフランス言語地図（1902-1909）とクローチェ Croce の Aesthetics（1900）をもとにし、Matteo Bàrtoli マッテーオ・バルトリ（1873-1946）が教義をまとめた。

Norwegian（ノルウェー語）北欧のスカンジナビア半島、ノルウェーで話される言語。人口は532万。他の北欧諸国と同様、世界一の福祉国家。北欧探検のフリチョフ・ナンセン Fridtjof Nansen やアムンセン（accent は A；Roald 'Amundsen が有名）。1947年、トール・ハイエルダール Thor Heyerdahl（1914-2002）がコンチキ号 Kon-Tiki（バルサ木 balsa-tre で作ったイカダ）でペルーからマルケサス諸島まで101日かけて航海し、コロンブス以前のアメリカ・インディアン人が Polynesia に到達できたことを証明した。コンチキ号探検記は60言語以上に翻訳され、ベスト・セラーになった。

そのノルウェー語に二つの公用語がある。ブークモール bokmål（書物の言語）とニーノシュク nynorsk（新ノルウェー語）である。書物のノルウェー語は国民の83％に利用される。新ノルウェー語はノルウェー西南部に残る古風な方言（今日のアイスランド語に近い）だが、これも文語で、その作家も多い。同じ新聞でも、特派員の発信地によって、lørdag レールダーグ（土曜日）と書いたり、laurdag ラウルダーグと書いたりする。laurdag の二重母音 au は、より古い語形である。ここからフィンランド語に借用されて lauan-tai ラウアンタイ（土曜日：原義は洗濯日）となった。1987年7月、オスロの町を歩いていると、あるバスは ikke gå over veien før bussen har kjørt（バスが通り過ぎるまで道を渡るな：ブークモール）、別のバスは ikkje gå over vegen før bussen har køyrt（ニーノシュク）と書いてあった（下宮『ノルウェー語四週間』1993）。

ヘンリク・イプセン（Henrik Ibsen, 1828-1906）の『人形の家』Et dukkehjem（1879）は、一世を風靡した。100年前である。今は、妻の蒸発は珍しくないが。銀行の店長トルヴァルTorvaldは妻ノラNoraと3人の子供と一緒に楽しく暮らしていた。だが、ノラは、ある晩、こう言って、家出した。私はいままで、人形妻（dukke-hustru, doll-wife, 主体性のない妻）にすぎませんでした。社会に出て、勉強して来ます、と言って、子供3人と夫を残して家出してしまった。そのノラは、どうなったか。アメリカの劇作家ルーカス・ナスLucas Hnathが新作の戯曲Nora is back（帰って来たノラ：人形の家Part 2）を発表、翻訳・常田景子、演出・栗山民也、ノラ役・永作博美で、2019年8月9日から9月1日まで、東京の新宿紀伊国屋サザン・シアターで上演された。すでに死んでいると思われていたのに、15年ぶりに帰って来たノラを、乳母は驚きながらも歓迎した。ノラは女流作家として成功を収めていたのだ。初日は468席が、ほぼ満席の盛況であった。

noun and verb（名詞と動詞）名詞と動詞は、8つの品詞の中では相違が最も大きい。名詞はモノとヒトの名前であり、動詞は「名詞」の動作を表すからである。「太郎」は「本」を「読む」。「花子」は「食事」を「作る」。ラテン語の「名詞」nomenは形容詞を含んでいた。区別する場合はnomen substantivum, nomen adjec-tivumと呼んでいた。verbum（動詞）の語根は*werdhomで、英語wordと同じだった。オーストリアのグラーツGraz大学のロマンス語学者（バスク語の専門家でもあった）Hugo Schuchardt（フーゴー・シュハート1842-1927）は「どの言語においても、動詞こそ言語の生命である」Das Verb ist die Seele einer jeden Sprache. Über das Georgische. Wien, Selbstverlag des Verfassers（1895, 12pp.）と述べている。英語では名詞が動詞に用いられたり、動詞が名詞に用いられたりする。a bomb, the bombed Hiroshima, a stone, the stoned frog, have a try, let's have a try, on the go活動して。印欧語は

動詞の語根に -tum をつけて名詞（動名詞）を作った。語根 dā-「与える」→ラテン語 datum「与えること」、dōnum「贈り物」。サンスクリット語 kr̥-「する、作る」→kartum「すること」。ノルウェーの言語学者・オスロ大学教授 Alf Sommerfelt（1892-1965）は、オーストラリアの Aranda アランダ語の研究（1938）の中で、アランダ語は root があって、名詞、形容詞、動詞にも用いられる、と書いている。日本語は kak-u 書く, kak-u-koto 書くこと, kak-i-mono 書き物、のように語根から接尾辞をつけて派生語を作る。

numerals（数詞）は名詞として扱われる。ラテン語 centum は中性名詞だった。その後、ducenti（200）, trecenti（300）となった（ducenta, trecenta ではなく）。英語 hundred は hund（100）＋ red（数；ラテン語 ratio）だった。英語 eleven, twelve はゴート語 ain-lif, twa-lif（1あまり、2あまり）で、lif はギリシア語 leíp-ō, é-lip-on（残す）の lip- と同根である。英語 first, second, third, fourth…の first はラテン語 prius, premius「前の、一番前の」に最上級の語尾がついたもので、second はラテン語 secundus（あとに来るべきもの；sequor 'follow'）から「秒」の意味になった。minute「分」の次である。倍数詞（multiplicative）に形容詞と副詞があり、形容詞 simple, double, triple, quadruple… 副詞は once, twice, thrice（two times, three times）…がある。集合名詞 pair, couple, dozen, score（three score and ten 人生70年）。

O（発音）日本語アイウエオ、スペイン語 i, e, a, o, u の5母音の中で安定した位置を占めている。アラビア語は i, a, u の3母音なので、i, a, u は e, a, o が占める音域と同じなので、それぞれの音域は広い。ラテン語の短い ŏ（rŏta 車輪はドイツ語 rad, 発音 rāt となった）、長い ō はラテン語 dōnum 贈り物、ギリシア語 dôron, ロシア語 a（dat' ダーチ, 与える, po-dár-ok 贈り物）となった。ラテン語の短い o は os（骨）と長い ōs（クチ mouth）の区別があったが、イタリア語、フランス語では o, u, eu となった。イタリア語 oro, スペイン語 oro,

フランス語or（金）はラテン語aurumからである。ラテン語flōs, flōris（花）はフランス語fleurとなった。英語son, work, bookのoは発音が異なる。-ation, -atorでは［ə］に弱化した。

Okamoto Kanoko（岡本かの子、1889-1939）日本の作家。『母子叙情』(1937)。朝日新聞のマンガ家、岡本一平（1886-1948）の妻。岡本太郎（1911-1996）はその長男。岡本かの子生誕100年記念の「岡本かの子の世界」展が1989.2.18.—1989.3.19. 川崎市市民ミュージアムで開催され、冊子48頁（822円）が発行された。かの子の作品の数々を、挿絵入りで紹介している。瀬戸内寂聴ほかが執筆。

Old Church Slavic（古代教会スラヴ語）印欧語比較文法においてスラヴ語の代表として用いられる（ゲルマン語の代表としてゴート語のように）。マケドニアの宣教師キリルCyrillosとメトディオスMethodiusが、西暦862年に聖書翻訳に用いた言語。ブルガリア語の特徴ždに見られる。dy＞žd (*medyā＞mežda "middle", meždunaródnyj "international"）。August Leskien, Handbuch der altbulgarischen（altkirchenslavischen）Sprache. Grammatik, Texte, Glossar. Heidelberg 1962[8]（欧米で教科書として100年間も用いられた）。木村彰一『古代教会スラヴ語』白水社, 1985.

Old English text（古代英語テキスト）厨川文夫著『古代英語』研究社、第3版1949（68頁）。著者（1907-1978）は慶応大学教授。From The Wonders of the East by Sir John Mandeville（Prose）「東方奇聞」より（散文）。61. þǣr bēoþ wildēor ācend. そこでは野獣が生まれる［cennan＜idg.*gen-］。þā dēor, þonne hīe mannes stemne gehīeraþ, þonne flēoþ hīe feorr. その野獣らは、彼らが人間の声を聞くときは、遠くに逃げる。þā dēor habbaþ eahta fēt and wælcyrgan ēagan and twā hēafdu. これらの野獣には足が8本あって、魔女の目と2個の頭を持っている。Gif him hwelc mann onfōn wile, þonne hiera līchaman hīe onǣlaþ. もしだれかが彼らを捕らえようとすれば、彼

らは自分の身体に火をつける。þæt sindon þā ungefrǣgelicu dēor. 驚くべき野獣どもである。62. þēos stōw hæfþ nǣdran. この場所はヘビをもっている（ヘビがいる）。þā nǣdran habbaþ twā hēafdu, þāra ēagan scīnaþ nihtes swā lēohte swā blācern. そのヘビらは頭が二つあって、目は夜にランプのように、あかあかと輝く。63. Sēo stōw is unwæstm-berendlicu for þāra nǣdrena menige. この場所は、それらのヘビが多いために、不毛である。Eac swelce þǣr bēoþ cende healf-hundingas þā sindon hātene Conopenas. また、そこにはコノペナス（m.pl. a fabled race of men with dogs' heads）と呼ばれるイヌの頭をもった種族が生まれる。Hīe habbaþ horses mana and eofores tūscas and hunda hēafdu, and hiera oroþ biþ swelce fȳres līeg. 彼らは馬のヒゲとイノシシの牙とイヌの頭をもっていて、彼らの息は炎（ほのお）のようである。þās land bēoþ nēah þǣm burgum þe bēoþ eallum woruldwelum gefylled, þæt is, on þā sūþhealfe Ēgipta landes. これらの土地は、あらゆる地上の富で充満しているあの城市の付近、すなわち、エジプトの南側にある。64. þonne sindon ōþru īegland sūþ fram Brixonte, on þǣm bēoþ menn būton hēafdum, þā habbaþ on hiera brēostum hiera ēagan and mūþ. またブリクソンテ（a local name）から南に別の島々があり、そこには頭のない人間たちがいる。彼らは胸の上に目と口をもっている。Hīe sindon eahta fōta lange and eahta fōta brāde. 彼らは身長8フィート、身の幅8フィートである。［身長が13フィートもある女性らがいて、大きいので、マケドニアのアレクサンダーに殺された、の記述もある］

原著は、わずか68頁だが、古代英語の文法、作詩法、kenning（descriptive name, poetical periphrasis；太陽を天のロウソクrodores candelという）、ルーン文字、glossarial index、参考書目。厨川文夫訳『ベーオウルフ』の翻訳が岩波文庫にある（1941）。

One-Eye, Two-Eyes, Three Eyes（一つ目、二つ目、三つ目；グリム童話130, ド Einäuglein, Zweiäuglein und Dreiäuglein）三人の姉妹

がいました。一人は目が一つしかなく、一人は目が二つ、一人は目が三つもありました（お母さんの目はいくつか分かりません）。一つ目と三つ目は二つ目に意地悪ばかりして、食事も十分に与えません。二つ目はヤギ飼いが仕事なのですが、ある日、親切な婦人がいいことを教えてくれました。「ヤギさん、食事を出して」と言うと、出来立てのおいしい食事が出てきて、ごちそうさま、と言うと、きれいに片付くのです。しばらくの間、おいしいご馳走が出てきましたが、意地悪な姉妹に見つかって、そのヤギが殺されてしまいました。そのはらわた（intenstines；ドEingeweide）を庭に植えると、黄金のリンゴの木が生えたのです。ある日、立派な騎士が訪ねてきたので、二つ目がリンゴを1個もいで、騎士に差し上げました。お礼に何を差し上げましょうか、と問うので、私をお城へ連れて行ってください、との返事。二つ目は美しい少女でしたので、お城で結婚しました。すると、黄金のリンゴの木も一緒にお城へ来ていました。何年か経ったあと、二人のみすぼらしい女の人、むかしの一つ目と三つ目が、お城を訪ねてきて、「食べ物を恵んでください」と言うのです。二つ目は、かわいそうに思って、二人をお城の門のそばの小屋に住まわせて、食事を運びました。Three-Eyes 参照。

onomatopoeia（擬音語）原義は onomato-（名を）-poeia（作るもの、作ること）で、日本語ではフランス語 onomatopée のオノマトペと言う。パラパラ、パラリパラリ、チョロチョロ、チャリンチャリン、カサカサ、カサコソカサコソ…何の音？　コンビニで買った100円のお菓子をビンにあけるときの音だよ。オノマトペには三つの段階がある（下宮、学習院大学言語共同研究所紀要13, 1990）。

①第一段階：自然音に近い。suya-suya-suya, z-z-z（静かに眠っている音）、guu-guu-guu, Z-Z-Z（グーグー眠っている音）
②第二段階：すこしお化粧をほどこしている。crack! ポキン；

clip-clop! カランコロン。crack「ポキンと折れる」

③第三段階：たっぷりお化粧をほどこしていて、名詞や動詞に用いられる。エ owl, ド Eule, フ hibou, エ bustle, hustle. ホトトギス（フジョキキョと聞こえることから漢字で不如帰と書く）。

ホトトギスは鳴き声がフジョキキョと聞こえるそうだ。その音から鳥がホトトギスという名称を得たそうだ。徳富蘆花（1868-1927）の『不如帰』（ホトトギス The cuckoo, 1899）がフランス語に訳され、そこからブルガリアに紹介された。主人公の浪子は理想の結婚をしたが、「ああ、つらい、もう婦人なんぞに生まれはしません」と女性の苦しさを訴えた。これを歌った雨のブルース（Blues in the rain）、雨よ、降れ、降れ、悩みを流すまで…Rain, rain, go, go, till you wash away my suffering…の淡谷のり子（1907-1999）は、1977年、70歳のとき、ブルガリアに招待されて大歓迎を受けた。

origin of language（言語の起源）はプラトーン、アリストテレスから Ernest Renan, Otto Jespersen にいたるまで、多くの言語学者が説明してきた。ギリシアの哲学者はもともと「自然にあった physei ピュセイ」のか「慣習からあった thései テセイ」のか、という議論があった。イギリスの言語学者エイチソン Jean Aitchison, Uncovering language origin and evolution（2008, International Congress of Linguists, Seoul）によると protolanguage（祖語）が25万年前、アフリカに full language として発達していた。

orthography（正字法、正書法）「お菓子を」の「お」と「を」は同じ発音だが、日本語は目的格のときは「を」と書く。英語 c は cat [k], city [s] のように、発音が異なる。Old English は cnāwan クナーワンと書いたが、いまは know となり、k は発音されない。これは正字法と発音の変化が一致しないためである。正字法が固定し、そのままだが、発音の変化のほうが早い。cent, count はどちらもフランス語から来たが、c の発音が異なっている。ortho は

ギリシア語で「正しい」graphyもギリシア語で「書き方」の意味である。

Ossetic（オセート語）印欧語族中のイラン諸語の一つ。言語人口35万人。コーカサス山地のロシア・北オセチア自治共和国（首都オルジョニキゼOrdžonikidze）、グルジア共和国中の南オセチア自治区（首都スタリニリStaliniri）に行われる。ナルト伝説（Nartensagen）の豊富なフォークロアを伝える。G.Dumézil, Légendes sur les nartes, suivies de cinq notes mythologiques.（Bibliothèque de l'Institut Français de Léningrad, XI, Paris, 1930, xi, 213pp.；当時DumézilはIstanbul滞在中）

Otona-no-me to kodomo-no-me（大人の眼と子供の眼；The Grownup's Eye and the Child's Eye）水上瀧太郎（1887-1940）著。ぼくのお父さんは月給100円かな。お母さんに聞くと、そんなこと子供が知るものではありません、と叱られた。おじさんに聞いてみた。「ぼくのお父さんの月給100円？」「とんでもない、その3倍はあるよ」「おじさんはいくら？」「ぼくはその半分の半分かな」。だが、半分なんて、うそだ。おじさんは外国行きの船に乗っていて、外国のバナナやパイナップルのおみやげを買ってきてくれるんだもの。はやく大人になりたいなあ。

　ぼくが大人になって、100円の月給取りになってみると、一家を構えるどころか、二階の一部屋にくすぶっていて、満員電車で通勤していた。目の前の川は、もっとずっと広かったはずだが、大人になってみると、案外、狭かった。子供のときは、石を投げると、途中でポチャンと落ちてしまったのに、今では、簡単に向こう岸まで届いてしまった。

　子供の眼と大人の眼は違うんだ。量（quantity）ではなく、質（quality）の問題なのだ。子供の眼が夢見る眼ならば、大人の眼は現実を見る眼、批判の眼なのだ。あの恰好のよかったおじさんは、友人の借金を背負って、東京にいられなくなり、北海道へ

引っ越して、亡くなってしまった。

　水上瀧太郎は慶大卒、小説家。大阪毎日新聞社取締役。

overtourism（観光客が多すぎても困る）マナーがわるい。ゴミを捨てる。水の都ベネチアで入場料を検討中。日本はゴミが少ないと外国からの観光客には評判だが、そうばかりとは言えない。

Oxford English Dictionary（オックスフォード英語辞典）1928年20巻、補巻1933, 第2版1989年（20巻、補遺3巻）、計23巻、計22700頁、見出し語数30万語を収める（グリムのドイツ語辞典1854-1961, 全32巻、補巻Bd.33；1985年、Grimm兄弟の生誕200年記念出版；Bd.33は出典索引Quellenverzeichnis）。Oxfordは2004年ごろからword of the yearを開始。2021年はvaxだった（vaccinate, vaccination）。

Oyabe Jenichiro（小谷部全一郎）→ Japanese Robinson Crusoe.

P（発音）唇音（labials）pはpapa, mamaのように、幼児が最も早く習得する音である。印欧語*pはラテン語pater, ギリシア語patēr, サンスクリット語pitā(pitár-)、ロシア語pit'（飲む）、pivo（飲み物、ビール）など、広くに残っている。ゲルマン語ではfになった（father, Vater）。paterのpがケルト語では消えてathir「父」となる。porcus（ブタ）のpが消えてOrkney（オークニー諸島）は「クジラの島」である（orkn-ey）。ギリシア語pn, ps, ptの語頭子音連続（consonant cluster）は保たれてpneumonia, psychology（2020年、バイデン大統領報道官Psaki, Jennifer）, Ptolemaiosなどに残る。英語はphと書いて［f］の音となる。philosophy, photo. shepherdではphが［p］となる。

Paleo-Siberian languages（旧シベリア諸語）北シベリアに行われる言語で、旧アジアPaleo-Asiatic諸語とも極北Hyperborean諸語とも呼ばれる。東方群にLuorawetlan, Kamchatka半島のChukchee, Koryak, Kamchadal語、Yukaghir（Chuvanty, Gilyak），西方群（or Yenisei family）にKet（Yenisei Ostyak），Cottian（Kotu), Asan, Arin.

この地域の言語は西方にはアルタイ諸語、東方にはアメリカ・インディアン諸語が連なっている。Luorawetlan語とGilyak語はツングース諸語のように母音調和vocalic harmonyを知っている。ギリヤーク語は人間、動物、魚の類別詞をもっている。数詞は1, 2, 3, 4, 5, 5 + 1, 5 + 2, 8=4 + 4. Kamchadal語はロシア語からの借用、特に100, 1000はロシア語からである。

Pāṇini（パーニニ）紀元前400年ごろインドの文法家。文法書の原語名Aṣṭādhyāyīは「8章文典」aṣṭa「8」adhyāya「学習」の意味。吉町義雄訳『古典梵語大文法』泰流社, 1995年, 678頁49440円。この名著、岩波書店が出してやればよいのに。訳者（1904-1994）は京都大学言語学科に学び、九州大学教授だった。定年後、カナダに住む娘のところに移仕した。Pāṇini's Grammatik. IIrsg. übersetzt, erläutert und mit verschiedenen Indices versehen von Otto Böhtlingk, Leipzig, 1887³, Georg Olms Verlag 1997, xx,480, 358pp. 語幹stemの概念、音論、sandhī, 形態論、など、すべて今日まで生きている。

parts of speech（品詞）はラテン語partēs ōrātiōnisを訳したものだが、ドイツ語のWortarten "kinds of words" のほうが適している。古代ギリシア（Kratylos, Platon）はónoma名詞とrhēma動詞の2つ、ストア学派（Stoics）は名詞、動詞、接続詞、冠詞árthron（代名詞が含まれる）の4つ、Varroも4つ（名詞、動詞、分詞、小詞particle）、Dionysios Thrax（トラキア人）に至って、今日の8品詞が設けられた。アラビア人は3品詞（名詞、動詞、小詞）。Jespersen (The Philosophy of Grammar, 1924) は5品詞（名詞、形容詞、代名詞［数詞を含む］、動詞、小詞［副詞、前置詞、接続詞、間投詞を含む］）。

Passy, Paul（ポール・パッシー、1859-1940）フランスの音声学者。パリのÉcole des Hautes ÉtudesのdirecteurーadjoinT（1906）。音声表記（発音記号）は英国のHenry Sweet, デンマークのOtto Jespersen

とともに、1930年のInternational Phonetic Alphabet（IPA）が完成するのだが、PassyのPetite phonétique comparée des principales langues européennes（1906）を見ると、すでに、国際音声記号が完成しているのが、わかる。1906年のこの本（主要ヨーロッパ諸語の比較音声学：132頁）を見ると、今日、用いられている発音記号と同じである。Passyの先見性が見てとれる。長い間探していたこの本を私は2011年4月13日にコペンハーゲンの古本店パルダン（Paludan）で発見し購入することができた。50デンマーククローネ（850円）だった。前の所有者W.Thalbitzer（エスキモー語学者）1907.11.12のサインと購入日がメモしてある。販売係のZeki（ゼキ）さんはトルコ人で、その名前はintelligenceの意味だそうだ。店内でコーヒーを1杯ごちそうになった。

　本書は巻末にテキスト（textes）として太陽物語（Le soleil）が15の言語、北フランス語、南フランス語、スイス・フランス語、スペイン語、ポルトガル語、イタリア語、北部英語、南部英語、アメリカの英語、ドイツ語、オランダ語、デンマーク語、ノルウェー語、スウェーデン語、アイスランド語が発音記号で示されている。

「太陽が語る。私の名は太陽です。私はとても明るいです。私は東に昇ります。私が昇ると、朝になります。私はあなたの窓を黄金のように輝く目で差し込みます。そして言います。怠け者よ、起きる時間ですよ。眠っている時間ではありませんよ。起きて、働きなさい。読書したり、散歩したりしなさい。私は大なる旅行者です。私は全宇宙を旅します。私は決して立ち止まりません。私は決して疲れません。私は頭に冠をもっています。輝く冠です。この光をいたるところに放ちます。木々の上に、家々の上に、水の上に。私が照らすと、すべてが輝いて美しく見えます。私はあなたがたに明かりと熱を与えます。私はあらゆるものを暖かくします。私は果物を実らせ、穀物を実らせます。もし私が野原と庭

に光を与えなかったら、何も実らないでしょう。」

Paul, Hermann（ヘルマン・パウル、1846-1921）ドイツの言語学者。1872年、Leipzigの私講師（Privatdozent）、1874-1893年、Freiburg大学、1893年München大学教授。最初の主著Prinzipien der Sprachgeschichte（1880）はSprachwissenschaft ist gleich Sprachgeschichte言語学は言語史なり、と明言したほど19世紀の言語学は歴史主義に貫かれていた。1891年Grundriss der germanischen Philologieの出版を開始した。Wilhelm Braune, Eduard Sieversとともに Beiträge zur Geschichte der deutschen Sprache und Literaturを創刊。Mittelhochdeutsche Grammatik（1881）, Deutsches Wörterbuch（1897）, Deutsche Grammatik（1916-1920）. 1916年、大学退職ののち、まもなく盲目になったが、仕事を続けた。1961年、筆者が東京教育大学大学院在学中、河野六郎先生が言語学演習の授業でPaulのPrinzipien講読をしていたとき、Paulは旧約聖書、Saussureは新約聖書にたとえた。河野先生から、ラテン語altusが「高い」と「深い」の両方の意味があることも教わった。mons altus「高い山」flumen altum「深い川」水平線を基準にすると、山の高さも川の深さも、距離は同じだから。

Persian（ペルシア語）印欧語族の中のイラン諸語の一つ。イランに4000万人、アフガニスタンに500万人に話される。タジキスタンのタジク語Tajikはキリル文字で書かれるが、ペルシア語の一種である。古代ペルシア語はペルシア大帝国の言語で、地中海からインダス川まで伸びていた。西暦7世紀にイスラムに征服されて以後、アラビア文字が用いられる。ペルシア語からヨーロッパに入った単語はbazaar, caravan, divan（フランス語douane税関）, jackal, jasmine, kiosk, khaki, lilac, pajama, shawlがあり、その多くは日本語にも入っている。

person（人称）代名詞と動詞が関連する文法範疇である。Iとweは話者を表し、thouとyouは聞き手を表し、he, she, theyは話題を

表す。日本語は「私」と「私たち」は同じ語の単数と複数で表す。英語I, ドイツ語ichイッヒ, フランス語jeジュは1音節なのに、watakushiは4音節も使っている。とても無駄だ。しかし、会話の場で、省略することが多い。どこへ行くんだ？ スーパー（マーケット）だよ、では主語が省略されている。印欧語ではIとweの区別は別語で表現される。ラテン語egōとnōs, ギリシア語egōとhēmeís, ドイツ語ichとwir, フランス語jeとnous, ロシア語jaヤーとmyムィのように。フランス語はnous autres Japonaisわれわれ日本人は、と言って、話しかける相手を含めた言い方がある。ドイツ語、スペイン語、ルーマニア語には尊称（respect）の二人称がある。Sie（あなた、目上の人）、スペイン語usted（＜vuestra merced あなたの名誉）、ルーマニア語domnia ta, dumineatáはラテン語dominusから来ている。フランス語もtu（親しい人、子供）とvous（あなた、目上の人）の区別がある。英語にもmajestic weがあり、編集者が自分を表すのにweを用いる。

personal and impersonal（人称と非人称）
<u>人称構文</u>：雨が降る。Rain falls. ロシア語dožd' idët. ドーシチ・イジョート「雨が行く」；ポーランド語deszcz padaデシチ・パダ「雨が落ちる」
<u>非人称構文</u>：英語it rains, フランスil pleutイル・プルー, スペインllueveリュエベ, イタリアpioveピオーヴェ, ラテンpluitプルイト。スペイン語以下は主語（三人称単数）が省略される。

personal names（人名）の研究はonomasticsと呼ばれる。ギリシア語ónoma（属格onómatos 名前）からきている。印欧語民族は、他の民族も同じだが、名前は1個だった。Tom Johnson（Tom, John's son）のような名と姓を書くのは、のちの時代である。日本は木村、中村、大村、大野、中野、小野など、地名に由来する。その後、住民登録などのために、姓と名を併記するようになった。これはヨーロッパでも同じである（西暦11世紀ごろから）。英語

WilliamはWille-helm（カブトのごとき意思を持つ者）、IbsenはIbの息子, Andersenはandreíos［勇敢な人：ギリシア語anêr, 属格andrós］の息子、の意味である。Johnsonのように-sonはスウェーデン語の形、Andersen, Ibsenの-senはデンマーク、ノルウェーの形である。ロシア人Vladimirは「世界のmir支配者vladi」の意味である。ロシア語mirは「世界」と「平和」の意味がある。mir míruミール・ミールーは「世界にmiru」「平和をmir」の意味である。ロシアでは共同体（mir）に暮らすことが平和（mir）であった。ギリシア語の「世界」はkósmos（原義：秩序）、ラテン語の「世界」はmundusである。フランスの新聞 Le Mondeル・モンド、ドイツの新聞 Die Weltディ・ヴェルトは「世界」の意味である。英語The World, 日本では「世界」という名の新聞は聞かない。

　名前にもどるが、ギリシアのAchilleùs Pēleídēs「ペーレウスの子アキレウス」のような呼び方からJohn-sonの名ができた。ロシアはLev Nikolayevich Tolstoi「トルストイ家の、ニコライの息子、レフ」のように、個人名、父称（patronymic）、姓を記す。

　ヘブライの名（セム語）はJonathan（神は与えた）、Raphael（神は癒した）、フェニキアのHannibal（Baalの恩恵）、バビロニアのNabuchodonosor（国境の守り神Neboよ！）。

　姓（surname）Fitzgerald（fitzは息子）, Johnson, Jespersen, MacArthur, Macnamara, O'Neill, Pedersenはpatronymic（pater-onoma父称）であるが、スペインには母称（matronymic）もある。『ドン・キホーテDon Quixote』（1615）の著者セルバンテスMiguel de Cervantes Saavedraの父方の姓はCervantes, 母方の姓はSaavedraサーベドラであった。Cervantesはservant-（仕える人）の息子。vは両唇音bilabialなので、セルヴァンテスと書くよりはセルバンテスのほうがよい。Saavedraの語源は不明。

　人名は、Black, Brown, Longfellow, White, Whiteheadなど、身体の特徴や、あだ名（nickname）Doolittle（なまけ者）, Drink-water

(フランスBoileau, bois-l'eau), Lovejoy, Makepiece, Shakespeare (spear-shaker) がある。アイスランド人はJón Helgason (ヘルギの息子ヨウン)、Anna Helgadóttir (ヘルギの娘アンナ) のようにfamily nameは通常用いず、個人名と父の名を示す。アイスランド大統領を4期 (1980-1996年) つとめたVigdís Finnbogadóttir ヴィグディース・フィンボガドウホティルは、国連のgoodwill ambassadorとして活躍している。2001年、彼女の外国語教育に対する貢献に報いるために、その名を冠せたThe Vigdis Finnbogadóttir Institute of Foreign Languagesが創設された。Finnbogi (フィン人の弓) の娘Vigdís ヴィグディース (戦いvigの女神dísの意味) である。2002年11月15日、彼女は学習院大学を訪れ、百周年記念講堂でCultural Heritage in the North (北国の文化遺産) の講演を行い、学生および教職員600人が熱心に聴講した (日本語の通訳あり)。その機会に、名誉博士号を授与された。(下宮「ドイツ語とその周辺」近代文藝社2003)

philology (文献学) はlove of wordの意味だが、19世紀までは言語学 (linguistics) をも含めていた。philologistは言語学者でもあった。Classical philology, Romance philology, Germanic philology, Slavic philologyはドイツの大学ではklassische Philologie, Romanistik, Germanistik, Slavistikと呼ばれ、Romanistik以下の学科は言語、文学、文化、フォークロア、歴史、政治なども含む。

phonetic law or phonetic change (音韻法則、音韻変化) 音声は、原則として、同じように変化する。英語dine, fine, line, mine, nine, pine, swine, timeのiは、開音節で [ai] となった。正書法 (綴り字) が固定して、発音が追いついて行けないためである。発音は、同じ条件 (開音節、閉音節) ならば、原則として、同じように変化する。外来語machineのような場合は、iは [i:] となる。

phonetics (音声学) 英国A.M.BellのVisible Speech (1867)、ドイツのEduard SieversのGrundzüge der Phonetik (1876)、フランスの

Paul Passy（1859-1940）のPetite phonétique comparée des principales langues européennes（Leipsic, 1904）を見ると、1930年のInternational Phonetic Association（IPA）の発音記号が、ほとんどそのまま採用されていることが分かる。1939年N.S. Trubetzkoy（1890-1938）のGrundzüge der Phonologie（Praha, 1938, Travaux du Cercle Linguistique de Prague, 第7巻, 272pp.；長嶋善郎訳『音韻論の原理』岩波書店1980）は機能的音声学（functional phonetics）という新しい音声学を開発した。これは、のちにAndré Martinet（1960）がより平易に解説した。

phonology as functional phonetics（機能的音声学としての音韻論）N.S.Trubetzkoy（1890-1938）の遺稿となったGrundzüge der Phonologie（Praha, 1939）に詳細に定義される。英語stop［stɔp］とtop［thɔp］を比べると、［t］［th］の差がある。前者はvoiceless, non-aspirateだが、後者はvoiceless, aspirateである。stopとtopのtは音素の役割を果たしているのではなく、位置による変異（positional variations）である。しかし、takeのtはbake, cake, fake, lake, make, rake, sake, wakeと区別するので、音素として機能する、という。cake, cock, cookの母音も同様である。

Pictet, Adolphe（アドルフ・ピクテ、1799-1875）Genève生まれのスイスの文人、哲学者。Les origines indo-européennes, ou les Aryas primitifs. Essai de paléontologie linguistique. 2 tomes, Paris, 1859-1863. 555頁 + 789頁。Himalayaのhimaは「寒い、雪、氷」から始まり、印欧語民族の山、川、金属、植物、果物、動物、狩猟、漁猟、牧畜、肉、バター、農耕、芸術、職工、裁縫、航海、武器、家、建築、衣類、家族、風俗（右と左の意味）、葬儀、知的生活、数、天文、宗教、神話などを論じている。Saussureが幼年時代に愛読したといわれる。書名のpaléontologie linguistiqueは言語学的古生物学の意味で、この本は東大の言語学研究室にもなかった。原田哲夫氏（1922-1986：日本大学歯学部英語教授）が東海大学に寄

贈したもので、挿絵入りの美しい本だった。私は1992年ごろ、非常勤でデンマーク語を教えていたときに図書館で発見した。

Pisani, Vittore（ヴィットーレ・ピサーニ、1899-1991）イタリアの印欧言語学者。Geolinguistica（言語地理学）e indeuropeo（1940）の書名で分かるように、Pisaniは言語地理学に目を向けていた（genealogical系統樹よりも）。ind-europeoと書く主義だった。Linguistica generale e indeuropea（1947）, Grammatica dell'antico indiano（1930-1933; Kālidāsa, 1946）, Studi sulla preistoria delle lingue indeuropee（1933）, Manuale storico della lingua greca（1947）, Grammatica latina storica e comparativa（1948）, Glottologia indeuropea（1943, 1948）. Manuale storico della lingua latina（4 vols. 1960-1964）. 第4巻 Le lingue dell'Italia antica oltre il latino（1964）. この最後の本を1980年ごろ、古代イタリアの言語を研究しておられた泉井先生にお貸しした。

Pischel, Richard（リヒャルト・ピシェル、1849-1908）ドイツの言語学者。1875-1885年、Kielで比較言語学を、Halleで1902年まで、以後、Berlinに移り、Karl Geldnerと一緒にVedische Studien（1889-1903）. Grammatik der Prakritsprachen（1900）.

place names（地名）人名も地名も、言語研究の「息抜き」の楽しい作業だ。木、林、森、野、水、川、湖、新潟、イタリアのLago Maggiore（より大きな湖）、イギリスのLake Districtなど。筆者の住んでいる埼玉県所沢市の所沢Tokorozawaは沢swampのある所placeだし、ハイジ村のある山梨県韮山Nirayamaはニラleekのある山が地名になっている。ニラleekは北欧神話にも出るから、古くからあった健康食である。東京は1868年、京都から首都が東に変わったので、east capitalと名付けられた。京都はmetropolitan city「首都＋都市」の意味である。London, Paris, Berlin, New Yorkなど、古くからある都市の語源はむずかしい。Londonは不明、ParisはLutetia Parisiorum（パリ人の沼地；ガリア語

luto沼）らしい。Berlinはスラヴ語brl沼（rはvocalic r；Berlin, Stettinは語尾にアクセントがある）、Yorkは古代英語eofor-wīc（イノシシの村；Green-wichは緑村）。New Yorkはオランダ人が早くから居住していたので、1664年まではNew Amsterdamと呼ばれた。

Plattlateinisch（低ラテン語；A.F.Pottの用語）= Romanisch.

Pokorny, Julius（ユリウス・ポコルニー、1887-1970）チェコ生まれ、Berlin大学ケルト語教授であったが第二次世界大戦でZürichに逃れ、Indogermanisches etymologisches Wörterbuch（1959-1969）2巻, 1183pp.；2044個の印欧語根と、それに由来する主要印欧諸語の語形を掲げる。第2巻はHarry B. Partridgeによる索引。Prof.Dr.Julius Pokorny, Altirische Grammatik（ゲッシェン文庫, 1925, 2.Aufl.1969）は小冊子128頁の中に歴史的音論、形態論、語形成、統辞論、テキストと脚注が、中身が、たくさん詰まっている。2003年7月、国際言語学者会議（第18回）がプラハで開催されたとき、大学の近辺を散策していると、不動産業Pokornýの看板があった。単語pokornýは"demütig"（謙遜な）の意味。

Polabian（ポラブ語）Laba（Elbe）河畔（po）の言語で、西スラヴ語。エルベ川の流域（Holstein, Mecklenburg, Rügen, Pomerania, Saxony, Hannover, Brandenburg）で話されていて、1734年にはHannover近郊Lüneberger Heideで話されていた。N.S. TrubetzkoyにPolabische Studienがある。

Polish（ポーランド語）西スラヴ語の一つ。ポーランド国内の3800万、アメリカ合衆国の70万、リトアニア、ウクライナ、カナダ、ブラジルなどの少数グループに用いられる。ロシア語の6格のほかに呼格（matka母は, matko! 母よ）がある。「愛する」のロシア語ljubítʼリュビーチ（loveと同根）はポーランド語では「好き」be fond ofの意味。「ありがとう」のロシア語spasíboスパシーバは「神よ、救いたまえ」の意味（boはbog神）。ポーラン

ド語の「ありがとう」dziękujęジェンクーイェンはドイツ語 danke からの借用語で、語尾のęは一人称単数の語尾である。dankeは ich danke の ich が省略。Warszawa jest stolicą Polski（ワルシャワはポーランドの首都である）の stolicą は predicative instrumentalと呼ばれる。主格は stolica ストリーツァ。ロシア語 ja byl studéntom（I was a student）の studéntom は studént の instrumental.

Polivanov, Evgenij Dmitrijevič（イェヴゲーニイ・ドミトリイェヴィチ・ポリヴァーノフ、1891-1938）ロシアの言語学者、日本語学者。1921-1926年 Tashkent 大学教授、1929-1931年 Samarkand 大学教授、1934-1937年 Frunze 大学教授。Vvedenie v jazykoznanie（言語学入門）1928, Moskva 2002², 232pp. ポリワーノフ著、村山七郎編訳『日本語研究』弘文堂、1976, ix, 241頁。巻頭にNicholas Poppe（1897-1991）の「E.D. ポリワーノフの思い出（1976年3月）」、日本語における音楽的アクセント（1906）、日本語・琉球語音声比較概観（1914）、日本語語源辞典についての暫定報告（1925ごろ）、日本語とアルタイ諸語との親縁関係の問題について（1927）、史的言語学と比較言語学（1928）など17章にまとめている。ポリワーノフは1938年日本のスパイ容疑で銃殺されたが、1963年に名誉が回復した。E.D. Polivanov, Stat'ji po obščemu jazykoznaniju. Moskva, 1968, 376pp.; E.D. Polivanov, Selected Works. Articles on General Linguistics. Compiled by A.A. Leont'ev. Janua Linguarum, Series Maior, 72. The Hague, Mouton, 1974, 386pp.

popular etymology（民衆語源）チョット着るからチョッキ、ズボンと、はくからズボン。正しくは、チョッキは英語jack（袖なし）、ズボンはフランス語jupon（下のはかま）。一所懸命が一生懸命と字が変わった。tomato は mala Aethiopica（エチオピアのリンゴ）がイタリア語で pomi dei Mori（沼地のリンゴ）であったが、poma moris, pom amoris（愛のリンゴ）に変わり、英語 love apples（トマト）、ドイツ語 Liebesäpfel になった。

Portuguese(ポルトガル語)ロマンス語の一つ。ポルトガル本国(1000万)のほかブラジルに1.5億人に話される。わが国との関係は古く、16世紀にbotãoボタン, capaカッパ, Castelaカステラ, confeitoコンペート, cristãoキリシタン, gibãoジュバン, mantoマント, marmeloマルメロ, pãoパン, raxaラシャ, sabãoシャボン, veludoビロード, などが入った。カステラはpão de Castelaカステーリャのパンからきた。Castela(スペイン名Castellaカステーリャ地方)はマドリッドを含むスペインの地方名である。

ポルトガル語の「ありがとう」は男が言うときはobrigadoオブリガード, 女が言うときはobrigadaオブリガーダ, と言う。英語の(I am) obligedの意味の過去分詞だから。

ポルトガル語は、他のヨーロッパ語には見られない不定詞の人称不定詞(personal infinitive)がある。"he says that we are poor"はêle diz sermos pobresという。sermos "that we are"は"be-we"の意味である。ラテンles, lasのlが消えて、ポルトガル語ではo, a, os, asとなる。Os Lusíadas(ルシタニアの人々)はLuis de Camões(1524-1580) カモンエスの叙事詩(1572)で、小林英夫ほか訳(岩波書店, 1972)がある。ルシタニアLusitaniaはポルトガルのラテン名である。

Pott, August Friedrich(アウグスト・フリードリッヒ・ポット、1802-1887)ドイツの言語学者。BerlinでDr.取得。1833年、Halle大学教授。Etymologische Forschungen (1833-1836; reprint 1999), Die Zigeuner in Europa und Asien (Halle, 1844-1845, reprint Leipzig 1964). Pottはインド語のすべての方言に通じ、ジプシー語の大著を書いた。Die Personennamen, insbesondere die Familiennamen und ihre Entstehungsarten (1853).

Pottier, Bernard(ベルナール・ポティエ、1924-)ポティエは、言語学のさまざまな新機軸を打ち出して、ことばの魔術師のようだ。Paris第4大学Sorbonneの一般言語学教授。École Pratique des

Hautes Étudesでアメリカ原住民の言語ケチュア語（Quechua）を研究指導している。ロマンス語のうちスペイン語が得意で、Grammaire de l'espagnol, 1969, Que-sais-je? の著書がある（島岡茂訳『スペイン文法』白水社, 1971）。1991年以後私信あり。

グスターヴ・ギヨーム Gustave Guillaume（1881-1960）, ルイ・イェルムスレウ Louis Hjelmslev（1899-1965）, リュシアン・テニェール Lucien Tesnière（1893-1954）の言語観をもとに、独自の理論を開発し、音韻論、形態論、統辞論、語彙論、意味論の分野に、巧みな図式を用いて、言語のメカニズムの解明のために新鮮なアプローチを用いてきたが、それらを1冊の本に総括したのが、Linguistique générale. Théorie et description. Paris, Klincksieck, 1974, 339pp. である。三宅徳嘉・南館英孝訳『一般言語学―理論と記述』岩波書店, 1984, 18 + 421頁。その内容は第1部：言語活動と意思伝達；第2部：概念図式から言語図式へ；第3部：言語技能 compétence linguistique. 所記の実質：意味分析, 指称désignation, 関係relations（態, 格体系, 視像構成vision, 統合intégrations）, 表示方式formulations；所記の形相forme du signifié：統辞モデルmodèles syntaxiques；内的構造structurations internes；差し換え辞substituts；範疇の所記signifié des catégories；構造の線状化linéalisation des structures；能記：音素能記signifiant phonémique, 韻律能記signifiant prosodique；配列能記signifiant tactique；所記の組織signifiant graphique；身振りの組織signifiant mimique；能記のいろいろ。

Présentation de la linguistique. Fondements d'une théorie. Paris 1967は78頁の小冊子だが、言語学の百科事典のようだ。

Pottierは記号と所記・能記の関係を次のようにとらえる。

```
                    SIGNE 記号
                   /          \
         signifié所記    signifiant能記
             /                      \
    substance 実質              forme 形相
```

ここに所記の実質を研究するのが意味論、所記の形相を研究するのが統辞論、能記を研究するのが能記論（signifiance；新語）。

所記と能記の対応において、動機づけmotivationが強い場合（＜＋＞）と弱い場合（＜－＞）がある。

	laiterie	librairie	joaillerie	boucherie	
＜＋＞	ミルク店	本屋	宝石店	肉屋	＜－＞
	lait	livre	bijou	viande	
＜＋＞	ミルク	本	宝石	肉	＜－＞
	annuel	nocturne	diurne	hebdomadaire	
	年の	夜の	昼の	週の	＜－＞
＜＋＞	année	nuit	jour	semaine	
	年	夜	昼	週	＜－＞

アスペクト（aspect）は次の3段階からなる。

```
                /ASPECT/アスペクト
               /              \
          NON なし         OUI あり
    (hors-aspect) アスペクト外  /      \
                  imperfectif未完了的   perfectif 完了的
                                    /           \
                          prospectif前望的     rétrospectif後望的
```

スペイン語 despierto, despertando, despertar, despertado
目をさましている　起こしながら　起こす　目をさまして
awake　　　　　　waking　　　　wake　　awaken

preposition（前置詞）前置詞は he comes from the town, she is sitting on a chairのように場所(locative)を表すことが多い。he came in, she went outのように副詞にも用いられる。he stayed inside, she went outdoorsのようにlocative adverbsにもなる。

ラテン語gratia …のために, causa…が原因で, は名詞のあとにくる。英語は複合的にdespite, behind, in consideration of, for the benefit of…など, 多様に用いられる。Hermann Hirtは, 印欧語は27個の前置詞をもっていたと考える。G.O.Curmeは現代英語には300あり, さらに増加しつつあるという。前置詞は, 最も若い文法範疇である。東京で, 東京にて, のように, フィンランド語ではin HelsinkiをHelsingissä, in TokyoをTokiossaのように格語尾で示す。ハンガリー語も同様にBudapesten, Tokióban (外国の地名の格語尾は -ban)。

prepositonがpreverbになるもの。ドイツ語reisen, verreisen (旅行に出かける；er ist verreist旅行中である), schlagen打つ、erschlagen打ち殺す。ラテン語com-, ドイツ語er-, ロシア語po- は完了の意味をもつようになった。

pronoun (代名詞) は名詞の代わりに, の意味である。太郎は日本人である、彼は学生である。Taro is Japanese, he is a student. 人称代名詞, 指示代名詞, 関係代名詞があるが, 人称代名詞の特徴は主格と斜格 (それ以外の格) が異なる。I, my, me, we, our, us, ラテン語ego, mē, mihi. ロシア語ja, menja, mne. 指示代名詞はthis, that, that overthere, フランス語ce, celui-ci, celui-là, ドイツ語dieser, der da, jener, jener-da. 関係代名詞は, のちに発達した。the book, that (which) is overthere, the book, which I bought yesterday…. whoやwhich を用いるのはラテン語にならった。

punctuation (句読点：ギリシア語théseis, ラテン語positurae, のちpausationes) 4世紀ラテン語文法家DonatusはArs grammaticaの中でsubdistinctio (high dot ˙), media distinctio (middle dot ·), distinctio (low dot .) これらは今日のコンマ, コロン, ピリオドにあたる。

日本語は（、）（。）と「」がある。

Puşcariu, Sextil（セクスティル・プシカリウ、1877-1948）ルーマニアの言語学者。Leipzig, Vienna, Parisで学び、Die rumänischen Diminutivsuffixe（Leipzig, 1889）で学位をとる。1919年、ルーマニアCluj大学ルーマニア語ルーマニア文学教授。『ルーマニア言語地図』（with S.Pop, E.Petrovici）、Etymologisches Wörterbuch der rumänischen Sprache, I. Lateinisches Element, 1905. Cluj（クルージュ）言語学派の創始者。

Q（文字と発音）ラテン語のqはo, uの前で用いられ、i, e, aの前ではcが用いられた。イタリア語ではすべての母音の前でcが用いられた（cuore心）。英語はquack, quick, quoteなど［kw］を表すのに用いられる。quickは印欧語*gw-てある。ドイツ語Quelle［kv-］（泉）。Paulのドイツ語辞典によるとidg.*gwel- "herabträufeln", altindisch gálati.

quality（音質）母音はqualityとquantityから定義される。日本語のアイウエオは音質も音量も同じで音量は2倍の長さでアーイーウーエーオーのように発音される。スペイン語mesa（テーブル）とmesta（複数形で、川の合流点）のeは、ともに、［e］である。

quantity（音量）英語bid［bɪd］とbead［bi:d］の相違は音質と音量である。フランス語maître［mɛ:tr］（教師）とmettre［mɛtr］（置く）は音量の相違があったが、1940年ごろ、ともに［mɛtr］となった。Paul Passyの Petite phonétique comparée des principales langues européennes（Leipsic, 1906, 1922³）ではmaître［mɛ:tr］「教師」とmettre［mɛtr］「置く」の長短を区別している。

R（文字と発音）語頭のrはフランス語、ドイツ語、デンマーク語ではuvular r（軟口蓋）となり、英語ではalveolar r（硬口蓋）となった。フランス語roseはホーズ、ドイツ語Roseはホーゼと聞こえる。英語やドイツ語では、語末のr (-er, -ar, -or)は［ə］に弱化する。reader, Leser（読者）。

r（発音）英語のriverのrは前舌口蓋（front-palatal）だが、riverの語末rはer［ə］となり子音は消える。フランス語rose, ドイツ語Roseのrはuvular Rで、ホーズ、ホーゼのように聞こえる。フランス語rose, Parisのr（uvular r）は18世紀、パリに始まり、ドイツに伝わって、デンマークまで北上した。アメリカではrが過度（hypercorrect）に起こり、idear（idea of）のように聞こえる。英語was, wereのsとrはVerner' Law（1876）で説明される。

Radishchev, Aleksandr Nikolaevich（アレクサンドル・ニコラーイェヴィチ・ラジーシチェフ、1749-1802）［言語学ではないが、河出書房世界文学全集ロシア古典篇第27巻より］『ペテルブルクからモスクワへの旅』（1790；金子幸彦訳）地主がいかに身勝手で、残酷であるかを語っている。百姓との会話。「おまえさんは、日曜日なのに働いているのかね、しかも、こんなに暑い日なのに」「1週間には、だんなさん、6日しか日がねえですよ。わしらは1週間に6日は賦役（ふえき；主人の仕事）に出ますでな。晩方には、天気さえよけりゃ、森に残った乾し草をだんなの屋敷に運びますだよ。女や娘どもは日曜ごとに、森やきのこや実をとりに行かされますだよ。どうか、神様のおかげで、今晩は雨になってもらいてえもんです。だんなさん、おまえさんにも百姓がいたら、百姓たちはやっぱりおんなじことを祈っているだよ」「わたしは百姓はもっていないよ、おかげで誰にも恨まれることはないさ。おまえさんの家族は大勢いるのかい？」「せがれ三人、むすめ三人で、一番上が十がすよ」「日曜日だけしか休みがないんじゃ、どうして食べているんだね？」「日曜だけじゃねえですよ、夜もわしらのもんでさあ。わしらは精出してはたらきさえすりゃ、飢え死にすることはねえですよ」「主人の方の仕事もそんな風にしてやっているのかね？」「主人のとこじゃ口が一つに、畑で働く手は百もあるんですよ。わしのとこじゃ口が七つに手が二本しかねえです。賦役でくたばったって礼を言ってもらえるわけでも

なし。だんなは人頭税を払わねえでしょう。羊も布も、めんどりもバターも、みんなとりあげちまいますだ。だんなが年貢でとって、ことに管理人を使わねえで取ることじゃ、百姓も楽な方ですよ。そりゃ、ご親切なだんなになると一人あたり三ループリ以上も取り立てることもあるですが、それでも賦役よりはええです。」

　この農夫の話はわたしの心に多くのことを考えさせた。おなじ百姓の身分でも平等ではないこと。国有農民と地主の農民をくらべた。両方とも村に住んでいるが、一方はきまったものを払えばよいが、他方は地主の欲するだけ払わなければならない。一方は自分と同等の者によって裁かれるが、他方は、法律上は、死んだも同然である。無慈悲な地主よ、恐れよ、汝の百姓の一人一人の顔の上にわたしは汝にたいする断罪を見る。

　農奴制（slavery）は1861年まで続いたが、アレクサンドル2世により農奴解放令（emancipation of farm slaves）が実施された。ラジーシチェフは1749年、モスクワ近郊の裕福な地主貴族の家庭に生まれ、ペテルブルクの貴族学校を卒業したのち、ライプツィヒ大学に留学し、ライプニッツ、ルソーの啓蒙思想家の本を読んだ。上記の「ペテルブルクからモスクワへの旅」は農村で、いかなる理不尽が（unjust, unfair）まかり通っているかを暴いている。

Raetic（ラエティア語）アルプスの古代ラエティ人（Raeti）の言語。70個の碑文に残る。*branca, *gaba, *carmo, *malga, *barga, *lanka, *palta, *paita, *splengia にはイリュリア語（Illyrian）の影響が見られる。*gh, *dh, *bh の代わりに g, d, b が見える。上記の *malga はラテン語 mulgeo, 英語 milk にあたる。Rhaetic（スイスの第4言語）とは別物である。

Ramstedt, Gustav J.（グスタフ・ラムステット、1873-1950）駐日本フィンランド公使（1919）。ヘルシンキ大学教授。「アルタイ言

語学入門」第1巻「音論」192頁, 1957, 第2巻「形態論」262頁, 1952がある。形態論が先に出版されたのは、遺稿が比較的完全な状態にあったから、と刊行者ペンッティ・アールト Pentti Aalto は述べる。ラムステット著・坂井玲子訳『フィンランド初代公使滞日見聞録』日本フィンランド協会刊（1987, 246頁）がある。

Rask, Rasmus（ラスムス・ラスク、1787-1832）デンマークの言語学者。音韻対応（phonetic correspondence, Lautentsprechung）の原理を発見し、Jacob Grimmの法則（Grimm's Law）を生んだ。Undersøgelse om det gamle Nordiske eller Islandske Sprogs Oprindelse. 1818, 12 + 312頁（古代ノルド語またはアイスランド語の起源の研究）副題に Et af det Kongelige Danske Videnskabers-Selskab kronet Prisskrift（デンマーク王立科学協会受賞論文）とある。ラスクの著作全集全3巻のうちの第1巻の1頁から328頁に収められている。その選集にはデンマーク語版とドイツ語版があり、その書名は次の通りである。Rasmus Rask. Udvalgte afhandlinger. Udviget af Det danske Sprog- og Litteraturselskab ved Louis Hjelmslev med indledning af Holger Pedersen. Bind I-III. København, Levin & Munksgaard, 1932-1935, 1192pp.；Rasmus Rask. Ausgewälte Abhandlungen. Hrsg. auf Kosten des Rask-Ørsted fonds auf Anregung von Vilhelm Thomsen für det Danske Sprog- og Litteraturselskab von Louis Hjelmslev mit einer Einleitung von Holger Pedersen. Band I-III. Kopenhagen, Levin & Munksgaard, 1932-1937, 1224頁。

第1巻の pp.vii-xi に刊行者 Hjelmslev の序文、pp.xiii-lxiii に当時 Copenhagen 大学比較言語学教授であった Pedersen による長文の序説があり、本文は3部に分かれる。以下、日本語で。

序文15, 第一部（語源全般について）、第二部（アイスランド語とゲルマン語）、第三部（ゴート語、とくにアイスランド語の資料）1. グリーンランド語との比較。2. ケルト語との比較。3. バスク語との比較。4. フィンランド語との比較。5. スラヴ語と

の比較。6. バルト諸語との比較。7. トラキア語（＝ギリシア・ラテン語）との比較。8. アジア諸語との比較。

　懸賞問題（1811）はデンマーク語とラテン語で記され、その大意は次のようなものであった。「古代スカンディナビア語（det gamle skandinaviske Sprog, lingua vetus Scandinavica）が、いかなる起源から最も確実に導き出されうるかを、歴史的な批判と適切な例をもって説明すること。その言語の性格と、それが最古代から中世にかけて、一方においてはノルド諸語と、他方においてはゲルマン諸語とどのような関係にあったかを述べること。それらすべての言語の由来と比較が、どのような原理に基づいてなされねばならないかを正確に規定すること。」

　これに答えて著わしたのが本書である。Rask は 1811 年、すでに Vejledning til det Islandske eller gamle Nordiske Sprog. København, lvi + 282pp.「アイスランド語または古代ノルド語入門」の著書があったが、さらに研究を進めるために、1813年春にアイスランドに渡り、1814年に懸賞論文をそこからコペンハーゲンに送った。論文は、もちろん、当選したが、出版助成金がおりたのは1817年、出版されたのは1818年であった。学問の世界では印刷出版年が業績の年度になるので、Rask は Bopp（1816）に 2 年遅れることになった。Bopp は音論をほとんど扱わず、印欧語形態論の解明に終始したのに対し、Rask は比較言語学において最も重要な原理の一つである音韻対応（phonetic correspondence, Lautentsprechung）、すなわち、祖語から個別言語にいたる音変化の規則性を発見した。それは、ギリシア語・ラテン語の子音がゲルマン語でどのように変わるかを示したものである。カッコ内は Pedersen による補足。用例の意味は日本語で示す。

p＞f：ギ patēr（ラ pater）＞古代ノルド faðir「父」

t＞þ：ギ treîs（ラ trēs）＞古代ノルド þrír「三」

k＞h：ラ cornū＞古代ノルド horn つの；ラ cutis＞古ノ húð「皮膚」

d＞t：ギdamáō馴らす, ラdomō＞古ノルドtamr「馴れた」

g＞k：ギgynē女＞古ノルドkona女；ラgena＞古ノルドkinnほお；
　　ギgénos種族＞古ノルドkyn家族；ギagrós, ラager畑＞
　　古ノルドakr野原

ギph, ラf＞b：ギphēgós樫の木（ラfāgusブナ）＞古ノbókブナ；
　　ギphérō, ラferō運ぶ＞古ノbera

ギth＞古ノd：ギthyrā戸, ラforēs外に＞古ノdyrr戸

ギkh＞古ノg：ギkhytó-s注いだ＞古ノgjóta注ぐ；ギkholē胆汁
　　＞古ノgall胆汁；ラhostis見知らぬ人、敵＞古ノgestr客
語中では別の変化が起こる（ここでは省略）。

　Raskはギリシア語・ラテン語とゲルマン語（ゴート語が中心）の352の語彙を比較している。そのリストは（1）太陽などの自然34,（2）動植物54,（3）人間、服装、状態など56,（4）道具43,（5）形容詞34,（6）動詞102,（7）副詞・前置詞など、計352個となっている。

　Raskの発見した音韻対応の原理は印欧語族ののみならず、隣接するセム語族やウラル語族の研究にとっても、きわめて重要な意味をもつことになった。言語同族性を決定する最も有力な武器は、音韻対応にもとづく語彙の形態素の対比（lautgesetzliche Wortgleichungen）だからである。ただ、Raskはまだサンスクリット語を利用しておらず、この点ではBoppに劣っていた。しかしバルト語とスラヴ語が、より近い関係にあったこと、リトアニア語がとくに古い様相を保っていることを認識したのは、Raskが最初であった。

　この本（1818）よりも早くRaskには『アイスランド語、または古代ノルド語入門』Vejledning til det Islandske eller gamle Nordiske Sprog（København, 1811；56頁＋282頁）があり、これは当時としては画期的なアイスランド語入門書であり、1818年にはスウェーデン語訳（Anvisning till Isländskan eller Nordiska Fornspråket（Stockholm, 28 + 300頁）が、1843年にはGeorge Webbe Dasentによる英訳 A Grammar of the Icelandic or Old Norse Tongue（London, 8 + 272頁；reprint Amsterdam, John Benjamins, 1976；T. L.Markeyによる "Rasmus Kristian Rask. His Life and Work", 15頁～35頁あり）が出版された。ほかに『アングロ・サクソン語文法、読本つき』（Stockholm, 1817, 8頁 + 44頁 + 168頁）、その英訳（1830）、『スペイン語教本』1824,『フリジア語文法』（Copenhagen, 1825; オランダ語訳Leeuwarden, 1832, ドイツ語訳Freiburg, 1834）など、多くの業績があったにもかかわらず、なかなか大学職に恵まれず、1829年（42歳）にようやくCopenhagen大学東洋語教授（professor i orientalske sprog！）となり、1832年11月14日に没した（The Collier's EncyclopediaのGeorg Strandvoldによる）。

Rhaetic（ラエティア語）= Romanche（ロマンシュ語）

rigyo（鯉魚 carp）岡本かの子（1889-1939）著（1935）。DVD

　昭という少年は18歳、京都の臨川寺で修行中であった。5月のある朝、大堰川の鯉たちのエサに生飯を与えようと、川のほとりに来ると、一人の女性が倒れていた。

　どうなさったのですか、と声をかけると、私は早百合姫と申します。昨日から何も食べていません。水を飲もうとして、しゃがんだまま、気を失ってしまいました、との返事。

　それでは、これは鯉に与える生飯ですが、こんなものでよろしかったら、お召し上がりください。

　生飯と水をいただき、やっと気を取り戻した娘は、身の上を語った。私は京都のお城に住んでおりましたが、父は戦争に行ったまま、帰ってまいりません。一人取り残された私は命からがら、逃げてまいりました。青年は、とりあえず、池のほとりに停泊していた小舟に彼女を休ませた。生飯のほかに、自分の果物やお菓子も持参して与えた。まわりを注意しながら、二人だけの逢瀬（おうせ）を重ねていたのである。当然、17歳の姫と18歳の青年

の間に恋が芽生えた。

 ある日、あまりに暑いので、水浴びをしていた二人は、寺の小僧たちに発見されてしまった。青年は、裸のまま、寺に連れ戻された。僧侶が尋ねた。一緒にいた相手はだれか。昭は鯉魚です、と答えたが、小僧たちは納得しなかった。自分はともかく、姫まで巻き添えにはできない。

 その後、二人は別れたまま、昭は僧侶となり、鯉魚庵を建て、修行に励(はげ)んだ。戦火がおさまったとき、姫は京都に舞い戻った。幼少から教養と芸を身につけていたので、歌と舞の名手になった。

Romance languages(ロマンス諸語)ローマに由来する言語で、フランス語、カタラン語、スペイン語、ポルトガル語(以上、西ロマンス語)、イタリア語、ルーマニア語(以上、東ロマンス語)。Romanceの用語はRōmānicē loquor(ローマふうに話す)からきている。西ロマンス語の特徴は名詞・形容詞の複数が-sで終わること、動詞の二人称単数の語尾が-sに終わること。例:スペイン語lo-s dos libro-s español-es "the two Spanish books", vienes "you come";イタリア語はi due libri italiani "the two Italian books", vieni "you come"(スペイン語はvienesで、-sに終わる)

 ロマンス諸語は言語人口約5億で、印欧語族の中ではインド・イラン諸語、ゲルマン諸語に次いで大きな言語群である。ロマンス諸語の出発点となったのは古典ラテン語ではなく、口語のラテン語(=俗ラテン語 Vulgar Latin, spoken Latin)である。
①古典ラテン語domus;俗ラテン語casa「家」→イタリア語casa
②古典ラテン語pulchriorより美しい;俗ラテン語plus bellus→イタリア語più bello, フランス語plus beau
③古典ラテン語scripsi私は書いた;俗ラテン語habeo scriptum→イタリア語ho scritto "I have written", フランス語j'ai écrit.
Romanche(ロマンシュ語)はスイスの第4言語(ドイツ語、フ

ランス語、イタリア語に次いで)で、スイスのグラウビュンデン州（Graubünden, グリゾン Grison, グリシュン Grishun ともいう）の州都クール Chur（Coira）郊外、エンガディン Engadin などに5万人に用いられる。ラテン語 lingua romanica（ローマの言語）のフランス語形である。1. こんにちは Bun di! ブン・ディ；2. ありがとう Grazia! グラーツィア；3. さようなら A revair! ア・レヴァイル（再会を期して）。J.C.Arquint, Vierv ladin. Grammatica elementara dal rumantsch d'Engiadiana. Coira（Chur）1964². 18 + 308頁。説明と辞書はドイツ語で書かれている。書名の viervはラテン語 verbumで「ことば」の意味。この古い意味が残っているのはレトロマン語とラテン語から借用したバスク語である。バスク語 berba「ことば」berba egin 話す（原義．ことばを行う do）。

Romanian（ルーマニア語）東ロマンス語の一つ。ルーマニア共和国（首都 Bucharest, Bucureşti ブクレシュティ；美しい都の意味）の2000万人、モルドバ共和国の300万人、ユーゴスラビア、ブルガリア、ギリシア、アルバニア、アメリカ、カナダに200万人。

Romany（ロマニー語、ジプシー語）rom（ジプシー語で「人」の意味）ジプシーの世界人口は700万から800万人と推定され、その半分はヨーロッパに住み、さらにその三分の二がバルカン諸国を含めた東ヨーロッパに集中している（木内信敬『青空と草原の民族、変貌するジプシー』白水社、1980)。名優ユル・ブリンナーを出し、ダンスと占いで知られたジプシーは祖国を持たぬ流浪の民と呼ばれる。インド西北部に暮らしていたが、紀元1000年ごろ、戦争や飢饉を逃れて、アルメニア、トルコ、ギリシア、バルカンを通って、ヨーロッパに移住した。Gypsy は Egypt と同じ語源で、イギリス人がエジプト起源と考えたためである。ジプシーはドイツ語でツィゴイナー Zigeuner，フランス語でツィガーヌ tsigane, ロシア語で cygan（ツィガン；プーシキンの詩「流浪の民ツィガン」)、ジプシー自身はロム Rom と呼ぶ。ヒンドゥー

語Domと同じで「人」の意味である。アイヌAinuも「人」の意味である。

　H.E.Wedeck, Dictionary of Gypsy Life and Lore. London, Peter Owen（1973, 518頁）は、私の知る限り、この分野における唯一の事典で、ジプシーの生活と学問に関する1583の項目を英語見出しでアルファベット順に掲げ、数行ないし十数行の解説を与えている。出典や参考書の記載はない。多くは専門誌Journal of the Gypsy Lore Society（Old Series, Edinburgh, 1888-1892；New Series, Liverpool, 1907-1916, third series, Liverpool, 1992-）からとっているようである。二三、抄訳して紹介する。

ジプシーの家族（南ドイツ, Ulmウルム, 1872年ごろ）
H.E.Wedeck, Dictionary of Gypsy Life and Lore（London, 1973）

<u>census</u>（人口調査）：ジプシーの人口についての公式の調査はないが、ロシアに約100万人、ルーマニア、ハンガリー、ブルガリアに合計約75万人、ギリシア・トルコに約20万人と推定される

(木内氏の新しい資料とかなり異なる)。

<u>Gypsy fiction</u>（ジプシーを扱った小説）：アラルコン『ジプシーの予言』、セルバンテス『ジプシーの少女』、D.H.ロレンス『処女とジプシー』、メリメ『カルメン』、ゴーリキー『マカール・チュードラ』、プーシキン『ジプシー』（詩）など。

<u>proverbs</u>（ことわざ）：ツィガーヌのようににせもの。ジプシーは不潔だが、ジプシーなしに娯楽はない。ジプシー女はみな魔女だ。

<u>riddles</u>（なぞなぞ）：女王の部屋に無断で入り込み、無断で出て行く人はだれか。答えは太陽。

　大阪の民族学博物館にフランスのロワール河畔にあったジプシーの馬車があった（1993年ごろに見た）。梅棹忠夫がフランスから購入したと思われる。下宮｜アクネーヌと人魚、ジプシー語案内ほか」（近代文藝社、2011；p.89-126）

root（語根）単語（word）から prefix, infix, suffix, ending を取り除いたもの。forgive, gift, gifted, giver の give, ride, rode, ridden, road の ride, ラテン語 accipio, concipio の cap-（捕らえる), deficio,（英語 magni-fy の fy＝）fac- 作る、など。

Rosetta stone（ロゼッタ・ストーン）エジプトのロゼッタで1799年に発見された石柱。紀元前196年にプトレマイオス5世がメンフィスで出した勅令が刻まれた石碑。1802年、大英博物館に展示されている。フランスの Jean François Champollion が解読した。

Russian（ロシア語）東スラヴ語（大ロシア語、白ロシア語、ウクライナ語）の中で最大の言語。言語人口1億5500万人。ロシア連邦内に1億2500万人、ウクライナ（1200万）、カザフスタン（800万）、ベラルーシ（350万）、ウズベキスタン（250万）、ラトビア（100万）、キルギスタン（100万）、モルドバ（60万）、アゼルバイジャン（50万）、タジキスタン（50万）、トルクメニスタン（40万）、リトアニア（35万）、アルメニア（5万）、アメリカ合衆国（25万）、カナダ（5万）。ロシア文学の父プーシキン

(A.S. Pushkin, 1799-1837) をはじめ多くのすぐれた作家の言語。最古文献の一つに『イーゴリ遠征物語』(Slovo o polku Igoreve, 12世紀末成立, 木村彰一訳, 岩波文庫, 1983) がある。18世紀ピョートル大帝の時代にモスクワ方言が標準語として確立した。ロシア語から世界中に広まった単語に balalaika, intelligentsia, perestroika, pogrom, samovar, sputnik, steppe, troika, tundra, vodka があり、1947年以後、シベリア抑留の日本人捕虜が持ち帰ったダモイ (damoi, 帰国)、ノルマ (norma, 仕事の割り当て) がある。

Russian Fairy-tales（ロシア童話集）Russkie skazki（ルースキエ・スカースキ）A Russian Reader with explanatory notes in English. Moscow, 1984, Russky Yazyk. 164pp. notes p.165-175. 第1部（15話；1500語）は動物、家庭物語、第2部（9話；2500〜3000語）は童話、第3部（10話；2500〜3000語）はロシアの作家の童話からなる。挿絵入り。第1部の Káša iz toporá「斧から作ったおかゆ」はアンデルセンの「1本の釘から作ったスープ」みたいだ。第2部の Tsarévna-lyagúška「蛙の王女」。三人の王子がいて、第一王子は貴族の娘と、第二王子は商人の娘と、第三王子（イワン）は蛙と結婚した。しかし、結婚式の日、蛙は世にも美しい娘になった。ウラル地方の伝説「石の花」（本書p.229）は、この第3部に入っている。出版社 Russky Yazyk（Russian Language）はロシア語普及のために、便利な本をいろいろ出版している。

Ryukyunesia（琉球諸島 Ryukyu Islands；半田一郎先生の用語）半田一郎（1924-2010, p.100）は戦後GHQの英語通訳として勤め、東京外国語大学教授のあと琉球大学教授（1987-1990）になった。

S（文字と発音）s はサシスセソ, sea, see, isogloss の s 音で、voiceless sibilant（無声歯擦音）である。s と h は近い関係にあり、ラテン語 septem はギリシア語 heptá（heptagon 7角形）となる。st の音結合で、フランス語では t が消える。ラテン語 festa, testa の s が消えてフランス語 fête, tête となる。英語 forest, haste, roast にはフラ

ンス語 forêt, hâte, rôtir には消えてしまった s が残る。ラテン語、ギリシア語には š の音がない。š は英語 ash, shame、ドイツ語 Schnee, schlafen, 英語 passion, special, nation にある。

Sakaki Ryozaburo（榊亮三郎、1872-1946）京都帝国大学教授（1907-1932）。『解説梵語学』1907, 1950³（266頁＋語彙124頁）この語彙は変化、語源もあり、Stenzler や Bühler よりも便利。

sakura（桜、サクラ）日本語サクラの語根は「サク」（花咲く）か。広辞苑に「ら」は親愛語の接尾辞とあり。2020年、埼玉県所沢市の角川武蔵野ミュージアム5階にレストラン Sakula Diner があり、Sakula の語源を尋ねたら、sa + culture とのことだった。

sandhi（サンディー：連声法）saṁ-dhā 'putting together' から来た用語。フランス語の le ami［ル・アミ］'the friend' がリエゾンにより l'ami［ラミ］となるのと類似の現象である。イタリアの印欧言語学者ジュリアーノ・ボンファンテ（Giuliano Bonfante, 1904-2005）は syntactic phonetics と呼ぶ。sandhi は euphony（好音法）である。サンスクリット語 na asti iha → nāstīha 'he is not here'. フランス語 a-t-il 'has he?', le-s-arbres［le-zarbr］'the trees'. サンスクリット語では、語頭、語末に起こるので、簡単なテキストを読む場合にも、規則を覚えておかねばならない（conditio sine qua non）。sovāca ソーヴァーチャ = sā uvāca 'she said'.

Sanskrit（サンスクリット語）古代インドの言語。saṁskṛtaṁ（完成された言語、雅語；saṁ-s- 'together', kṛt 'made'）の意味で、口語プラークリット語（prā-kṛta-自然語）に対す。サンスクリット語は受動形を好む。janair nagaram gamyate 'es wird in die Stadt gegangen' = man geht in die Stadt. ギリシア語、ラテン語とともに、印欧語比較文法にとって最重要。dhā-「置く」= ラ facio 作る、ギ títhēmi 置く、エ do. 上掲 sandhi も見よ。

Ṣardinian（サルディニア語）イタリアの Sardegna サルディニア島の言語。ラテン語の centum（100）がイタリア語では cento チェン

トとなるが、サルディニア語ではchentuケントゥ, で［k］が残る。菅田茂昭著『サルジニア語』早稲田大学出版部, 2021, 137頁。サルディニア語cras「明日」, domo「家」はラテン語cras, domusで、古語が残る。イタリア語はdomani「明日」、casa「家」である。

saru-kani-gassen（猿蟹合戦 monkey-crab battle）

これは日本民話の現代版です。サルはずるがしこい動物です。カニが見つけたオニギリを取ろうとしました。そしてカキのタネと交換しようよ、と持ちかけました。しかし、カニの三匹の子供が、すかさず、サルのお尻（しり）にかぶりついて、オニギリを確保し、カキのタネも奪ってしまいました。カキのタネを海底に植えると、芽が出て、伸びて、カキの木が成長し、おいしい柿をたくさん実らせました。海の塩分でカキはさらに甘くなりました。カキの木を海底「王国樹」と名づけ、魚のだれでも自由に食べられるようにしました。

satem languages（サテム諸語）印欧諸語の中で、「100」を表す単語がcentum（ラテン語）地域とsatem（古代インド語śatám）地域がある。ラテン語cord-「心」がsatem語地域のアルメニア語sirt「心」、ロシア語serd-ceセルツェ「心」となる。-ceは愛称。

Saussure, Ferdinand de（フェルディナン・ド・ソシュール、1857-1913）スイスの言語学者。Geneva, Leipzig, Berlinに学び、1881-1891年ParisのÉcole des Hautes Étudesでゴート語およびAlthochdeutschを教え、1891年Genève大学のサンスクリット語および印欧言語学助教授、1901年に正教授となり、1906-1907-1908年、1908-1909年、1910-1911年に一般言語学の講義を行った。Saussureのこの3回の一般言語学の講義は弟子のCharles Bally（バイイ；1865-1947）とAlbert Sechehaye（セシュエ；1870-1946）が学生たちの筆記ノートから再構成したものである。フランス語原著最新版はCours de linguistique générale. Édition critique préparée par Tullio de Mauroで、序文（pp.1-18）、本文（pp.1-317）、付録（pp.319-

495；de MauroによるSaussureの伝記，注，参考書目）、索引の計510頁からなる。de Mauroのイタリア語訳Corso di linguistica generale di Ferdinand de Saussureは現時最良とされる。日本だって負けてはいない。小林英夫（1903-1978）は世界に先駆けて、1928年、ソシュール『言語学原論』の翻訳を出版した（1928；岡書院、572頁；詳細な注解を含む）。

　ソシュールの言語学はlangueラングとparoleパロール、phonetics音声学とphonology音韻論、diachronic linguistics（通時言語学、歴史言語学）とsynchronic linguistics（共時言語学）からなる。ソシュールからフランスの社会言語学（Meillet, Vendryes, Grammont）、文体論（Bally, Sechehaye）、プラーグの音韻論（Trubetzkoy, Jakobson, Trnka）、デンマーク（Hjelmslev, Brøndal）、アメリカの構造主義（部分的）が発達した。ドイツの文体論（Vossler, Spitzer）とイタリアの新言語学（neolinguisti）は影響外にあった。Saussureの処女作Mémoire sur le système primitif des voyelles dans les langues indo-européennes（1879）は印欧語のAblautを扱った、先駆的なものである。

Scherer, Wilhelm（ヴィルヘルム・シェーラー、1841-1886）ドイツの言語学者、文学史家。Vienna, Berlinで学び、1868年、ウィーンでゲルマン言語学教授。1872年、Strasbourg大学教授。ここで多くの学生を教えた。1887年、ベルリン大学教授。言語学にとって、また言語理論としてZur Geschichte der deutschen Sprache（1868；川島淳夫訳『ドイツ語史』2021）は重要であった。

Schleicher, August（アウグスト・シュライヒャー、1821-1868）ドイツの言語学者。印欧諸言語は、一本の木の幹から大きな枝が二本に分かれ、それぞれの枝から、さらに小さな枝が分かれ、さらに、より小さな枝に分かれて、今日の印欧諸語が生じたとする説。Die Darwinische Theorie und die Sprachwissenschaft（Weimar, 1863）。Darwinの進化論を言語の発達に転用したものである。Compendium der vergleichenden Grammatik der indogermanischen Sprachen（Weimar, 1861-1862）の中で、「印欧語」で寓話を再構成（reconstruct）した。本書p.2参照。

Schmidt, Johannes（ヨハネス・シュミット、1843-1901）ドイツの言語学者。Bonn, Graz, Berlinで教えた。恩師のStammbaumtheorie（系統樹説）に対して、言語は水面に波が広がるように発達するという波動説（Wellentheorie）を提唱し、言語地理学への道を開いた。Die Verwandtschaftsverhältnisse der indogermanischen Sprachen（Weimar, 1872）；Die Pluralbildungen der indogermanischen Neutra（Weimar, 1889）.

Schrader, Otto（オットー・シュラーダー、1855-1919）ドイツの言語学者、民族学者。1887-1909年Jenaで、1909-1919年Breslauで教えた。イタリア、ロシアを旅行し、linguistic paleontology（言語古生物学）を開発した。印欧語民族の植物、動物の用語を探究し、Rudolf Meringerの「語と物 words and things」の考え方につながった。Sprachvergleichung und Urgeschichte（1883）, Reallexikon der indogermanischen Altertumskunde（1901）.

Schrijnen, Jozef（ヨゼフ・スフレイネン、1869-1938）オランダの言語学者。LouvainとParisに学び、1923年、Nijmegenカトリック大学学長。Italische Dialektgeographie（1922）；Einführung in das Studium der indogermanischen Sprachen（W.Fischerがオランダ語からドイツ語に訳して1924年Carl Winterから出版）。

Schuchardt, Hugo（フーゴー・シュハート、1842-1927：Vilhelm Thomsenと同じ生没年）ドイツの言語学者。JenaのAugust Schleicher, BonnのF.Diezのもとで学んだ。俗ラテン語の母音 Der Vokalismus des Vulgärlateins（3巻, 1866-1869）、19世紀と20世紀の言語学者が避けてきた言語の混交（Kreolische Studien, 1882, Slawo-deutsches und Slawo-italienisches, 1884）を書いた。Schuchardtの生誕80歳を記念して、教え子Leo Spitzerが恩師の珠玉の論文

のエッセンスを14章に集約した。書名はHugo-Schuchardt-Brevier. Ein Vademecum der allgemeinen Sprachwissenschaft. Zusammengestellt und eingeleitet von Leo Spitzer. 1.Aufl. 1922, 2. erweiterte Auflage, Halle a.Saale, Max Niemeyer Verlag, 1928, 483pp. Reprint Darmstadt, Wissenschaftliche Buchgesellschaft, 1976.

著者の770点に及ぶ著書、論文、書評の中にはロマンス語学、バスク語、クレオール研究、音変化、語源、言語混交など、一般言語学の見地からも、今日なお傾聴すべき多くが含まれており、本書に収められているのは「音法則について」のように37頁の長いものから、わずか2, 3行の短いものまで、大小さまざまである。バスク語関係の論文が104もある。

内容は次の14章に分けられる。1. 音変化：音法則について。2. 語源と単語研究、事物と単語。フランス語mauvaisとラテン語malefatius. 3. 言語混合。4. 言語親族性：ロマンス諸方言の分類について；言語親族性；バスク語と一般言語学。5. 原始的親族性；起源；歴史的に親族なのか、基本的に親族なのか。6. 言語起源。i述語 ii主語 iii目的語；言語起源；iiiの補説。所有的と受動的。7. 一般言語学について。8. 言語と思想。9. 言語史と言語記述。10. 言語学と民族学、人類学、文化史の関係。11. 言語と国民性。12. 言語政策と言語教育。13. 言語治療。14. 学問一般。

1. の「音法則についてÜber die Lautgesetze, 1885」は青年文法学派Junggrammatikerの「音法則に例外なしAusnahmslosigkeit der Lautgesetze」に反対したものである。音法則は一定の地域、一定の時期、一定の音的環境においてのみ有効なものであり、その例外は類推などの心理的要因によって説明される。方言形は地域という条件によって説明される。SchuchardtはDer Vokalismus des Vulgärlateins（3 Bde. 1866-1868）という大著の著者であり、俗ラテン語から個々のロマンス語に発展する過程で、青年文法学派の説くような機械的な音変化に該当しない多くの事例を知っていた。

2. 言語混交 Sprachmischung, language mixture. Max Müller や William D. Whitney が真の言語混合はありえないと主張した時代に、どの言語も、多かれ少なかれ、混合的 gemischt, mixed であり、言語混合は心理的なものではなく、社会現象であると述べた。Es gibt keine völlig ungemischte Sprache 完全に混合的でない言語はない。混合語の典型はクレオール語であり、その研究は『スラヴ・ドイツとスラヴ・イタリア研究』Slawo-deutsches und Slawo-italienisches（Graz, 1884）にまとめられており、その100年後の今日、ふたたび学者たちの関心を集めている。

3. 言語親族性 Sprachverwandtschaft. 方言 Dialekt と言語 Sprache は相対的な概念であり、相互の理解が不可能になった場合に、方言が言語に昇格すると主張するならば、それは何の議論にもならぬ。なぜなら、理解ができる、できないは、個人により異なり、理解の度合いにも無限の差があるからだ。バントゥー語の数を1言語あるいは24言語、多くの学者は350から700の間を掲げている。

Schuchardt は歴史的 geschichtlich 親族性と基本的 elementar 親族性を区別する。ロマンス諸語の間には歴史的ないし系譜的 genealogisch な親族性がある。しかし擬音語や小児語 Lallwörter（パパ、ママなど）の場合は、系統の異なる言語間にも共通のものが見られる。その場合、そこには、人間言語一般として、基本的な親族関係がある（elementar verwandt）という。ロシア語では「私たちは座る」my sadímsja ムイ・サディームサと言い、この -sja は不定詞およびすべての人称に共通である。ドイツ語は wir setzen uns と言い、この再帰代名詞 uns は人称によって変わる。ロシア語（ないしスラヴ語）に隣接している地域では、その影響で wir setzen sich という。ところが、ロシア語の影響が考えられないようなドイツ語域において sich が用いられるような場合、そこには、人間共通の心理に基づく基本的な親族性（elementar verwandt）が働いているという。しかし、この用語は、その後、用いられなかった。

Schuchardtは、また、バスク語の専門家であり、バスク語とイベリア語に関する論文は104点に達する。「バスク語と一般言語学 Das Baskische und die Sprachwissenschaft, 1925」はバスク語を材料に、多くの一般言語学の問題を研究している。「言語の本質的な特徴は語彙の中にではなく、文法の中にある。文法は、いわば、骨であり、語彙は肉である。そして神経は内的形式の中にある。In der Grammatik, nicht im Wortschatz, lägen die wesentlichen Merkmale einer Sprache ; dort seien die Knochen, hier das Fleisch. Und wo bleiben die Nerven? sie würden in den inneren Formen ihre Entspechung haben」。そして、この内的形式にこそ、彼の言う基本的親族性である。日本人も外国人も神経は共通だ。

　Schuchardtはバスク語研究からコーカサス諸語の研究に移り、両言語に共通する能格 ergativeの現象を受動態で解明 passivische Verbalauffassung しようとした。Über den passiven Charakter des Transitivs in den kaukasischen Sprachen, Wien, 1895. たとえば「私は家を持っている I have a house」は、バスク語ではNik etxea dut ニク・エチェア・ドゥトと言う。このnikはni（私）の能格、etxea エチェア（家）は主格。バスク語では他動詞の主語は能格に、目的語は主格に立つ。これは能格言語の一般的特徴である。このnikを by meに置き換えて、文全体を by me is-had a house とすれば、能格と主格の関係が、一応、理論的に説明できる。しかしバスク語の動詞定形は、あくまでもI-have-itに相当するものであり、Schuchardtが、そのバスク語入門 Primitiae Linguae Vasconum（Halle, 1923）の中で実践しているように、Gizon batek zituen bi seme ギソン・バテク・シトゥエン・ビ・シェメ 'Ein Mann hatte zwei Söhne'（Luke 15, 11）のzituen（he had them）をsie-wurden gehabt-von ihm とするのは行き過ぎだ。彼のイベリア語＝バスク語という考え方も、Humboldt同様に間違っていた。

　なお、本書には詳しい事項索引がついているので、種々の問題

について、彼の見解を知ることができる。Schuchardtの研究は一般言語学の、ほとんどあらゆる問題にわたっていた。青年文法学派たちの言語学の主流のそとにあって、独自の言語研究と観察を行ったSchuchardtを亀井孝（一橋大学）は「圏外の精神 ausserhalbiger Geist」と呼んだ（『言語研究』57, 1970）。

Scythian（スキュタイ語）南ロシアの、コーカサスとダニューブ Danube の間に住んでいた強大な民族スキュタイ人の言語。現代のオセット語（Ossetic）にあたる。スキュタイ語は人名に残る。Enárees (Anárees) は andrógynoi ('men-women', Herodotus による) または anandoriées ('man-less', Hippokrates による)。イラン語 nar- ('man'), と a- (ギリシア語 a-, 否定)。Crimea 半島は Ardabda と呼ばれたが、これは Avesta 語の hapta- ('seven', ギリシア語 heptá, ラテン語 septem) と ərədwa- ('high, noble, exalted', ラテン語 arduus, ギリシア語 orthós). 黒海の名 Póntos Eú-kseinos (ラテン語 Pontus Euxinus) は古くは否定の a-kseinos で 'inhospitable' であったが、taboo のために 'hospitable, good for foreigners' の意味になった。

Sechehaye, Albert（アルベール・セシュエ、1870-1946）スイスの言語学者。ソシュールの langue を研究した（parole よりも）。主要著作は Programme et méthode de la linguistique théorique, psychologie du langage (1908), La stylistique et la linguistique théorique (1908), Les règles de la grammaire et la vie du langage (1914), La méthode constructive en syntaxe (1916-1917), Les deux types de la phrase (1920), L'école genevoise de linguistique générale (1926), La pensée et la langue, ou comment concevoir le rapport organique de l'individuel et du social dans le langage (1933). Charles Bally と一緒に Saussure の講義録 Cours de linguistique générale (1916) を出版した。

semantics（意味論）単語の意味、文中の単語の意味を扱う。ギリシア人は外国人を barbaroi "stammerers"（どもる人）と呼んだ。「蝶々チョウチョウ」をギリシア人は psyche プシューケー（魂）と

呼んだ。英語butterflyは魔女がチョウの姿をしてバターやミルクを盗むという伝説らしい。ドイツ語SchmetterlingはSchmetten（クリーム）に指小辞-ling（Jüngling若者）がついた。フランス語papillonパピヨンはラテン語papilio（擬音語か）より。スペイン語の「蝶々」mariposaは童謡María, pósate「マリア、お止り、飛ばないで」から来た。この例は人間の想像力の広さを語っている。

sentence（文）主語と述語（名詞と動詞）からなる。He is young のように、動詞はbeでもよい。動詞だけの場合もある。ラテン語pluit 'it rains'. Fire! Help! John! Poor man! Alas! もある。

Serbo-Croatian（セルボ・クロアチア語）南スラヴ語の一つ。セルビア、クロアチア、ボスニア、ヘルツェゴビナに1300万人に用いられる。ギリシア正教徒のセルビア人はキリル文字（ロシア文字）を用い、カトリック系のクロアチア人はラテン文字を用いる。4種の音楽的なアクセントをもち、印欧祖語の名残り（なごり）をとどめている。rúka「手」、knjïga「本」。1991年に両国が分離してからは、セルビア語とクロアチア語は別々に分けて論じられる。

Setälä, Emil Nestor（エミール・ネストル・セタラ、1864-1935）フィンランドの言語学者で政治家。1893-1929年、Helsinki大学フィンランド語教授。1917-1918, 1925年、文部大臣。フィンランド大使としてCopenhagenとBudapestに駐在（1927-1930）。1926年からÅbo大学長。1930年からFinnish-Ugric Instituteの研究所長。フィン・ウゴル語の子音交替Über Quantitätswechsel im Finnisch-Ugrischen（1890-1891）、フィンランド語におけるゲルマン語からの借用語：Zur Frage und Chronologie der älteren germanischen Lehnwörter in den ostseefinnischen Sprachen.

Shimazaki Toson（島崎藤村、1872-1943）日本の作家。『ふるさと』1920より「冬の贈り物」。

　私が村の小学校に通っていたころ、冬の寒い日でしたが、途中

で、知らないおばあさんに出会いました。「生徒さん、こんにちは。今日も学校ですか」「はい。あなたは、だれですか」「私は冬という者ですよ」と言って、青々（あおあお）とした蕗の薹（ふきのとう）をいっぱいくれました。

蕗のとう（北原白秋、赤い鳥、1925）［英語は下宮］

蕗のこどものふきのとう。	A butterbur sprout,（5音節）
子が出ろ、子が出ろ、	child of butterbur!（5）
ふきが出ろ。	Come out, lovely sprout.（5）
となりの雪もとけました。	Their snow has melted,（5）
おうちの雪もかがやいた。	Our snow is shining.（5）

島崎藤村（1872-1943）は長野県の木曽街道の馬籠（まごめ）村に、四男三女の末の子供として生まれた。9歳のとき、勉学のために、いとこと一緒に、東京へ出た。二日歩いて、馬車の通る停留所に着いた。子供時代の思い出を綴った「ふるさと」は、雀のおやど、水の話（水の不便なところに住んでいた）、雪は踊りつつある（the snow is dancing, この現在分詞の表現は、いまのフランス語にはないが、古いフランス語には la neige est dansante とある）、ふるさとの言葉、青い柿、冬の贈り物、など70話からなっている。「太郎よ、次郎よ、末子よ、お前たちに、父さんのころのお話をしますよ。人はいくつになっても、子供のときに食べたものの味を忘れないように、自分の生まれた土地を忘れないものです。」故郷の馬籠村は、いまでは岐阜県になっていて、中央線新宿駅から特急で塩尻駅まで行き、名古屋方面行きの特急に乗り換え、中津川駅下車、馬籠行きバスで20分のところにあり、島崎藤村記念館（入館料500円）には藤村の生涯を綴ったDVD25分（三好行雄監修）があり、2019年、2021年、2022年、3度訪れたが、10人ほどが熱心に見入っていた。藤村は1913年から1916年までフランスに留学し、当時第一次世界大戦の最中、その滞在記が『エトランゼエ（仏蘭西旅行者の群）』432頁とし

て1922年東京・春陽堂から出ており、1922年9月18日発行、1922年10月20日に9版も出ている。パリのポオル・ロワイヤルの並木街に接した宿の部屋で「日本の畳の上で思ふさま斯の身体を横にしてみたい」と書いている。

Siberian and other folk-tales by C.Fillingham Coxwell. London, 1925. 1056頁。reprint AMS Press, New York（出版年記入なし）。著者（1856-1940）がロシア語で書かれたヤクート民話に興味をもち、ベルリン、ワルシャワ、ヴィルナ（Vilna, リトアニア）に資料を求め、次の民話を収集した。チュクチ人Chukchis, ユカギール人Yukaghirs, コリャーク人Koryaks, ギリヤーク人Gilyaks, ツングース人Tunguses, ブリヤート人Buryats, カルムイク人Kalmucks, ヤクート人Yakuts, アルタイ人Altaians, タランチ・タタール人Tarantchi-Tatars, 黄ウグル人Yellow Ugurs, キルギス人Kirghiz, トルコマン人Turkomans, チュヴァシュ人Tchuvashes, クムイク人Kumüks, バシュキール人Bashkirs, 以下フィン・ウゴル民族、サモイェード人Samoyedes, オスチャク人Ostyaks, チェレミス人Tcheremises, モルドヴィン人Mordvins, ヴォチャーク人Votyaks, ラップ人Lapps, フィン人Finns, エストニア Esthonians 人, 印欧語民族からロシア人Russians, ラトビア人Latvians, リトアニア人Lithuanians, ポーランド人Poles, 白ロシア（ベラルーシ）人, 小ロシア人（ウクライナ人）, オセート人Ossetes, アルメニア人Armenians, ダルヴァシュ人Darvashes（Bokhara汗国、パミール高原）である。ロシアは多いので、fairy tales（1~21）, epic tales（22~25）, beast and bird stories（26~32）, tales of Russian life（33~47）, humorous tales（48~62）, legends（63~68 and notes）, The Letts（1~14 and notes）, The Lithuanians（1~5 and notes）, The Poles（1~6 and notes）, The White Russians（1~7 and notes）, The Little Russians（1~7 and notes; ウクライナのこと）, The Ossetes（1~3 and notes）, The Armenians（1~5 and notes）, The Darvashes（1 and note）, Bibliography of Authors, Index となっている。

ギリヤークの章には本書「ギリヤーク民話、クマと姉妹」は含まれていない。Prince John and Princess Mary（p.703-704）妹のMaryは自由な生活をしたいと思って、兄Johnを殺そうとした。だが、Maryは、結局、村人に殺されてしまった。

Sicel（シケル語）前イタリック諸語の一つで、紀元前5世紀にシチリア島に行われていた。リグリア語（Ligurian）と同系。12個ほどの碑文に伝えられる。kámpos, kátinos, géla, gérra, rhêges, léporis, moîton, kárkaron, póltos, panía, kórnos lítra, ogkía, kýbiton, patána, nummus, arbínnē, látaks, uítulos, rhogósはラテン語に近いことを示している。シケル語は印欧語民族の侵入、次いでイタリック語、オスク・ウンブリア語の波に消滅してしまった。Lágesis（ギリシア語Lákhesis）, Doukétios（Peucetii）はイリュリア語Illyrian、またはリグリア語Ligurianとの関連を示している。

Sievers, Eduard（エドゥアルト・ジーファース、1850-1932）ドイツの言語学者。Leipzig大学教授。音声学原論（Grundzüge der Phonetik, 1874）はPhonetikよりはPhonologie（音韻論）とすべき内容で、印欧語のLautlehre（音論）入門となった。音分析（phonoanalysis）はStreitberg祝賀論文集Stand und Aufgaben der Sprachwissenschaft（1924）にある。V.Thomsenのゲルマン語のフィン語に対する影響（1869）のドイツ語訳もSieversによる。

Sino-Japanese（漢語）4世紀から9世紀にかけて、日本語は大量の漢語を中国から採り入れた。「言語」は漢語だが、「ことば」といえば和語（日本語）になる。「語源」は漢語だが、「ことばのみなもと」といえば和語になる。日本の新聞に用いられる単語は、半分が漢語といわれる。「新聞」を和語でいえば「あたらしく聞いたこと」で、とても長くなる。学校、通学、授業、労働、休息は、みな漢語である。学ぶところ、学ぶために行くこと、教えを受けること、はたらくこと、やすむこと、のように和語は長くなる。日本語の中の漢語は、英語におけるラテン語やギリシア語起

源に似ている。

Slavic（スラヴ語）ゲルマン語、ロマンス語に次いでヨーロッパで3番目に大きな言語群。言語総人口3億3450万人。発祥地はカルパチア山脈の北方、東ポーランド、西ウクライナと考えられ、ここから東スラヴ、西スラヴ、南スラヴの三つに分かれた。最古の言語は西暦9世紀の古代教会スラヴ語（Old Church Slavic, Altkirchenslavisch）で、13の文学語があるが、方言分化の度合いが浅く、語彙の80%が共通している。特徴は1．口蓋化palatalization（p-pj, t-tj, k-kjプ-ピ，トゥ-ティ，ク-キ）などの対立（対立は意味の変化を伴う）。2．豊富な子音連続（dl-, sr-, tkn-, vstr-なども語頭に立ちうる）。3．豊富な屈折（6~7格、6個の人称形）。4．動詞のアスペクト。「不完了体imperfective aspect」一般的に書く、毎日書く（ロシア語pisáťピサーチ）、と「完了体perfective aspect」特定的に書く、今日書く、の「書く」（napisáťナピサーチ）が接頭辞の有無によって区別される。

Slovak（スロバキア語）西スラヴ語の一つ。スロバキア共和国、ハンガリーの北部に450万人に用いられる。SlovはSlavと同じ。チェコ語と同じ特徴が見られる。アクセントが語頭に（ハンガリー語も同じ）。*tort, *toltがtrot, tlatに。gが有声のhに（Praga→Praha）。plny（'full'）がpolnyに、krk（'throat'）がkarkに。

Slovenian（スロベニア語）南スラヴ語の一つ。スロベニア共和国（首都リュブリャナLjubljana, ドイツ名ライバハLaibach；Tolminで2000年、世界俳句大会第1回が開催された）に180万人に用いられる。スラヴ語比較文法（4巻）の著者ミクロシチFranz Miklosich（1813-1891；本書p.166）は、Slovenia出身。

social layers in language（with Marxian linguistics）言語における社会の層。言語は地理的な相違のほかに、階層による相違がある。イギリスのCockneyコックニーはロンドン東部に住む低い社会の人々の用いる英語で、work, bird, shirtがwoik, boid, shoitのように

発音される。ローマの低い階級の人たちはcasa, caballus, focus, manduca, bellusと言っていた（のちのロマンス語の前身である）。正しいラテン語はdomus, equus, ignis, comedo, formosusである。

　言語学におけるMarxism. ソ連の言語学者ニコライ・マル（Nikolai Yakovlevich Marr, 1864-1934）はコーカサスの言語を研究していたが、南コーカサス語（グルジア語）がセム語系統の言語に近いと考えたために、セムの弟の名ヤフェットをとってヤフェット語族とし、さらに、バスク語、エトルリア語、ヒッタイト語、ウラルトゥ語、エラム語をもその中に入れ、ついに世界のすべての言語の中にヤフェット的要素を発見した。そして、このヤフェット語が一般人間言語の特定の発展段階と考えられるようになった。しかし、時の人、スターリンが1950年、ソ連共産党新聞「プラウダ」で、これを否定したために、ソ連の言語学は、従来の、西欧の言語学に戻ることができた（国語学辞典、村山七郎）。N. Ja.Marr et Maurice Brière, La langue géorgienne. Paris, Firmin-Didot, 1931.

Sommer, Ferdinand（フェルディナント・ゾマー、1875-1962）ドイツの言語学者。1899年LeipzigでPrivatdozent（私講師）、Baselで教授、Rostock, Jena, Bonn, 1926年München大学教授。Handbuch der lateinischen Laut- und Formenlehre（1902）はラテン語研究者に必携書。Vergleichende Syntax der Schulsprachen（Deutsch, Französisch, Englisch, Lateinisch, Griechisch）1921は学生たちから歓迎された。ヒッタイト語の印欧語所属をいち早く認め、Hethiter und Hethitisch（1947）, Hethitische Texteを刊行（1962以後A.Debrunnerとともに）、雑誌Indogermanische Forschungen, Grundriss der indogermanischen Sprach- und Altertumskunde（Berlin）を刊行。印欧言語学を学ぶのに、ギリシア語ほど適した言語はないという。

Sommerfelt, Alf（アルフ・ソンメルフェルト、1892-1965）ノルウェーの言語学者。1931年Oslo大学一般言語学教授。ケルト語

とゲルマン言語学が専門。La langue et la socété (1936) はオーストラリアの原住民の言語、Arandaアランダ語を研究し、言語と話者のmental levelの関係を明らかにした。第8回国際言語学者会議がOsloで1957年に開催されたとき、主催者のSommerfeltは、数名の学者とともに泉井久之助を私宅に招いた。

Sorbian (ソルブ語) 西スラヴ語の一つ。ドイツ中東部と北西チェコおよび南西ポーランドの国境地帯、シュプレー (Spree, Spriewa) 河畔に5万人に話される。主要都市はBautzen (高Lusatia) とCottbus (低Lusatia)。ルザティア語 (ラウジッツ Lausitz語)、ヴェンド語Wendischともいう。ドイツ語化がはげしい。アクセントは第1音節にある。これはドイツ語、その影響を受けたチェコ語と同様である。チェコ語がtratであるのに対してtrotとなる。

sound symbolism (音象徴) バン、ドカン、ガラガラ、ゴロゴロ、ザーザーなど音を言語で表現すること。onomatopoeiaのフランス語onomatopéeオノマトペともいう。

Spanish (スペイン語) イベリア半島にはスペイン語とポルトガル語が用いられる。イベロ・ロマンス語ともいう。スペイン語人口は3億。スペインの標準語をcastellanoカステリャーノという。カステーリャCastella地方の言語の意味である。スペイン語castilloは「城」の意味。スペイン本国に3000万、中南米のほぼ全域 (ブラジルを除く)、アメリカ合衆国 (1700万)、フィリピン (50万) に話される。最古文献は『わがシッドの歌』(Cantar de mio Cid, 12世紀, cidはアラビア語で英雄の意味)。8世紀から15世紀にかけてムーア人 (アラビア語を話す) の支配下にあったために、多くのアラビア語が入り、アラビアの医学や文芸が導入された。alcohol, algebra, alkaliのal-はアラビア語の定冠詞で、ここから全ヨーロッパに広まった。canyon, guerrilla, hacienda, patio, siesta, rodeo, tornado, vanillaなどもスペイン語から英語 (potatoはインディアン語からスペイン語) に入り、その多くは日本語にも採り入れ

られた。イタリア語がlibro複数libri, rosa複数roseのように、語尾の母音が変わるが、スペイン語とポルトガル語はlibros, livros, rosasのように -sで作る。フランス語も同じ。

Specht, Franz（フランツ・シュペヒト、1888-1949）ドイツの言語学者。1923年Halle大学の印欧言語学教授、1937年Breslau大学、1943年Berlin大学、1946年Mainz大学教授。A.Baranowskiのリトアニア方言テキストを出版（1922-1924）、この序文にリトアニア語文法と言語学的な注釈を載せ、リトアニア語方言学の基礎を築いた。Märchen der Weltliteraturの叢書にリトアニアとラトビア民話をドイツ語訳で載せた。主著Der Ursprung der indogermanischen Deklination（1944）は印欧語民族の文化を探究し、天体、自然、動物、植物、身体部分名、家族、車を調査し、Spiegel der indogermanischen Kulturを明らかにせんとした。

spelling（綴り字）は、Leicester, Worcester, cough, knight, know, naughty, thoughを見ると、発音が非常に異なっていることが分かる。これは当時の発音のまま、書かれて、そのまま綴り字が残ったためである。日本語の「お菓子を」の「おo」と「をwo」が同じ発音になってしまったが、文字でその違いを保存している。英語bide, hide, wifeのiは二重母音［ai］になったが、綴り字はもとのままになっている。開いた音節でも、machineのようなフランス語からきたものには適用されない。前舌母音の前のgeese, gild, begin, get, giftは［g］だが、フランス語からきたgeneral, giganticは［dž］になった（フランス語はjour, journal［ž］）。debtはフランス語detteの綴り字だったが、ラテン語debitumを意識してdebtになったが、発音は［det］である。George Bernard Shawはthru, boro, altho（through, borough, althoughの代わりに）を用いたが、定着しなかった。H.W.FowlerのA Dictionary of Modern English Usageはアメリカの綴り字labor, color, endeavorを推奨したが、イギリスには定着しなかった。

Spitzer, Leo(レオ・シュピッツァー、1887-1960)オーストリアの言語学者。Benedetto Croce, Karl Vosslerを師とした。1913年以後Wien, Bonn, Marburg, Köln, Istanbulで教えたあと、1936年渡米しJohns Hopkins大学言語学教授。Die Wortbildung als stilistisches Mittel, exempliziert an Rabelais (1910). Henri Barbusse, Jules Romain, Charles Péguy, Marcel Proustの文体を研究した。Aufsätze zur romanischen Syntax und Stilistik (1918), Lexikalisches aus dem Katalanischen und den übrigen ibero-romanischen Sprachen (1921), Linguistics and Literary Semantics (1948), A Method of Interpreting Literature (1949) があり、一般言語学的に有益なHugo Schuchardt-Brevier (1922;第2版増補版1928)を編集した。

Steinthal, Heymann(ハイマン・シュタインタール、1823-1899)ドイツの言語学者。1852-1855年Parisで中国語を研究。1863年Berlin大学員外教授(extra-ordinary professor)。E.Cassirer, W.Porzig, Leo Weisgerberに刺激を与えた。主要著作はDie Sprachwisssenschaft Wilhelm von Humboldts und hegelsche Philosophie (1848), Die Classification der Sprachen dargestellt als die Entwicklung der Schrift (1852), Die Entwicklung der Schrift (1852), Charakteristik der hauptsächlichsten Typen des Sprachbaus (1860), Geschichte der Sprachwissenschaft bei den Griechen und Römern (1863).

Stenzler, Adolf Friedrich(アドルフ・フリードリッヒ・シュテンツラー、1807-1887)1833年以後Breslau大学教授。長い間教科書として用いられているサンスクリット語の著者。Elementarbuch der San-skritsprache. Grammatik, Texte, Wörterbuch. Berlin, 13.Aufl. 1952, 18.Aufl. 1996. Grammatik 1-66, Übungsbeispiele 66-71, Lesestücke 72-90, Wörterbuch 91-120.

stone flower(石の花)ソ連の作家パーヴェル・バジョーフPavel Bazhov (1879-1950) 作。1936年のウラル地方の民話。ロシア語

名Kámennyj tsvetókカーメンヌイ・ツヴェトーク。佐野朝子訳「石の花」岩波少年文庫、1981(原題Malakhítovaja škatúlka「クジャク石の小箱」)少年ダニルコDanilkoはウラル地方の石工(stone mason)だった。少年は伝説の「石の花」の作り方を習うために森に住む石の女王を訪れた。「教えてもよいが、後悔するぞ」と言われたが、彼女のもとに住んで、作り方を教わった。地底にある女王の宮殿は木が茂り、青い草がもえ、赤い花、紫の花が咲き乱れ、金色のミツバチが飛んでいた。石の花の作り方を習得したダニルコは、最後に、石の女王に「私をとるか、お前のいいなづけのカーチャをとるか」と言われて、「カーチャをとります」と答えて、故郷の村に帰り、カーチャと結婚して、村一番の石工になった。ダニルコは「山の石工」と呼ばれるようになった。

英語の「石工」masonは"maker"の意味である(<*makja作る人)。筆者は、中学2年(1949)のとき、映画教室といって、先生と生徒全員で「石の花」を見に行った。文部省推薦のソ連のカラー映画だった。映画を見るのは初めてだったし、総天然色だったので、その感動は70年たった今でも忘れられない。その後、

石の女王(左)はダニルコに尋ねた。お前は私をとるか、いいなづけのカーチャをとるか。

同じソ連の天然色映画「汽車は東へ行く Poézd idët na vostók ポーエスト・イジョート・ナ・ヴァストーク」も映画教室で見た。この「東」はシベリアのことである。

Streitberg, Wilhelm（ヴィルヘルム・シュトライトベルク、1864-1925）ドイツの言語学者。ゴート語の ga-（perfektivierendes Präfix, 1889；Perfektive und imperfektive Aktionsart im Germanischen, Paul und Braunes Beiträge 15, 70-177）で学界に登場。ゴート語 sitan "sit", ga-sitan "sit down" における ga- を perfektivierendes ga- と呼び、ドイツ語の gekauft, gekommen の接頭辞につなげている。Freiburg, Leipzig, Münster, München で教えた後、1920年、Karl Brugmann の後任として Leipzig 大学教授。Urgermanische Grammatik（1896, 第4版 1974, Heidelberg, Carl Winter）は Laut- und Akzentlehre, Formenlehre で Syntax はないが、Hermann Hirt の Handbuch des Urgermanischen（1931-1934, 3巻）の第3巻 Syntax がある。Gotische Bibel（1908-1910）はテキスト、ギリシア語つき、語彙つきで、最良の刊本になった。1896年、叢書 Germanische Bibliothek を開始、ここから重要なゲルマン語関係の書物が出版された。1912年 Karl Brugmann, Jacob Wackernagel と一緒に Indogermanische Gesellschaft（印欧言語学会）を創設。同時に Indogermanisches Jahrbuch を刊行（Albert Thumb と、のちに A. Walde が加わる）。

structural linguistics（構造言語学）19世紀の歴史言語学に対して20世紀の言語学は Saussure に始まる構造言語学が中心になった。Roman Jakobson, Nikolai Trubetzkoy のプラーグ言語学、アメリカの Jules Bloch, Leonard Bloomfield（主著 Language の第1部は構造言語学、第2部は歴史言語学）によって普及した。戦後、日本の学者はアメリカに留学し、その機会のなかった者は、こぞって Bloomfield を読んだ。文法のうちの音論（phonology）と形態論（morphology）が中心の課題となる。peel, pill, pale, pole, pool, pull；pill, bill, bale, ball, boil, bull…；cow, cows, ox, oxen…；cut（he cuts, he cut が現在と過去の相違を示す）。

subordination（従属；ギリシア語 hypotaxis）a mother who has a child とすれば従属だが、mother and child とすれば並置（coordination）となる。a mother with a child とすれば形容語句となる。hurry up, it is getting late では平叙文が並置している。let him talk, it will do no harm も同様である。Platon, Demosthenes, Isocrates は Homeros よりも多く subordination を用いた。Cicero, Tacitus は Plautus よりも多く subordination を用いた。subordination は冷静な表現に用いられ、coordination は単純な表現である。

substratum, superstratum, adstratum（基層、上層、側層）フランス語はガリア語（ケルト語）の上に勝利者として乗り、ガリア語はその下積みになった。この場合、ガリア語は基層言語という。フランス語の u が ü になったのはガリア語の影響とされる（ラテン語 luna ルーナがフランス語 lune リュヌとなった）。英語 war, ward がフランス語 guerre, guarantee になるのは英語が勝利者としてフランス語の上に乗った（superstratum）。I have a book, I have written a letter のような現在完了はフランス語 j'ai un livre, j'ai écrit une lettre の表現を模倣したもので、superstratum の例である。フランス語 le chien, un chien＝ドイツ語 der Hund, ein Hund, フランス語 j'ai vu＝ドイツ語 ich habe gesehen, フランス語 il est allé＝ドイツ語 er ist gegangen, フランス語 il a été tué＝ドイツ語 er ist getötet worden, フランス語 je verrai＝ドイツ語 ich werde sehen は側層（adstratum, Marius Valkhof, 1932, の用語）。

superstratum の例：フランスでフランク語（ドイツ語）、スペインでゴート語、のちアラビア語、ロシアでノルド語（北欧語）、のち、タタール語、ギリシアでトルコ語とベネチア語（Venetian, イタリア）。ブルガリア語はギリシア語の影響を受け、ルーマニア語はスラヴ語の影響を受けた（adstratum）。

syllable（音節）あった at-ta, 買った（勝った）kat-ta, 勝つ ka-tsu

のように音節が分けられる。ラテン語amorはa-mor, イタリア語amoreはa-mo-re, フランス語a-mour, ドイツ語Lie-be, lie-ben, 英語love, love-lyだが、lov-able, fa-therだが、moth-erのように短母音の次に子音をつなげる現象をà coupe-forte「固いつなぎ；Jespersenのfester Anschluss」といい、fa-therの場合を「ゆるいつなぎà coupe-faible, loser Anschluss」という。ゆるいつなぎの場合は音節が母音で切れるが、固いつなぎの場合は子音を前の音節に置く。英語はtyp-i-calだが、ドイツ語はty-pisch, フランス語はty-piqueで、yのつなぎがゆるいので、pは次の音節にくる。

syntax（統辞論）はgrammarのphonology（音論）、morphology（形態論）とともに文法の三つの部門をなす。He writes a letter. において、he, write-s, a let-terと分析して6個に分けるのが音論、writesをwrite-sに分けるのが形態論、主語＋動詞＋目的語に分けるのが統辞論である。he writes a letter so that he can get her replyとすれば、so that以下はsyntaxに入る。syn-taxは「一緒につなげる」の意味。une femme aimante（愛情豊かな女）はsyntax of wordsだが、une femme aimant ses enfants（子供を愛する女）はsyntax of phraseにあたる。

T（文字と発音）tはdental stop（歯音、閉鎖音）と定義される。p, t, k（唇音、歯音、固口蓋音）の一員である。ギリシア語th (the-ater, orthodox) は無声帯気音（unvoiced aspirate）だった。綴り字th (thick, thorn, mouth) はinterdental [θ] を表す。フランス語théâtreのthは [t]、ドイツ語Theaterのthは [th] である。ギリシア語のthはロシア語ではfとなる。Theodor=Fëdorフィヨードル。ëの発音は [jo]。Gorbachëvゴルバチョフ。

t（発音）声門閉鎖音p,t,kはb,d,gと並んで、最も確立度の高い音である。pill, kill, till, pale, kale, tale. 英語top [thɔp] とstop [stɔp] の有気と無気（aspirated and non-aspirated）は意味の相違を生じないので、音韻論外的（ausserphonologisch）という。

taboo, linguistic（言語のタブー；遠回しの言い方）便所ではなくトイレと言い、英語ではrest-room（休憩室）と言う。1975年3月、アイスランドのレイキャビクで、バス旅行中トイレの入り口にAdam（男性用）、Eve（女性用）と書いてあった。フランス語toiletteは「化粧室」の意味（toile「布」の指小形）。イタリア語ではil luogo「場所」、ドイツ語ではAbort（離れた場所）と言う。

tamé と damé（タメとダメ、清音と濁音）世の中は、澄むと濁るの違いにて、ためになる人、だめになる人。(阿刀田高、読売新聞、2011年3月1日)。福（fuku）に徳（toku）あり、ふぐ（fugu）に毒（doku）あり。(2011年10月4日、天声人語)。日本語はtaméとdaméのように、無清音と有声音で意味が異なる。2004年6月、プサン行きの飛行機を探していた。インターネットではPusanでなくBusanである。中学生のころ、東京都町田市に住んでいたのだが、近所の朝鮮人の子供がバカをパカと言っていた。

tense and aspect（時制とアスペクト）英語は現在、過去、未来の三つの時制をもっている。aspectは完了（perfect）か未完了（im-perfect）、あるいは一回的（once, one-time, ロシア語odno-kratnyj）か多回的（many-time, repetition, ロシア語mnogo-kratnyj）を表す。I go to school every day（ロシア語ja xodžúヤ・ハジュー）に対し、I have to go to town todayは特定の動作なので、完了体動詞で表す（ja idúまたはja poidú）。ドイツ語ich gehe jeden Tag zur Schuleもich gehe heute in die Stadtも同じ動詞を用いる。フランス語je vais tous les jours à l'école, je vais en ville aujourd'huiも同じ動詞を用いる。英語They hunted down the bearは完了的だが、They hunted all day. は不完了的である。I write vs. I am writing, I wrote vs. I have written, I had written. 次は両者を単語で区別することが出来る。to talk vs. to say, to look vs. to see, to hear vs. to listen, to walk vs. to go.

Tesnière, Lucien（リュシアン・テニエール、1893-1954）フラン

スの言語学者。スラヴ語の言語地理学的研究から出発し、A. Meilletの Les langues dans l'Europe nouvelle（Paris, 1928²；大野俊一訳『ヨーロッパの諸言語』三省堂, 1943）に協力した。Tesnière は言語の分析に適用しうる一般統辞論（syntaxe générale）の建設を目指して完成したのが Éléments de syntaxe structurale（第2版、増補版、Paris, 1966, quatrième tirage 1982, 26 + 674 pp. 出版は没後5年。序文を寄せたゲルマン語学者 Jean Fourquet（Sorbonne）は Charles Bally の『一般言語学とフランス言語学』（1932）を読んだときと同じ感激を受けたと書いている。小泉保監訳『構造統語論要説』研究社、2007, 26 + 769頁。初期のスラヴ語研究、スロベニアの詩人オトン・ジュパンチチの Oton Joupantchitch, poète slovène, l'homme et l'œuvre（Paris, 1931, xv, 383pp.）もある。

フランス語の文 Les petits ruisseaux font les grandes rivières.（小さな川が大きな川を作る）を構造的序列（ordre structural）で示すと、次のようになる。

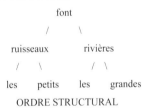

ORDRE STRUCTURAL

また、線的序列（ordre linéaire）で示すと次のようになる。

Les petits ruisseaux font les grandes rivières.（通常の文）

図系（stemma 枝分れ図）は366個にのぼる。用例はフランス語を主としているが、英語、ドイツ語、ロシア語、ラテン語、ギリシア語もかなり用いられており、印欧語以外のものでは、ヘブライ語、トルコ語、グルジア語、バスク語も折にふれて援用されている。それらは、この理論のよりよい理解のための有効な手段であり、テニエールの一般統辞論建設のための努力を示している。

ドイツ語の統辞構造の記述法に用いられる依存関係文法（Dependenzgrammatik）はTesnièreに由来するもので、たとえば、Der fleissige Student kauft ein deutsches Buch（勤勉な学生がドイツ語の本を買う）という文は次のような図で表される。動詞定形が結線の階層の頂点にくることに注意。（結線を／ ＼で示した）

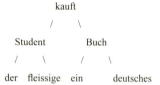

本書のロシア語訳（by I.M.Bogulavskij et al. Osnovyj strukturnogo sintaksisa. Moscow, Progress, 1988, 654pp. は、解説のほかに原著者の肖像画を収めている。

Theophilus in Icelandic, Low German and other tongues from M.S.S. in the Royal Library Stockholm by George Webbe Dasent, M.A. London, 1845. 112頁（6世紀テオフィロス伝説）。1989年オランダの古書店Brinkmanより入手。40 fl.（2800円）. Theophilosは「神に愛された者」の意味。悪魔と契約を結んだ僧正テオフィロスが後悔して聖母に謝罪する。Contents：Preface i-viii. Literature（Greek, Latin, Anglo-Saxon, French, Anglo-Norman, German, Icelandic, Swedish）ix-xxxvi. First Icelandic Theophilus p.1, Second Icelandic Theophilus p.11, Old Swedish Theophilus p.29, Anglo-Saxon Theophilus p.30, Norman French Theophilus p.31, Netherlandish Theophilus p.32, Low German Theophilus p.33-66（Theophilus, Satan, Mariaの会話形式になっている）, Latin Theophilus p.67, Theophilus from the Golden Legend p.72, Af Anselmo Erkibyskupi p.75, Diter Bernard p.80, Theophilus Hroswithe p.81, After-word p.94-96, Glossary（Icelandic-English）p.97-112, Facsimili p.113, Errata p.115.

これは6世紀シチリアの敬虔な助祭（deacon）テオフィロス（神に愛された者の意味）の物語である。シチリアの司祭は平和と愛をもって教区を治め、信心深いテオフィルがそれを助けていた。司祭が亡くなると、別の司祭が任命されたが、テオフィル助祭のほうが民衆に愛されていたので、新しい司祭がテオフィルをねたんだ。悪魔がテオフィルにささやいた。「私と結託すれば、あなたは、さらに大きな名誉と富を得ますよ」。その口車に乗ったテオフィルは後悔した。聖母マリアに祈り、許しを得たが、その後、まもなく助祭の肩書きのまま死んだ。この物語をSir George Webbe Dasent（1817-1896）が、上記の書名で出版した。巻末に語彙（古代ノルド語→英語, 99-112）と写真一葉があり、ラテン語、ギリシア語など12言語の中では低地ドイツ語版（p.33-66, 劇形式）が最も詳しい。山室静訳「テオフィル助祭の奇跡」（少年少女世界文学全集、古代中世編, 3, 講談社, 1962）がある。Dasent［ˈdeisnt］（1817-1896）はOxfordに学び、駐スウェーデン英国使節の書記官になった。北欧神話を紹介したPopular Tales from the Norse（Edinburgh, 1859）がある。

Thracian（トラキア語）バルカン半島北部に行われた印欧語族中の一言語で、20個ほどの出土品中の碑文により知られる。

Three-Eyes（三つ目）突然異変で、三つ目が誕生しました。二つは顔の左右にありますが、三つ目はひたいの中央にあります。両親は不明です。グリム童話に「一つ目、二つ目、三つ目」（One-Eye, Two-Eyes, Three-Eyesの項を参照、本書p.182）がありますが、これは別です。ふだん、寝るときは左右の二つの目が閉じますが、三番目は開いているので、ドロボーが入ると、急を知らせて、三つの目が全部開きます。ドロボーはギョッとして、怪物だ、と逃げて行きます。同じ年齢の子供たちは、最初、気味悪がって、近寄りませんでしたが、三つ目は、おもしろいお話をたくさん知っているので、仲よくなりました。みな大人になると、三つ目を離

れて行きましたが、三つ目は、いつまでも十代でした。で、そのつど、新しい仲間が加わりました。あるとき、一人の熱心な友人があらわれて、三つ目の語るお話を1冊の本にまとめ、「三つ目のお話200話」(Two hundred stories by Three-Eyes) という本が出版されました。これには類話索引がついていて、専門家にも読まれています。(創作)

Thumb, Albert（アルベルト・トゥンプ、1865-1915）ドイツの言語学者。Berlinで現代ギリシア語を学び、1889年10月ギリシアへ研究旅行をした。Strasbourg（Strassburg）大学教授。古代ギリシア語および現代ギリシア語の最高権威であった。Die griechische Sprache im Zeitalter des Hellenismus, Beiträge zur Geschichte und Beurteilung der Koiné (1901), Handbuch der griechischen Dialekte (1909, revised and enlarged by E. Kieckers 1932), Handbuch der neugriechischen Volkssprache (1895), Handbuch des Sanskrit (1905, 1959^2-1953^2 by R.Hauschild), Grammatik der neugriechischen Volkssprache (1915). ドイツの印欧言語学会 Indogermanische Gesellschaftの活動に貢献した（K.Brugmann）。

Thurneysen, Rudolf（ルードルフ・トゥルンアイゼン、1857-1940）スイスの言語学者、文献学者。Leipzigで古典学と印欧言語学を研究。Jena, Freiburg, Bonnで教えた。Handbuch des Altirischen (1909) は古代アイルランド語入門の最良の本で、英語訳が出た (by Bergin, 1948)。Die irische Helden- und Königssage bis zum 17. Jahrhundert (1921).

Thurneysen's Law（トゥルンアイゼンの法則）ゴート語 mildiþa-auþida, waldufni-fraistubni, agisa-hatizaにおける dissimilation des spirantes（Mossé §52）.

tmesis（語中挿入）Wackernagels Gesetzを見よ。

tokkyū（特急）limited express（停車駅を制限するから）、ド der Express, フ train rapide. 2023年7月から super expressに改称。

Tolstoi, N.S.（ニコライ・セルゲーイェヴィチ・トルストイ）ヴォルガ民話「どこか分からないところへ行け、そして、なんだか分からないものを持ってこい」Podí tudá－ne znáju kudá, prinesí to－ne znáju čtoパディー・トゥダー、ニェ・ズナーユ・クダー、プリネシー・ト・ニェ・ズナーユ・チトー。トルストイの民話Twenty-three Tales（Oxford's World's Classics, translated by Mr.and Mrs. Aylmer Maude, 1906, 1930）に収められたEmpty Drum 空太鼓（からだいこ）を紹介する。副題はA folk-tale long current in the region of the Vólga となっている。

エメリャンEmelyanは雇われ労働者であった。ある日、仕事に出かける途中、牧場を横切るときに、あぶないところでカエルを踏んでしまうところだった。ホッとして先に行こうとすると、呼ぶ声がする。振り向くと、かわいらしい少女が立っていた。彼女が言った。

「エメリャン、あなたはなぜ結婚なさらないのですか。」

「私なんか、どうして結婚などできましょう。いま着ているものしか持っていません。だれも私と結婚したいとは思わないでしょう。」

「私と結婚しなさいな」と彼女は言った。

エメリャンは彼女が気に入った。「喜んでそうしましょう。でも、どこで、どうやって生活できるでしょう。」

「なにも心配ありませんわ。たくさん働いて、少し眠ればいいのよ。衣料や食料はどこにでもあるわ。」

「それはよかった。結婚しましょう。でも、どこへ行ったらいいんですか。」

「町へ行きましょう。」

そこでエメリャンと少女は町へ行った。彼女は彼を町はずれの小さな小屋へ連れて行った。そこで二人は結婚し、生活を始めた。

ある日、王が町を通って、エメリャンの小屋の前を通りすぎた。

エメリャンの妻は王を見に出てきた。王は彼女に気づいて、驚いた。
「こんな美人はどこから来たんだろう。」王は馬車をとめて、彼女に声をかけた。「あなたはどなたですか。」
「農夫エメリャンの妻です。」
「なぜあなたのような美しい方が農夫と結婚なさったのですか。あなたは女王になるべき方です。」
「ありがとうございます。でも、私は農夫の妻で十分にしあわせです。」

　王は宮殿に帰ったが、彼女のことが忘れられず、一晩中、眠れなかった。どうしたら彼女を手に入れることができるか。翌日、王は召使たちを呼んで、相談した。
「エメリャンを宮殿に呼んで、仕事をさせなさい。死ぬほど働かせなさい。彼の妻が未亡人になったら、彼女が手にはいりますよ。」
　王はその忠告に従った。
　使者がエメリャンのところへ来て、王の命令を伝えた。妻は言った。「エメリャン、行って、仕事をしてきなさい。でも、夜は家に帰ってきてください。」
　エメリャンが宮殿に来ると、二人分の仕事が与えられた。できるかなあ、と心配したが、夕方になると、仕事は全部終了した。翌日は四倍の仕事を課さねばならない、と執事は考えた。
　エメリャンが帰宅すると、妻は食事を用意して待っていた。
「お仕事はどうでしたか。」「ひどいよ、とても出来そうにないほど働かせるんだ。仕事でぼくを殺すつもりだ。」
「ごくろうさま。でも、どこまで終わったか、どれだけ残っているかは気にかけずに、前も後も見ないで、晩まで働きなさい。そうすれば、うまく行きますよ。」
　翌日、妻に言われたように、一生懸命に働いた。夕方には、す

べて終了し、夜には帰宅することができた。

　エメリャンの仕事はどんどん増やされたが、全部やってのけた。召使いたちは荒仕事ではつぶせないと考えて、技術の要る仕事を課した。だが、大工仕事、石工、屋根ふき、なんでも、全部こなした。こうして二週間が過ぎた。

　王はいらだった。「なにか名案を考えろ！」「宮殿の前に大聖堂を一晩で建てさせてはいかがですか。命令を実行できなかったら、首をはねたらいいですよ。」

　エメリャンは王の命令を聞いて、真っ青になって帰宅した。妻に事の次第を告げると、「落胆しないで、食事をして、おやすみなさい。明日は朝早く起きてください。」

　エメリャンが翌朝、起きると、妻は言った。「このクギとハンマーを持って行きなさい。残りの個所を仕上げれば、夕方には完成します。」

　王はびっくりした。エメリャンは大聖堂の最後の仕上げをしていたのだ。召使いたちが呼ばれた。「別の仕事を考えろ！」「宮殿のまわりに川を作り、船を浮かばせるというのは、いかがですか。」

　この命令がエメリャンに伝えられた。彼は、今度こそダメだと思ったが、妻が解決してくれた。

　翌日、宮殿に行くと、ほんの少し仕事が残っているだけだった。夕方には全部が完成した。

　王は、一晩のうちに川ができて、船が浮いているのを見て、ビックリしたが、嬉しくはなかった。

「もっと名案を考えろ！」

　召使たちは「どこだか分からないところへ行って、なんだか分からない物をもってこい」（Go to there, don't know where, and bring back that, don't know what! ＝ロシア語 Podí tudá, －ne znaj kudá, i prinesí to, －ne znaj čegó）という課題を案出した。

「なにを持ち帰っても、それは違うと言えば、命令にそむいたことになり、首をはねることができますよ。」

王はこの案が気に入った。そして、この命令がエメリャンに伝えられた。彼は帰宅して、この課題を妻に伝えた。

妻は言った。「いよいよ、おばあさんの手を借りなければならなくなったわ。今晩は遠くに行っていただかねばなりません。この紙入れと錘（つむ spin）を持って、私のおばあさんのところへ行ってください。これを見せれば、あなたが私の夫であることが分かってもらえます。彼女は兵士たちの母なのです。」

エメリャンは言われたとおりにした。おばあさんは事の次第を知り、やっと悲しみが終わるときが来ました、とエメリャンに言った。そして、なすべきことを告げた。「この空太鼓（からだいこ）を持って行きなさい。もし王に、それは違う、と言われたら、違うのなら、壊してしまわねばなりません、と言って、太鼓をたたきながら、川に持って行き、そこで、こなごなに壊して、川の中に捨てなさい。」

翌日、王のもとにそれを持参した。案の定、「それは違う」と王は言った。エメリャンは答えた。「違うのなら、壊してしまって、悪魔に持ち去ってもらわねばなりません」と言って、太鼓をたたきながら、川に向かった。王の兵士たちはエメリャンのうしろにゾロゾロとついて行った。王は窓から兵士たちに向かって「ついて行くな」と命令したが、彼らはそれには耳を貸さず、エメリャンのあとに続いた。川に着くと、エメリャンは太鼓を粉砕し、川に投げ捨てた。すると、兵士たちはいっせいに逃げてしまって、宮殿には帰らなかった。それ以後、王はエメリャンを悩ませることをやめた。それで、二人は、やっと、しあわせに暮らした。

［さんざん悪さをした王は軍隊を失っただけで、それ以上の罰は受けなかったのか。トルストイの民話 Twenty-three Tales の第18

章がThe Empty Drumとなっている。ロシア語はRabótnik Emel'jan i pustój barabán「労働者エメリヤンとからの太鼓」とある。Lev Tolstoj, čem ljúdi živy「人は何によって生きるか」'by what people live'. Možajsk, 1992]

Topelius, Sakari（サカリ・トペリウス、1818-1898）作「星のひとみ」万沢まき訳（1953：岩波少年文庫）。

　星のひとみは、星のひとみをもったラップランドの少女のことです。ラップランドLaplandは国ではなくて、フィンランドの北にある地方の名です。

　ラップランドの夫婦が雪の山をおりて、家に向かっていました。そのとき、おなかをすかせたオオカミの群れが夫婦を乗せたトナカイ（reindeer）をおそってきました。トナカイは死にものぐるいで走りましたので、おかあさんは、抱いていたあかちゃんを落としてしまいました。雪の上に落とされたあかちゃんの上に、お月さまが光を照らしました。オオカミどもが、あかちゃんに飛びかかって、食べようとしましたが、あかちゃんの目にお月さまの光が乗り移っているのを見て、オオカミどもは、すごすごと引き返してしまいました。そのあと、別のフィンランドのお百姓が、買い物から帰る途中で、そのあかちゃんを見つけて家に連れて帰りました。よかった！

　お百姓には三人の息子がいたので、星のひとみは、三人のお兄さんと一緒に育てられました。星のひとみは、神通力をもってい

あかちゃんが雪の上に落ちていました。

て、おかあさんの考えていることを見抜いてしまうのです。「牧師さんが来たら、お礼にサケをあげましょう。大きいのをあげようか、小さいほうをあげようか。小さいほうにしましょう」と考えていると、星のひとみは、おかあさんの心をちゃんと見抜いているのです。星のひとみを三年間、育てている間に、こんなことが、たびたびありましたので、おかあさんは、気味がわるくなって、星のひとみを「ラップランドの魔法使いめ！」と追い出すことにしました。

　おかあさんは、隣さんに、星のひとみが見つかったところに連れて行っておくれ、と頼んだのです。帰ってきたおとうさんは、おどろいて、彼女が置き去りにされたところへ急ぎましたが、そこにはもういませんでした。星のひとみがいた間は、畑も家畜も幸運が続きました。しかし彼女が去ってからは、不幸の連続でした。彼女がどこに行ってしまったのか、だれにも分かりません。だれか、よい人にひろわれたことを祈りましょう。

　作者はフィンランド生まれですが、スウェーデン語で、子供のためのお話を書きました（Läsning för barn ラースニング・フォル・バーン；Reading for children）。ヘルシンキ大学の歴史の教授で、その後、学長になりました。Topeliusはラテン語ふうの綴り字で、もとはToppilaトッピラです。フィンランドの作曲家シベリウスSibeliusも、ラテン語の形です。

Tottori-no-futon（鳥取の布団 Bedclothes of Tottori）ラフカディオ・ハーン（日本の面影、角川ソフィア文庫）

　鳥取の町の小さな宿屋で起こった出来事。旅の商人が宿をとった。宿屋の主人は心から客をもてなした。新しく開いた宿屋だったから。客は料理をおいしくいただき、お酒も飲んだ。客が布団に入って寝ようとすると、どこからともなく、子供の声が聞こえた。「あにさん、寒かろう」「おまえ、寒かろう」。客はだれか部屋を間違えて入ってきたのだろうと思って、また布団に入ると、

同じ声が聞こえた。「あにさん、寒かろう」「おまえ寒かろう」と。客は起きて、行灯（あんどん）に明かりをつけて、寝た。すると、また同じ声が聞こえた。客は気味がわるくなり、荷物をまとめて、宿屋の主人をたたき起こして、ことの次第を話し、宿賃を払って、別の宿屋を探す、と言って、出て行った。

　次の日も、別の客が泊まったときに、同じことが起こった。客は怒って、出て行ってしまった。

　翌日、宿屋の主人は、この布団を購入した古道具屋を訪ねて、布団の持ち主を調べてもらった。その持ち主の家族は、貧しく、小さな家に住んでいたが、その家賃は、ほんの60銭だった。父親は月に2, 3円の稼ぎしかなく、ある冬の日、父親が病に倒れ、母親も亡くなり、幼い兄弟はふたりきりで残された。身よりはだれもなく、ふたりは食べ物を買うために、家の中にあるものを売り払っていった。家賃を払えなくなった兄弟は、たった一枚残った布団にくるまっていたが、家賃を払えと迫った、鬼のような家主に追い出された。ふたりは最後に残った布団にくるまり、雪の中で抱き合ったまま、凍えて死んでしまった。

Tovar, Antonio（アントニオ・トバール、1911-1185）スペインの言語学者。サラマンカ大学教授、のち学長。学長時代、サラマンカ大学にバスク語の講座を設置し、最初の教授に Luis Michelena ルイス・ミチェレナ（1915-1987）を任命した。ミチェレナはバスク人であるという理由で、マドリッドで獄中生活を送る。獄中で博士論文「バスク語の歴史的音論 fonética」（1961, 1977^2; 596pp.）を完成。のちサラマンカ大学印欧言語学教授となる。Tovar は古典学者であったが、スペインの古代語やバスク語も研究。Estudios sobre las primitivas lenguas hispánicas（1949）, La lengua vasca.（Monografías Vascongadas, 2, 1954^2）, The Ancient Languages of Spain and Portugal（1961）, El lingüísta español Lorenzo Hervás. Estudio y selección de obras básicas. I. Catalogo delle lingue.

Madrid, 1986. 1982年8月、国際言語学者会議(第13回、東京)でhistorical linguisticsのplenary reporterとして講演した。筆者はこのcongressのoffice (学習院大学文学部独文科) にいた。

Trautmann, Reinhold(ラインホルト・トラウトマン、1883-1951) 1911年、Praha大学スラヴ研究所所長、Königsberg, Leipzig, Jena教授。Baltisch-Slavisches Wörterbuch. Göttingen, 1923, viii, 382 pp. Die altpreussischen Sprachdenkmäler (1910), Die slavischen Völker und Sprachen (1947).

Trubetzkoy, Nikolaj Sergejevič(ニコライ・セルゲーイェヴィチ・トゥルベツコイ、1890-1938) ロシア、オーストリアの言語学者。主著は遺稿となった『音韻論の原理』Grundzüge der Phonologie (Travaux du Cercle Linguistique de Prague, 7, Praha, 1939, 272pp. 2.Aufl. Göttingen, Vandenhoeck & Ruprecht, 1958, 298pp.) で、長嶋善郎訳『音韻論の原理』岩波書店, 1980, 11 + 377頁がある。内容はEinleitung：1. Phonologie und Phonetik. 2. Phonologie und Lautstilistik. Phonologie. Vorbemerkungen. Die Unterscheidungslehre (= die distinktive bedeutungsunterscheidende Schallfunktion) 弁別論＝弁別的音機能、すなわち、意味を区別する音機能。I. Grundbegriffe. II. Regeln für die Bestimmung der Phoneme. III. Logische Einteilung der distinktiven Oppositionen. IV. Phonologische Systematik der distinktiven Schallgegensätze. V. Arten der Aufhebung distinktiver Gegensätze. VI. Die Phonemverbindungen. VII. Zur phonologischen Statistik. Die Abgrenzungslehre (=die delimitative oder abgrenzende Schallfunktion. 境界画定論＝限界的音機能、すなわち境界を画定する音機能。I. Vorbemerkungen. II. Phonematische und aphonematische Grenzsignale. III. Einzelsignale und Grundsignale. IV. Positive und negative Grenzsignale. V. Verwendung der Grenzsignale. Terminologischer Index, Sprachen-Index. 第2版 (1958) には下記が追加収録されている (pp.262-288)。Phonologie und Sprachgeographie,

Gedanken über Morphonologie, Autobiographische Notizen von N.S.Trubetzkoy（mitgeteilt von R.Jakobson）.

　用語を定義しておく。音声学 Phonetik=発話行為 Sprechakt, parole の音論（Trubetzkoy）

　音韻論 Phonologie=言語構成体（Sprachgebilde, langue）の音論（Trubetzkoy）；音韻論＝機能的音声学（functional phonetics, A.Martinet）

　音韻的（弁別的）対立。英語 right-light, rice-lice, rate-late においてrとlは意味の相違をもたらす。すなわち、音韻的（弁別的）対立をなす。rとlは英語においては音素として機能する。しかし日本語においては音韻的対立をなさない。日本語には英語にないa ↘ me（雨）と a ↗ me（飴）のような高低アクセントが音韻的対立をなす。日本語のrとl, 高低アクセントについてはTrubetzkoyが言及している。

　弁別的対立の中和（Aufhebung der phonologischen Gegensätze）。ドイツ語やロシア語ではp-b, t-d, k-gの対立が中和（無効化 neutralisiert）する場合がある。ドイツ語 Rat [ra:t] 助言, Rad [ra:t] 車輪、では対立が消えるが、属格 des Rates 助言の、des Rades 車輪の、においては、対立が復活する。

　境界信号（Grenzsignal）。ドイツ語では「子音＋h」は意味単位の境界を示す。ein Haus（一軒の家）、Wahr-heit（真理）。チェコ語では、強さアクセントが単語の第一音節にくるので、これが（英語の場合と異なり、意味を区別することはできないが）語の境界を示す。'Československo チェコスロバキア, 'do Československa ド・チェコスロバヴェンスカ、チェコスロバキアへ。

　モスクワの名門貴族の出身で、父親はモスクワ大学哲学教授（のち学長）。14歳でモスクワ民族学会に入会、1808-1814年、モスクワ大学の Vitöld Porzeziński のもとで印欧言語学（サンスクリット語、アヴェスタ語）を専攻した。民族学会会長の Vsevolod

Fjodorovič Miller（イラン語）に1912年夏、コーカサスにある別荘に招かれ、コーカサス地方のチェルケス語（Circassian, Tscherkessisch）のフィールドワークを行うようすすめた。チェルケス人の村Tuapseで採録したが、第一次世界大戦、ロシア革命、南ロシア市民戦争などのために、ノートがすべて失われた。20年後、記憶が消えないうちに、確実な内容だけをここに書きとどめた、と書いている。1934年、Erinnerungen an einen Aufenthalt bei den Tscherkessen des Kreises Tuapse（Caucasica 11, Leipzig, 1934, 1-39）に印刷された。その中から民話ボルコ（Bolko）の歌を記す。夕方、暗くなったとき、外で決闘を申し込む人がいる。年老いた妻に相談すると、彼女は言った。「あなたが若いときから英雄だということは、だれでも知っています。家にいて、絹のベッドの上で静かにしていらっしゃい」。次に若いほうの妻が言うには「あなたが英雄ならば、決闘の挑戦を無視することはできないはずです」。私は武装して馬で出発した。夜明け前、騎兵隊に出会ったとき、最後の騎手を挑戦者と思い、矢を放った。おお、神に呪われた不幸なボルコよ！　私は自分の一人息子を殺してしまったのだ……たとえ醜くとも、年老いた夫人の忠告を無視してはならない。また、若く美しく優雅に見える夫人の言葉は信用できないことがある。

Trubetzkoyは1913-1914年、給費生としてLeipzigに留学、K. Brugmann, A.Leskien, E.Windischらの講義を聴講し、演習に参加した。1916年には講義許可（venia legendi）を得て、私講師（Privatdozent）としてモスクワ大学に専任として就職するはずであった。しかし、1917年の革命で一切を失った。1920年ごろ、Sofiaに難を逃れて、スラヴ学助教授であった時代にEuropa i čelovečestvoを書いた（ドイツ語訳Europa und die Menschheit. München, 1922；日本語訳『西欧文明と人類の将来』は下記参照）。その後、1922年、Wien大学のVatroslav Jagić（1838-1923）から招

聘を受け、その後任として、32歳でスラヴ学教授に就任した。スラヴ語研究は比較的遅くに始めたため、当時、この分野での論文はまだ6点しかなく、そのうち4点は10頁に満たない短いものであった。著書数冊、論文数十点が相場の教授職としては、異例の人事であった。

　生活の安定を得てTrubetzkoyは、古代教会スラヴ語研究と、1928年から、PrahaのRoman Jakobsonからの誘いに応じてプラーグ学派的音韻論を開発し、死の病床についた後は、妻Vera Trubetzkajaに口述筆記させ、あと20頁で完成というところで、狭心症（angina pectoris）のために1938年6月25日に没した。ロシア人との理由でナチスの大学研究室荒らしが病状を悪化させた。『音韻論の原理』は200言語の音韻体系をもとに音韻論の原理を構築したものであるが、原稿の推敲を経ておらず、著者は、このあと、引用文献を追加し、序文とJakobsonへの献辞を添える予定であったという。戦火の中に原稿が紛失することを恐れて、Jakobsonはそのまま印刷に付した。

　著者は、本書を完成したあと、『音韻論の原理』第2巻「史的音韻論、音韻地理学、形態音韻論、言語の音韻体系と文字の関係」に取り組む予定であったという。

　付：島野三郎（1893-1982）は上記『西欧文明と人類の将来』東京、行地社（1926）の訳者で、石川県出身。県費でペテルブルク大学に学び、満鉄調査部勤務、北方調査室主任研究員の間に、単独で『露和辞典』（15万語、1226頁）を完成、1928年、東京市神田区駿河台の行地社から出版（定価金25円）。この辞書の特徴は豊富な用例である。終戦後、日本に帰国した島野は、その実力を発揮できる機会を得ぬまま、亡くなった。『西欧文明と人類の将来』のリプリントは1987年「フレンボイル叢書」（理想日本社、香川）にある。刊行者・合田学氏は中央大学で袴田茂樹氏からロシア語を学んだ。

トゥルベツコイは『西欧文明と人類の将来』の中で述べる。日本はロシアと同じ歴史を繰り返さんとしている。日本はヨーロッパの侵略を防ぐために陸海軍の技術を輸入したが、その後、他の分野にも及んでいる。日本のために憂（うれ）うべき現象だ、と。下宮『私の読書、第2部』文芸社2021, p.107-108.

Tsukiji（築地、東京都中央区）お魚料理。にぎわいがコロナ以前に復活。外国人も立ち食い。レストランで食事する者もある。

U（文字と発音）i,a,uは母音の主要な音で、アラビア語は3母音なので、iとe, uとoの区別がない。ラテン語ではuとvが同じに発音された。vinumをVINVM, iugumをIVGVMと書いた。中世英語ではvは語頭に用い（vnder, vse), 語中にはuと書いた。vnder, vseだが、語中ではcure, full, huge. しかしsaue, euer, giuenも見られた。語中のuはb, pの後ではbull, pull, put［u］だが、bun, but［ʌ］の例外もある。

Uhlenbeck, Christianus Cornelis（クリスチャヌス・コルネリス・ユーレンベック、1866-1951) オランダの言語学者。印欧言語学、バスク語、アメリカン・インディアン語。第1回国際言語学者会議（Hague, 1928) を主催。1905-1906 バスク語のフィールドワーク。1910-1911 アメリカ・モンタナ州のBlackfoot Indiansをフィールドワーク。Amsterdam大学サンスクリット語教授。Etymologisches Wörterbuch der gotischen Sprache（1898-1899), Kurzgefasstes etymologisches Wörterbuch der altindischen Sprache（2巻, 1899), Karaktersitiek der baskische grammatica（1911), Some general aspects of Blackfoot morphology（1914). 名前のUhlenbeckはEulenbach（フクロウの小川）。

Ukrainian（ウクライナ語）東スラヴ語の一つ。ウクライナ共和国（首都Kiev）の公用語。言語人口4200万。小ロシア語（Little Russian, Kleinrussisch) ともいう。昔はルテニア語と呼ばれた。ロシア語でbúdu pisátʼ（I'll write）というところを、ロマンス語式

の未来形 pisati-mu（j'écrir-ai）を用いる。ロシア語の「紙」bumága に対して西欧式に papír という。「ありがとう」dyákuyu ジャークユは、ポーランド語 dję́kuję ジェンクーイェンと同様、ドイツ語 danke からの借用で、語尾だけがウクライナ語である。これに対してロシア語は spasíbo（＜spasí bo 神よ、救い給え）という。I have a book のロシア語は u menjá kníga ウ・メニャ・クニーガだが、ウクライナ語は ja maju knížku ヤ・マユ・クニーシクと西欧式に言う（maju 'I have'）。Stepan von Smal-Stockyj, Ruthenische Grammatik（Sammlung Göschen, Berlin-Leipzig, 1913；ruthenisch は ukrainisch の意味。この本は語形成 Wortbildung の項がよくできている。Wien の古本屋 Bücher Ernst で 1999.3.23. に見つけた。50 オーストリア・シリング＝500 円）。中井正夫『ウクライナ語入門』大学書林 1991, 2007³；220 頁（著者は政治史が専門だが、言語にも詳しく正確である）。Jaroslav B. Rudnyćkyj, Lehrbuch der ukrainischen Sprache. Otto Harrassowitz, Wiesbaden, 1992⁵. Ukraína の語源は u-krai-na（Umgegend 周辺地域）。iotacization（iota 化）が起こる。Rim（Roma）, khid（ロシア語 khod ホト；歩行）、xlïb（ロシア語 khleb フリェープ；ゴート語 hlaifs より；英語 loaf）。

ウクライナはヒマワリの国。ソ連の集団農場政策により食料上納 1932-1933 年、飢饉のために数百万人が餓死。これは genocide だとソルジェニーツィン Solzhenitsyn が 2008 年に告発。国民詩人 Taras Shevchenko（1814-1861）あり。2022 年 2 月 24 日、ウクライナは正当な理由なしに（西側に行きたいという希望だけで）、ロシアの独裁者プーチン（1952-）から侵攻と爆撃、破壊、殺人を受け、ゼレンスキー大統領 Volodymyr Zelenskyy（1978-）は善戦中である。2019 年夏、夫妻で日本を訪れ、東京の小学校の給食を参観した。2024 年 9 月現在、プーチンの蛮行は続いている。

undersea tunnel（海底地下トンネル；青函トンネル）青森県と北海道を結ぶ青函トンネル（Aomori-Hakodate tunnel）。1988 年完成。

53km（うち海底部分23km）。青森側（奥津軽いまべつ）8:12発、北海道側（木古内）8:46着（34分かかる）。

V（文字と発音）ラテン語vはuと書かれ、uinumはイタリア語vinoになった。古代英語はwīnと書かれ、のちにwine［wain］の発音になった。フランス語vin、ドイツ語Weinはlabio-dental（唇歯音）だが、スペイン語vinoはbilabial fricative（両唇摩擦音）である。ギリシア文字b（beta）はƀ［v］の音になったため、ロシア語は［b］のために新しい文字Б［b］を作った。

Van Ginneken, Jac（ヤク・ファン・ヒネケン、1877-1945）オランダの言語学者。Leiden大学でC.C.Uhlenbeck（ユーレンベック）から印欧言語学、バスク語、アメリカ・インディアン語に関心をもち、1923年、Nijmegen（ネイメヘン）のローマカトリック大学のオランダ語学文学・印欧語比較言語学・サンスクリット語教授。Principes de linguistique psychologique. Essai de synthèse. Amsterdam, Paris, Leipzig 1907, 8 + 552頁。1907年の学位論文。青年文法学派の 'yoke' からの解放とNeolinguistsとの融合を試みた著作（Jan Noordegraafによる）。泉井久之助は『言語構造論』（1947, p.109）の中でJac. van Ginneken, De ontwikkelingsgeschiednis van de systemen der menschelijke taalklanken.（Amsterdam, 1932）を引用している。人間言語の音韻体系の歴史をたどると、古代と近代とでは大きい差異が認められる。近代の言語では母音が音韻体系中の重要な位置を占めて、子音はむしろ副次的な位置におとされている。種類と頻度が減ったばかりでなく、時間的にも母音に比して遥かに短い。これに反して古代の言語でその音韻体系に優位を占めていたのは子音であって、母音は全くないか、あるいはあっても、音韻としての機能は低かった（セム語の場合）。

Vasmer, Max（マックス・ファスマー、1886-1962）ドイツのスラヴ語学者。戦前、ペテルブルクでJan Baudouin de Courtenayに、その後、Shakhmatovに、クラクフでRozwadowskiに、WienでRudolf Meringerに学ぶ。1921-1925年Leipzig大学教授、1925年以後Berlin大学教授。1949年以後西ベルリン自由大学教授。第二次世界大戦中、ベルリンで焼失した『ロシア語語源辞典』を再度資料収集から始め、1950-1958年に3巻『ロシア語語源辞典』を完成した。モスクワでロシア語訳が出たほどの名著である（by O.N.Trubačëv トルバチョフ, 4巻, Moscow, 1964-1973）。

Vendryes, Joseph（ジョセフ・ヴァンドリエス、1875-1960）フランスの言語学者、ケルト語学者。Antoine Meillet, D'Arbois de Jubainvilleのもとで学ぶ。パリのエコル・デ・ゼチュドでケルト語主任。1944年Sorbonne大学学長。主著 La grammaire comparée du vieil-irlandais（1908）, Le langage, introduction linguistique à l'histoire（1921：藤岡勝二訳『言語学概論–言語研究と歴史』刀江書院, 1938, 1942^2, 606頁）, Traité de grammaire comparée des langues classiques（1924）. 戦後の困難な時代に、1948年、国際言語学者会議（第6回）をパリで開催した。

Verner, Karl（カール・ヴェルナー、1846-1896）デンマークの言語学者。Verner's Lawの発見者として知られる。1888年コペンハーゲン大学スラヴ語教授。ある日、いつもは数名の学生しかいないのに、大勢の学生が詰めかけていた。隣室で評判のGeorg Brandes ブランデス教授の「19世紀文学思潮」の学生が、入りきれず、隣室の講義室になだれ込んでいたのだった。

Verner's Law（ヴェルナーの法則）ある晩、Boppの印欧語比較文法を昼寝しながら読んでいた。サンスクリット語pitár（父）がドイツ語でVaterになるのに、bhrátar（兄弟）がドイツ語でBruderになるのは、なぜだろう、と思いながら寝てしまった。目をさまして、サンスクリット語のアクセントの位置を確認すると、この発見を恩師Vilhelm Thomsen（1842-1927）に話した。トムセンは驚いて、この発見をデンマーク語ではなく、ドイツ語で発表するようにすすめた。VernerはKuhns Zeitschrift（比較言語学雑誌）の

第23巻(1876)にEine ausnahme der ersten lautverschiebung(第一音韻推移の例外)という控え目な題名で発表した。グリムの法則を補ったという意味でGrimm-Verner's Lawと言うべきではないだろうか、とOtto Jespersenは書いている(Language, 1922)。

アクセントの位置によって有声音か無声音になる例は

英語execute [éksikju:t] に対し executive [egzékjutiv]

ドイツ語Hannover [-nó:fə] に対し Hannoveraner [-vərá:nə]

voice(声、有声)音声学の用語で、有声(voiced)と無声(voiceless)に分けられる。b, d, gが有声、p, t, kが無声である。

voiceless and voiced(無声と有声:清音と濁音)カキクケコとガギグゲゴは無声と有声で音素の役割を果している。タメtaméとダメdaméは無声と有声で意味が異なる。phonetic(音声的)ではなく、phonemic(音韻的)であるという。

世の中は、澄むと濁るの、違いにて、ためになる人、だめになる人(阿刀田高、読売新聞、2011年3月1日)。tamé (good)、damé (not good);福(fuku)に徳(toku)あり、ふぐ(fugu)に毒(doku)あり(2011年10月4日、天声人語)。2004年6月、プサン行きの飛行機を探していた。インターネットではPusanではなく、Busanである。中学生のころ、東京都町田市に住んでいたのだが、朝鮮人の子供がバカのことをパカと言っていた。

朝鮮語の語頭のb, d, g, jは無声音である。baは[pa]、darは[tal]、gomは[kom]、janは[tʃan]。朝鮮語には、日本語のような、無声と有声の対立はない。日本語のgeta下駄が朝鮮語でkedaとなる(河野六郎「朝鮮語」、市河三喜・服部四郎編『世界言語概説』下巻、研究社1955)。国連事務総長パン・ギムンはBan Kimunと書く。リビアのカダフィを現地の人はガダフィと発音していた。

2008年7月、ソウルでの国際言語学者会議からの帰り、ソウルの仁川(インチョン)空港の案内嬢にJALはどこですか、と尋ね

たら、チャルは、あそこです、と答えた。

　2012年10月、横浜中華街の中国人店主が、客に「おあしはいかがですか」と聞いていた。「お味は」である。

　スウェーデン語bank（銀行）, bänk（ベンチ）はフィンランド語に借用されてpankki, penkkiとなる。

Vossler, Karl（カール・フォスラー、1872-1949）ドイツの文献学者、言語学者。1911年、München大学教授。言語を審美的・文化的aesthetic-culturalな観点から研究した。Positivismus und Idealismus in der Sprachwissenschaft（1908）, Frankreichs Kultur in der Sprache（1913）, Neue Denkformen im Vulgärlatein（1922）, Geist und Kultur in der Sprache（1925）. 小林英夫訳『言語美学』小山書店 1935.

vowels and consonants（母音と子音）基本母音はi, e, a, o, uであるが、実際には多くの変種がある。vowelはラテン語vocalis「声の」、consonantは「母音と一緒になって響くもの」の意味である。子音p, t, k, b, d, gは閉鎖音（stops）、f, v, θ, ð, s, z, ʃ, ʒ, tʃ, dʒは摩擦音（fricatives）ないし破擦音（affricates）、m, n, l, rは流音（liquids）、ほかにh（無声摩擦音voiceless fricative）がある。

　Paul Passyの『ヨーロッパの主要な言語の比較音声学』Petite phonétique comparée des principales langues européennes（Leipsic et Berlin, 1906, 1922^3；132頁）はとてもよくできていて、1930の国際音声文字に、ほとんどそのまま生かされている。

W（文字）ラテン語にはwの文字はなかった。ワインはuuinumと書いた。ギリシア語はwoinosだが、このwはFのような文字を書いたが、まもなく、発音されなくなり、oinosになった。英語のwは両唇音だが、ドイツ語Wein（ワイン）のwは両唇摩擦音なので、ヴァインと発音する。ポーランドのWarszawaはヴァルシャヴァとワルシャワの中間、Moskvaはモスクヴァとモスクワの中間。

Wackernagel, Jacob（ヤーコプ・ヴァッカーナーゲル、1853-1938）ドイツの印欧言語学者。スイスのBaselにゲルマニストで詩人のWilhelm Wackernagel（1806-1869）の息子として生まれ、教父はJacob Grimmであった。GöttingenのTheodor Benfey（1809-1881）のもとでサンスクリット語と比較言語学を学び、LeipzigでAugust Leskienのもとで、1876年にはOxfordで学んだ。1876年、故郷Baselで古典文献学の私講師（Privatdozent）、1881年、Basel大学、ギリシア語・ギリシア文学教授。1902年 Wilhelm Schulze（1863-1935）の後任としてGöttingen大学の比較言語学教授になったが、1915年、言語学および古典文献学教授として再びBasel大学に戻り、1936年の退官までそこにとどまった。主著 Altindische Grammatik 3巻（1896-1930）、および Kleine Schriften（1905頁；1955-1979）3巻はゆかりの深い Göttingenで出版されている。Vorlesungen über Syntax mit besonderer Berücksichtigung von Griechisch, Lateinisch und Deutsch（2巻, 1924-1924, 1926-1928^2）は講義録で、印欧語のSyntaxとしてはDelbrückのものがほとんど唯一であった当時、学界にも学生にも大いに歓迎された。その他の主要論文は没後Kleine Schriften 3巻（1955-1979；1905頁）に収められた。

Wackernagels Gesetz（ヴァッカーナーゲルの法則）。印欧語の語順の法則（Über ein Gesetz der indogermanischen Wortstellung, Indogermanische Forschungen, 1, 333-436, 1892）。アクセントのない小辞（particle, enclitic）や代名詞は文の2番目の位置にくる。(1) ギリシア語 mén, dé（ところで、しかし、一方）、gár（というのは）など。例：kreíssōn gàr basileús（Iliad, A80, というのは王さまのほうが強いから）、(2) ゴート語 ab-uh-standiþ そして彼は倒れる。uh「そして」が接頭辞abと基本語の間に挿入される。(3) 古代インド語 ápa ca tíṣṭhati「そして彼は倒れる」ca「そして」はギリシア語 te, ラテン語 -que, ゴート語 uhと同根。(4) 古代アイル

ランド語do-s-beir＜*to sons bhéreti「彼はそれら（sons）をもってくる」このsはdo（'to'）とbeirの間に挿入される。この現象をtmesis（分断挿入）という。(5) 古代ロシア語věra bo naša světŭ jesti「というのは（bo）、われらの信仰は光であるから」（英語学人名辞典、研究社、1995, p.373）

Wassermann, der（水の精）Grimm Deutsche Sagen（ドイツ伝説49）1630年ごろ、ザールフェルト（Saalfeld）から半マイルのところで、老いたお産婆さんが次の話をした。私の母も産婆だったのだが、ある夜、水の精に呼ばれて、妻の出産に立ち会ってほしいと言われ、水の中を降りて行くと、妊婦が待っていた。産婆は必要な支度をして、無事に出産を終えた。お母さんとなった彼女は感謝して、身の上を語った。私もあなたと同じようにキリスト教徒だったのよ。しかし、水の精に誘惑されて、ここに連れて来られました。水の精の夫は三日目に子供を食べてしまいます。三日目に池に来てごらんなさい。水が赤く染まっていますよ、と。水の精はお礼に大金を出したが、産婆は受け取らず、家に帰してください、と言って、無事に帰宅することができた。(Prätor.: Weltbeschreibung, I, 480-482, aus mündlicher Sage 口述筆記)

Wassermann, der, und der Bauer（水の精と農夫：上と同じグリムのドイツ伝説52）水の精は人間と同じ姿をしているが、口の中を覗くと、緑色の歯が見える。そして、緑色の帽子をかぶっている。湖の近くで、水の精が農夫と親しくしていた。ある日、水の精が、ぜひ、湖の底にあるわが家に遊びに来てください、と誘った。案内されて行くと、そこは地上の宮殿のように豪華に飾られていた。小さな部屋に来たとき、壺がたくさん逆さに立ててあったので、尋ねると、溺れた人間たちの魂で、逃げないように、壺の口を下に置いてあるのだと説明した。農夫は、日を改めて、水の精が留守の機会を待って、再び水の宮殿に赴いた。そして、壺をひっくり返すと、溺れた人々の魂が水中から空中に舞い上が

り、彼らは救われたのだった。(Deutschböhmen ドイツ・ボヘミア地方から口述)

White Russian（白ロシア語；ベラルーシ語）東スラヴ語。ロシア語のd', t' (d, tの口蓋化palatalized) が前舌母音の前でdz, tsとなる。これをdzekanieヅェカーニエ、cekanieツェカーニエという。ロ den' [d'en'ジェニ]「日」＝ベdzen'ヅェニ；ロ tixa [t'ixaチーハ]「静かな」＝ベcíxa [tsí:xaツィーハ]。白ロシア語のことをbela-russkaja movaベラルースカヤ・モヴァというが、このmova（言語）はウクライナ語と共通で、ロシア語ではjazyk イェズィクとなる。ロシア語の疑問語li（…か；フランス語est ce que）がベラルーシ語ではci [tsi] となり、ポーランド語のczy［チィ］となる。「どこに（いるか）」のロシア語gde?［グジェ］はベラルーシ語ではdze?［ヅェ］となる。

word（語、単語）は単純語（simple word）、派生語（derivative）、複合語（compound）がある。man（人）は単純語だが、manly（男らしい）は派生語、manhood（成年男性、男らしさ）も派生語、man-eater（人食い、動物あるいは人間）は複合語。dayは単純語、daily（日々の）は派生語、daybreak（夜明け）は複合語。

words of foreign origin（外国起源の単語、外来語foreign words）

英語はフランス語、ラテン語、ギリシア語から多くを採り入れた。英語2万語を語源的に分けると、1．本来の英語English proper が25％；2．ラテン系（ラテン語、フランス語、イタリア語）50％；3．ギリシア語10％；4．ノルドNordic語5％；5．その他の言語10％；合計100％となる。

1. の本来の英語、在来語（native word）は2000年前から英語に存在している（英語の文献が始まるのは8世紀）。ドイツ語やデンマーク語と共通のa, the, my, house, good, come, goのような基本語。
2. のラテン系というのは、ラテン語から派生した言語で、フランス語が圧倒的に多いが、ラテン語から直接入ったものも多い。

フランス語を経て英語に入ったのか、ラテン語から直接に入ったのか、判別しにくい場合もある。hotel（ホテル）とhospital（病院）はともにラテン語hospitalis（客をもてなす, hospitable, friendly）からきたものだが、ホテルはフランス語発の世界共通語となり、hospital（病院）は古代フランス語hospitalから入ったので、-s- が残っている。現代のフランス語はhôpital（オピタル）と書いて -s- が消えている。debt [det]（借金）はフランス語dette [dɛt]（借金）からだが、ラテン語debitum（借金）のbを入れて、発音しないが、ラテン語らしく見せかけている。16世紀にpiano, operaなどイタリア語から芸術用語が入った。

3. のギリシア語は学術用語が多い。ギリシア人の言語研究は文法と語源であった。grammarもetymologyもギリシア語からきている。police, polite, politics, metropolisなどみなpólis（都市）を含んでおり、democracy（民主主義）やaristocracy（貴族政治）など、政治用語もギリシア語が多い。

4. のノルド語はデンマークのヴァイキングが8世紀以後、英語に持ち込んだもので、パーセントは低いが、die, knife, skill, skirt, take, wantなど基本語が多い。地名Derby, Rugbyなどの -by はデンマーク語のby ビー（町）からきている。byは英語のbeと同じ語源で「人のいるところ」から「村」「町」になった。

5. のその他の言語はアラビア語、ペルシア語、トルコ語、アメリカ・インディアン語だが、tea, coffee, potato, tobaccoなど、世界共通が多い。vodkaとかintelligentsia（知識階級）はロシア語だ。

このような語彙の起源の多様性を英語でheterogeneousnessと呼ぶ（C.L.Wrenn, The English Language, London, 1949）。この用語そのものも多起源的で、hetero-（異なる）はギリシア語、gen(e)-（生む、生まれる、起源）は印欧語（Indo-European, ギリシア語やラテン語のもとになった言語）、-ous（…をもった、形容詞語尾、famousは名声famaをもった、有名な）はラテン語 -osusから、最

後の -ness は本来の英語である。

英語の優れた点は、これらの外来語を容易に採り入れる寛大な受容性（receptiveness）である。

「言論の自由」は freedom of speech と liberty of speech がある。freedom, of, speech はみな本来の英語であるが、liberty はフランス語である。フランス語 libre（リーブル；自由な）は形容詞の形では借用されず、抽象名詞 liberty として借用された。beauti-ful は「美に満ちた」で、前半がフランス語、後半が英語である。

日本語も漢語（Sino-Japanese）が非常に多い。「言語」は漢語だが、純粋な和語は「ことば」である。「日本人のことばは日本語です」といえば、「ことば」は「言語」の意味だが、「パンということばは日本語になっている」においては、「ことば」は「単語」の意味になる。「語源」は漢語だが、「ことばのみなもと」といえば和語になる。

X（文字と発音）x [ks] はギリシア起源の語 Xerxes, xenophobia, xylophone, hexameter, anxious に見られる。[ks] でなくて [z] と発音するものもある。本来の英語 six, fox, axe, wax, oxen にもある。スペイン語の Don Quixote（ドンキホーテ）の x はドイツ語 Bach（バッハ；小川、または人名）の ch の音である。ロシア語の xleb［フリェープ］（パン）は英語 loaf と同じ語源で、ゴート語 hlaifs ［フライフス］から早い時代にロシア語に入った。

Samuel Taylor Coleridge の詩 In Xanadu did Kubla Khan a stately pleasure-dome decree（1797完成、1816出版）「ザナドゥでクブラ・カーンは壮麗な宮殿を作るよう命じた」の Xanadu（大都、大きな都）は Peking の近郊である。Kubla Khan（Kublai Khan, 1216-1294）はモンゴルのジンギスカン（Genghis Khan）の孫である。Xanadu［zǽnədùː］は、現在、内モンゴル自治区にある。小谷部（おやべ）全一郎 Jenichiro Oyabe（1867-1941）は苦学して渡米し、ワシントンの Howard University で Ph.D. を得た。その自伝を A

Japanese Robinson Crusoe（Boston-Chicago, 1898）として出版した（本書p.130）。その本によると、北京のモンゴル街は立派な邸宅が並んでいたが、中国街は道が狭く、貧民、乞食が大勢いた。

Y（文字と発音）ラテン語はギリシア文字のu（hupoヒュポ；下に）をyで採り入れた。hypothesis（仮説、仮定）。英語dieとdyeは、発音は同じだが、綴り字で「死ぬ」と「染める」を区別する。

Z（文字と発音）ギリシア語zはzdとかdzと発音された。古典ラテン語には、この音はなかった。[z]の発音は英語zero, zeal, freezeにあるが、raise, rise, 他動詞の語尾-ize（harmonize）にも見える。azureでは[ʒ]となる。スウェーデンの英語学者R.E.Zachrisson（1880-1937）はサクリソンと発音する。

あとがき

　紙面から見ると、Bonfante先生50%, 下宮50%であるが、Collier's Encyclopedia (New York, 1956) を神田の古本屋で購入した1958年の学生時代から今日まで、先生から得たものは、あまりにも大きく、とても数字では表せない。先生はこの百科事典のlinguistics editorとして、書きたい288項目（言語学用語と言語学者の伝記）を全部書いた。出版時52歳で、アメリカのPrinceton大学ロマンス語教授であった。私が所有しているこの百科事典は20巻のうち最初の3巻が欠けたまま、神田古本街に17巻（8500円）が積み上げられていた（1958年）。下宿先の新宿区天神町まで自転車で3回に分けて運んだ。その後17巻は新宿から東京都町田市（両親の家）、弘前大学（1967-1975）、学習院大学（1975-2005）に引越し、定年後、学習院大学から埼玉県所沢市の自宅まで17巻が無事に引越し、書き込み、貼り込みを受け、いまも現役である。

　前島儀一郎先生（1904-1985）が『英独比較文法』（大学書林, 1952, 1987[4]）を書いたのは先生が39歳（1943）のときであった。三省堂から出版の予定だったが、戦争のために出版は1952年だった。私がこの本を購入したのは立川高校2年（1952）のときで、これぞわが道と悟った次第である。1987年、第4版が出版のとき大学書林出版部長の佐藤政人氏（1935-2019）から、文献追加の依頼があり、1987年までの文献（1952-1987）をupdateした。

　前島先生の『英仏比較文法』（大学書林1961）は『英独比較文法』にもまさる内容で、ロマンス語比較文法の入門書になっている。先生は成城大学教授兼任で、名古屋大学でフランス語学、古代フランス語を教えていた。最近は古代英語と同じくらいに古代フランス語も読めるようになりました、とお手紙をいただいた（1961）。前島儀一郎先生の最後の教え子、津野熊総一郎氏（岡山県玉野市）は私の本を丁寧に読んでくれて、いろいろと助言をいただいている。

　2022年11月16日、西武池袋線小手指のプチ研究室　　下宮忠雄

Bonfante, Giuliano

(ジュリアーノ・ボンファンテ 1904-2005)

Madridの歴史研究所の言語学科長(ここに学生のAntonio Tovarがいた)、アメリカPrinceton大学ロマンス語教授(1939-1952)、Genova大学教授(1952-1959)、Torino大学言語学教授(1959-)。The Collier's Encyclopedia 20巻 (New York, 1956) にlinguistics editorとして言語学用語と言語学者288項目を執筆。1958年以後Accademia Nazionale dei Linceiの会員。2005年5月、亡くなる4か月前までLincei学会誌に論文を執筆。最晩年まで健筆で、雑誌Indogermanische Forschungen(印欧語研究)101, Berlin, 2001 にLa posizione recíproca delle lingue indoeuropee(印欧諸語の相互関係)が載った。

主著:I dialetti indoeuropei (Brescia, 1931, 1976²); Latini e Germani in Italia (Brescia, 1965); La dottrina neolinguistica (Torino, 1970); The Etruscan Language (Manchester, 1983;娘Larissa Bonfante, New York City University, と共著).

著者プロフィール

下宮 忠雄（しもみや ただお）

1935東京生まれ。1954-1961旺文社雑誌編集部勤務（東京都新宿区）。1957-1961早稲田大学第二文学部英文科。1961-1965東京教育大学大学院でゲルマン語学、比較言語学専攻（矢崎源九郎先生）。1965-1967ボン大学留学（印欧言語学、グルジア語、スラヴ語；bei Prof.Dr.Johann Knobloch, Prof.Dr.K.H.Schmidt）。1967-1975弘前大学講師、助教授（英語学、言語学）。1974-1975冬学期、サラマンカ大学留学。バスク語学習；bei Prof.Dr.Luis Michelena. 1975学習院大学助教授、1977教授（ドイツ語、ヨーロッパの言語と文化）、2005同、名誉教授。2010文学博士（ヨーロッパ諸語の類型論Typology of European languages. 220頁、学習院大学、2001；専修大学学位論文）。
主著：ドイツ語語源小辞典；ドイツ西欧ことわざ名句小辞典；グリム童話・伝説・神話・文法小辞典；バスク語入門（言語と文化）；ノルウェー語四週間；言語学第1巻（研究社英語学文献解題第1巻）。

ハイジ、宮沢賢治の童話…

2024年10月15日　初版第1刷発行

著　者　下宮 忠雄
発行者　瓜谷 綱延
発行所　株式会社文芸社
　　　　〒160-0022　東京都新宿区新宿1-10-1
　　　　　　電話　03-5369-3060（代表）
　　　　　　　　　03-5369-2299（販売）

印刷所　株式会社フクイン

©SHIMOMIYA Tadao 2024 Printed in Japan
乱丁本・落丁本はお手数ですが小社販売部宛にお送りください。
送料小社負担にてお取り替えいたします。
本書の一部、あるいは全部を無断で複写・複製・転載・放映、データ配信することは、法律で認められた場合を除き、著作権の侵害となります。
ISBN978-4-286-25263-6　　　　　JASRAC　出2401737-401